中国新闻精华读本（第三卷）

# 思想的[illegible]力

中国新闻时评精选（第

何雪峰◎编选



南方日报出版社
NANFANG DAILY PRESS

**图书在版编目（CIP）数据**

思想的张力 / 何雪峰编选. 广州：南方日报出版社，2009.9
（中国新闻时评精选·第三辑）
ISBN 978-7-80652-928-7

I. 思… II. 何… III. 评论性新闻—作品集—中国—当代 IV. I253

中国版本图书馆 CIP 数据核字（2009）第 164862 号

**思想的张力——中国新闻时评精选（第三辑）** 何雪峰 编选

**出版发行**：南方日报出版社
**地　　址**：广州市广州大道中 289 号
**电　　话**：（020）87373998-8502
**经　　销**：全国新华书店
**印　　刷**：广州市怡升印刷有限公司
**开　　本**：787mm×1092mm 1/16
**印　　张**：13
**字　　数**：250 千字
**版　　次**：2009 年 10 月第 1 版
**印　　次**：2009 年 10 月第 1 次印刷
**定　　价**：26.00 元

投稿热线：（020）87373998-8503　读者热线：（020）87373998-8502

网址：http://www.nanfangdaily.com.cn/press　http://www.southcn.com/ebook

# 目录

## 宏论 / 149

# 前 言

2008年，一片喧嚣。我们听到声音从四面八方传来。我们听到年初风雪的声音，我们听到5月地震的声音，我们听到8月奥运的声音，我们听到三聚氰胺毒害的结石宝宝的呻吟声，我们听到华尔街在寒风中颤抖倒闭的声音。在这所有的声音中，有一种声音至关重要，它无所不在，无微不至，无可替代，无处遁形，那就是媒体的声音。所以，我们既听到在三聚氰胺毒奶粉事件中对无良厂商和失责政府的怒斥与追责，也听到奥运火炬传递事件中的理性与劝导，更听到在改革开放30年之际的期待与希望。这是媒体的声音，更是公民的声音。媒体与公民，在这片喧嚣中不断成长。

我们不仅看到时评前辈如《中国青年报》、《南方周末》等继续老当益壮，掀起了这一轮时评热的《南方都市报》、《新京报》、《东方早报》等还有着一如既往的水准，我们更欣喜地看到《潇湘晨报》、《华商报》等时评界后起之秀在喧嚣的2008年里的迅速成长和不俗表现。中国的公民写作已经不是一两家先知先觉者的偶然发声，而是公民社会不断成熟、公民常识不断普及的一种大趋势。

本书遴选了2008年有代表性的74篇时评作品，并根据时评写作的体例，大体分为社论（包括等同于社论的各报社评、方舟评论等）、专栏和宏论。

其中社论16篇。

社论代表报社对于时事时局的立场与洞见。报纸、杂志纷纷设立社论、社评，表达自己对转型中国纷扰复杂的新闻事件独立的判断和见解，标志着中国的媒体发言逐渐走向成熟。

专栏51篇。

作为意见领袖发言平台的专栏，代表了专栏作者对时事时局的立场和洞见。这种知名知识分子与报章的联盟，折射出中国的社会表达欲望与能力都在大跨步地增进。而之所以将专栏作者的精英表达纳入到当下中国的公民写作中来，是因为精英表达体现了公民写作最重要的特征：公共表达。

宏论7篇。

针对重大时事新闻背后的纵深与时局，放言畅谈当下中国的大转型、大趋势与大命题，以昔日《大公报》设立“星期论文”栏目关怀国事天下事之心为仰，议题不设先见以问解时代风向，观点不求党同而赏洞见精深。

在这里要感谢时评界的各位同仁好友对本书编选的帮助，因为编者的时间及视野有限，如有疏漏之处，还望广大读者多多批评指正。

编者于2009年3月1日

# >> 社论

社论代表报社对于时事时局的立场与洞见，报纸、杂志纷纷设立社论、社评，表达自己对转型中国纷扰复杂的新闻事件独立的判断和见解，标志着中国的媒体发言逐渐走向成熟。

# 勿忘改革之由

《财经》社论

步入2008年，中国改革开放迎来“而立之年”。回顾改革足迹、讨论改革经验，必将成为年内的舆论热点。鉴往意在知来，因此我们以为，当前纪念改革有个重要的起始点，就是不忘30年前改革之由。“忘记过去就意味着背叛。”

那么，中共为什么在1978年底作出改革开放的重大决策？30年前的中国，过来人当历历在目，这本来是个不难回答的问题。但近几年来国内关于改革是非的争议显示，在许多情形之下，其基本答案竟成忌讳，或被掩饰，或遭淡忘，更使不少年轻人难以知晓。有此“忘却”，有些人才得以将改革前夕中国民生凋敝、贫穷落后的局面，粉饰成衣食无忧的乌托邦式盛世，以此为虚幻的“怀旧”对象；一些声音才得以公然攻击取消计划经济、搞市场经济是“实行资本主义”，邓小平等执行了一条“资改路线”（参见《财经》年刊“2008：预测与战略”吴敬琏《响亮的回答》一文）。改革信念动摇，停顿倒退主张一度抬头，正与“忘却”直接相关。

正因此，中共中央总书记胡锦涛在十七大报告中阐述了改革之由，强调邓小平为核心的中共第二代领导人开创改革开放伟业，盖因“面对十年‘文化大革命’造成的危难局面”。在近日《求是》杂志发表的文章中，胡锦涛更明确地指出，改革的内部原因在于十年内乱使党、国家和人民遭到严重挫折和损失。邓小平同志曾经说，“文化大革命”结束时，“就整个政治局面来说，是一个混乱状态；就整个经济情况来说，实际上是处于缓慢发展和停滞状态”。而改革的外部背景，则是在同期内，世界范围新科技革命蓬勃兴起，推动世界经济以更快的速度向前发展，中国与国际先进水平的差距明显拉大，面临着巨大的国际竞争压力。

他说，正如邓小平同志指出的，“我们要赶上时代，这是改革要达到的目的”。这就把改革的目的说得很透彻，很深刻。

胡锦涛两次坦言十年“文革”给中国带来的灾难，视之为启动改革的内因，值得深思。重温邓小平当年所思所想，其强烈的危机意识，迫切的振兴经济愿望，在《财经》本期推出的“改革忆事”专栏首篇于光远的回忆文章中，亦处处跃然纸上（参见本期《为邓小平起草讲话稿》一文）。我们预计，从理解改革大业出发，直面旧体制弊端和十年“文革”的教训，总结改革开放的经验，会成为今年官方和民间纪念改革开放30周年的重要内容。其要义，则在于坚定改革信念、推动改革继续向前。

历史不会遗忘。在经历过1966年至1976年的十年浩劫之后，中国政治混乱，社会动荡，国民经济处在崩溃的边缘。世界经济在同一时期快速发展，发达国家的人均GDP渐次冲过10000美元大关；而到1978年，中国成为世界上最穷困的国家之一，人均GDP仅148美元，远低于当时巴基斯坦的260美元、印度的248美元。痛定思痛，不改革就没有出路，而通过改革实现民族复兴是当时党心民意之共识。

以中共十一届三中全会为开端，中国毅然抛弃了“以阶级斗争为纲”的错误路线，将工作重点转移到经济建设上来。30年来，两条红线贯穿于改革开放全过程：一是从集中计划经济到市场经济的改革，二是从封闭半封闭状态到全方位开放的转型。30年改革漫长而曲折，回首望去却也是弹指一挥间。改革开放的直接成果就是中国经济崛起。从1978年到2006年，中国GDP增长了13.3倍，年均增长9.7%，远远高于同时期世界经济平均3%左右的增长速度，经济总量跃升至世界第四；进出口总额增长了84倍，上升为世界第三；城镇居民人均可支配收入和农村居民人均纯收入均增长了5.7倍；农村贫困人口从2.5亿减少到2000多万。诚如胡锦涛指出：“事实雄辩地证明，改革开放是决定当代中国命运的关键抉择，是发展中国特色社会主义、实现中华民族伟大复兴的必由之路。”

近年来，中国改革开放大业再度面对复杂局面：在国内，改革进入“深水区”，政治、经济、文化和社会改革不同步导致的弊端大量呈现，改革阻力不断加大，对改革本身的质疑也已出现；在国外，全球化浪潮为各种经济政治力量的博弈增加了新的巨大变数，中国经济崛起本身作为全球化的一部分，悄然改变着原有游戏规则，也在面对新旧游戏规则的尖锐挑战。应对新局势并不容易，好在决策者继续改革方略已定。

在这个意义上可知，在今年纪念改革开放30周年，不是一种巧合。温故知新本身就需要战略勇气和智慧，接下来当是策马前行。（作者：胡舒立）

（2008年1月5日《财经》）

# 广州“钉子户”判决暴露物权保护困境

——《北京青年报》社评

日前，广州市中级人民法院做出终审判决，广州市猎德村的最后4家“钉子户”，必须将其所住房屋交予“村集体”拆除，所获补偿，则以村股东大会通过的补偿方案为准。至此，4家“钉子户”的法律维权之路已经走到尽头，但由这一判决而暴露出的农村居民物权保护的困境，才刚刚破题。

此次判决与以往其他“钉子户”事件的最大区别在于，这是第一起围绕着农村宅基地上的“钉子户”而发生的纠纷和诉讼。而我国现有土地制度对城市、农村土地所有权的二元化规定，使这一案件具有与以往案件不同的性质和特点，其中最引人注目的，是《物权法》在面对农村宅基地和地上建筑物时的困境。

舆论普遍认为，《物权法》的出台，是中国法制和社会建设的重要里程碑。而一般公众理解，有了《物权法》，自己的房屋和围绕房屋而衍生的一系列权利便有了法律保障。重庆、深圳的“最牛钉子户”，也确实都乘着《物权法》实施的“东风”，实现了自己的“利益最大化”。

以上城市“钉子户”能够以《物权法》为武器保护自己物权的基本依据是，按照我国现行土地制度，城市土地归国家所有，但“可以依法确定给单位或者个人使用”（《土地管理法》第二章第九条）。对于城市购房者而言，便是“依法”获得了房屋所占土地的70年的使用权，也因此而获得了对所购房屋为时70年的“准所有权”，也因此而能够得到《物权法》中“国家、集体、私人的物权……受法律保护，任何单位和个人不得侵犯”之条款的保护。

在这种相对明确的权属关系之下，政府或其他组织能够强迫业主拆迁的唯一理由，便是基于“公共利益”的土地征用。而在私权观念日趋强化的背景下，“公共利益”的界定十分敏感，以至于从《物权法》公布、实施到现在，全国尚没有一起以“公共利益”为名的强制拆迁事件。

而此次广州两级法院的判决中，却创造性地出现了“村集体利益”的概念，并以农村宅基地为集体所有，个人只有使用权而无所有权的法律解释，开通了“村集体利益”顺利碾过“钉子户”房屋的坦途。

虽然我国现行土地制度明确规定，农村宅基地为集体所有，但按照人们的普遍理解，一般随农村村民降生而自动获得的宅基地，理当享有伴其终生的无限期使用权。因此，人们一般普遍认为，农村居民对自己宅基地上的房屋，享有比城市居民更完全的“准所有权”。但广州市两级法院的判决，却无情地打破了这一“共识”。

值得注意的是，如果弃上述社会共识和农村事实沿用的惯例而不问，只严格解读法律条文，则由于农村村民没有以明确的法律程序，将自己名下的宅基地“依法明确给”自己使用，则其所有权确实应为村集体所有。村集体也确实可以以“集体利益”的名义，收回该宅基地和与其不可分割的房屋，并以村集体确定的标准予以补偿，房屋名义上的主人却没有协商、议价的权利。而“村集体利益”相较于边界模糊的“公共利益”，则狭窄和明确得多，只需一次村民集体的投票表决便可。猎德村村民也确实以98.6%的高票，明确了“村集体利益”所在。广州市两级法院对此案的判决，也正是基于上述的逻辑和猎德村村民的票决。

但若是这一逻辑成立，则以“集体利益”的名义剥夺某个村民个人对其房屋的权利，竟然完全与《物权法》无涉；《物权法》中所称“国家、集体、私人的物权”，竟然并不包括农村居民的房屋。这也就意味着，我国农村所有村民对其宅基地上房屋的权利，均不受《物权法》的保护。一部千呼万唤的《物权法》，却无法保护占全国2/3以上人口的最大宗物权，如此尴尬的局面，不是缘于法律的疏漏或含混，便是缘自对法律的刻意误读。

创造性地提出“村集体利益”概念，并以此绕开敏感的“公共利益”，实现拔除“钉子户”的目标，确是一次巧妙的判决。但如此判决背后的逻辑，却可能给农村居民的物权界定和保护，带来更多的不确定性。虽然中国不是判例法国家，但随着城市边界的不断扩张，围绕农村宅基地上的物权纠纷必将越来越多。如果《物权法》对农村住宅的保护功能已经被废，那么面对“公共利益”、“集体利益”和资本利益的诸多利矛，村民们又能以什么作为保护自己权利的盾牌呢？（作者：张天蔚）

（2008年1月6日《北京青年报》）

# 西丰拘传案：警惕对记者滥用诽谤罪

《新京报》社论

1月4日发生在《法人》杂志社内的辽宁西丰警察抓捕记者案，让人们不得不直面言论权利、舆论监督、官员特权和诽谤罪等一系列与民主、法治有关的严肃话题。

隶属于法制日报社的《法人》杂志，在1月1日刊发了记者朱文娜的报道《辽宁西丰：一场官商较量》。这篇文章报道了辽宁西丰县女商人赵俊萍因不满县政府的拆迁行为，编发短信讽刺县委书记张志国，因而被判诽谤罪。文章发表3天后，西丰县公安局警察以朱文娜涉嫌诽谤罪为由，携带公安局立案文书和拘传文书，到法制日报社内要拘传记者。

细细数来，从重庆“彭水诗案”至今，因为讽刺县委书记就被以诽谤罪抓捕、拘传的案例，已经是屡次发生。这些案件首先都涉及一个问题，即如何认识和处理诽谤罪的问题。

《刑法》和《刑事诉讼法》的有关法条，给诽谤罪的处理确定了两条原则：第一，在通常情况下，由自认为受到诽谤的人，向法院提起刑事自诉，由法院最终判定是否构成诽谤罪。对此，公安机关无权立案侦查。第二，诽谤罪在特殊情况下，即严重危害社会秩序和国家利益的，可以作为公诉案件处理，即由公安侦查再移送检察院起诉。这里的关键，则是如何理解“严重危害社会秩序和国家利益”。

所谓“严重危害社会秩序”，应当是指诽谤人的行为所造成的诽谤后果，对一个特定社会的公共秩序，形成了重大非法损害。首先，这一损害必须是非法的，即是一种违法的侵权行为，而是否非法，应当以符合常识的标准衡量或者由法院判定；其次，这一损害必须是重大的，例如造成了社会的动荡、巨大恐慌等。据报道，这次西丰警方来京拘传记者，称记者的报道严重损害了当地的声誉。这样的说法非常牵强。

所谓“严重危害国家利益”，应当理解为危害国家的外交、军事、国防和安全利益。因此，即便真的诽谤了一个地方的县委书记，也构不成危害国家利益。事实上，刑法对诽谤罪诉讼发起程序的前述例外规定，通常是指一个人的恶意诽谤行为，且对一国范围内大面积的社会秩序形成了严重危害，或者严重危害了国家利益，才可以由公安机关立案侦查。

认清了这些问题就能看到，西丰警方以诽谤罪立案拘传记者的行为，实质上是错误使用法律，滥用职权。现在，尚没有足够证据证明西丰警方的行为，是基于县委书记的授意，但从过去已经发生的系列“诽谤县委书记案”来看，还有必要澄清一些概念，那就是媒体对诸如县委书记等官员队伍的监督权和批评权。

记者采写报道是职务行为，它和普通人公开发表言论有本质区别。这一职务行为的本质，是代替公众行使知情权和监督权，因此，对新闻采访权的保护，要甚于对普通民众言论权利的保护。当然，媒体也应遵守真实客观公正的原则，如果确因报道侵犯个人或集体的名誉权，可以通过法律途径解决。但是，有些地方官员动辄以诽谤罪的名义对待舆论批评，则有滥用权力逃避监督之嫌，应引起整个社会的警惕。

关于权力的运行，十七大报告早就有鲜明的表述：“确保权力正确行使，必须让权力在阳光下运行。”这彰显了党对权力运行的科学态度。而“党同各种消极腐败现象是水火不相容”的铿锵之语，更表明了党对反腐败的坚决态度。

而能否让权力在阳光下运行，考验着每个权力运行者的权力观。温家宝总理曾说，政府的一切权力都是人民赋予的，政府必须对人民高度负责，全心全意为人民谋利益，自觉接受人民监督。接受人民监督是坚持执政为民、坚持依法行政、做好政府工作的根本保证。只有人民监督政府，政府才不会懈怠，政府机关工作人员才不会滥用权力。

当前的问题还在于，我国司法机关对刑法中有关诽谤罪的公诉立案问题，尚缺乏具体的操作标准。这就极容易给一些地方官员以滥用职权的借口。如果国家立法机关或最高司法机关不迅速修正或者解释刑法的这一规定，类似的事情就还有再出现的可能。

（2008年1月8日《新京报》）

# 解放思想从哪里杀出血路来

《南方周末》方舟评论

广东到底是广东。近代民主革命从这里发端，第一次改革开放从这里起步，南方谈话的春风亦从这里吹遍全国。现在，新的广东省委书记汪洋到任伊始，即重新高举思想解放的大旗，继续用思想解放推动改革开放，让改革开放再上新台阶，无疑是对改革开放30周年的最好纪念。

那么，新形势下我们该如何解放思想呢？

营造一个“宽厚、宽容、宽松”的舆论环境，是解放思想的首要急务。思想本来就是自由的，只要言者无罪，自然言无不尽。而一部世界历史告诉我们，一旦言无不尽，人类的智慧就很容易充分涌流，就很容易导入社会治理之中，从而为社会健康发展提供强大的智力保障。

思想天性自由，但现实有限，这也是我们必须面对的。科学理性和政治理性的统一，是任何一个负责任的政党和政治家的明智选择。负责任的公民应该理解这种选择，与这种选择达成默契，学会对话、学会协商、学会妥协、学会合作、学会共赢。任何轻浮冒进都是要不得的，都可能导致新的曲折，不仅达不到我们要达到的目标，反而使我们已经取得的成就难以巩固。历史上不乏这样的教训，我们应有足够的警惕。

因此，我们要自觉把解放了的思想统一到科学发展观上去，统一到更好更快的发展上来。科学发展观不是一句空话，而是有着强烈的现实针对性，有着无限广阔的空间。怎样的发展是不科学的？或者说怎样的发展才是科学的？这里的标准究竟是什么？在以人为本已经上升为主导价值之当下中国，显而易见，这里的标准只能有一个，那就是人的标准。凡是有利于人的普遍自由和普遍幸福的发展，就是科学的发展；凡是不利于人的普遍自由和普遍幸福的发展，就是不科学的发展。为什么发展不能见物不见人？为什么发展必须见物更见人？根本的原因就在这里。科学发展观从根本上说，就是一切为了人的发展观，一切为了人的普遍自由和普遍幸福的发展观。用这样的标准去丈量，我们就不难发现，有哪些阻挠科学发展的陈腐观念需要破除，有哪些见物不见人，限制人的普遍自由和普遍幸福的体制机制需要变革……把这些问题弄清楚并在全社会形成共识，才是真正的思想解放，也才能真正推动进一步的改革开放。

要这样去思想解放，领导干部带不带头最关键。不可否认，现在不少领导干部不是心里不清楚、不明白，而是揣着“聪明”装糊涂。他们把保住既得利益看作自己的主要使命甚至是唯一使命。只要有利于自己利益的，思想要多“解放”就多“解放”，甚至不惜挑战党纪国法；只要不利于自己利益的，思想要多保守就多保守。改革就是要制约他们的权力，剥夺他们不合法的利益，使他们真正成为“公仆”，只能做有利于人的普遍自由和普遍幸福的事，而根本不能做不利于人的普遍自由和普遍幸福的事。实际上，人民群众的思想和实践从来都是很解放的，他们没有不希望自由和幸福的，没有不希望子孙后代可持续发展的，所以没有不关心自己的权益的。从这个角度讲，思想解放的最大阻力显然只会来自既得利益者而不是人民群众。

有阻力就有风险，这就需要克服“求稳怕乱”的思想，树立敢为人先的理念，拿出“杀出一条血路”的勇气。正如任仲夷所言：“稳定压倒一切，但不去解决矛盾，矛盾最后就会压倒稳定。”思想解放从来不可能一帆风顺，但作为改革者，就应该不惧风险，以天下为己任。从改革初期习仲勋的主动请缨、袁庚“时间就是金钱，效率就是生命”的呐喊、吴南生“杀头就杀我吧”的豪言、任仲夷悲壮坚定的“冒死挺进”，再到广东新领导班子的义无反顾，我们看到了一代又一代改革者执政为民的坚定信念，看到了广东的希望、中国的希望！

土地已经开化，河流已经解冻，让我们拥抱思想解放那万紫千红的春天吧！（作者：关山）

（2008年1月9日《南方周末》）

# 散步是为了遇上可说服的市长

《南方都市报》社论

2007年5月，鹭岛阳光明媚，厦门人却为家园揪心。烟囱即将取代绿树，毒气不日升到晴空，PX要把鹭岛变成化工厂里的盆景。这本是市长应允的项目，厦门人却有自己的看法。他们能找到可以说服的市长么？厦门人不自信，但他们很努力。不如散散步，也许可以遇到愿意倾听的市长。厦门人何其有幸，终于得以与可以说服的市长一道，为城市赢得光荣。

上海人也想遇见他们的市长。两天前，向西延长磁悬浮线路的优化方案进入公示期，为了和平表达，沿线市民来到人民广场，以散步、“购物”表达对磁悬浮通过自家门口的意见。市民说，这是表达意见的一种方式；官员说，公示的只是草案，不排除再作调整，呼吁市民合法理性反映意见。虽语带警示，毕竟都平心静气，官民沟通果真如散步寒暄一般镇定。

散步，只为偶遇可说服的市长。散步的厦门人与上海人，人同此心，心同此理。这心情，足可放到阳光下来晾晒。有多久了，市长不可说服。又有多久，公众也开始不可说服。这种不可说服的治理状态，直引向共识丧失、怨恨积聚、对立升级。它使一切社会建设，纷纷陷入灰暗的冲突之门。如今，厦门市长第一个走出来，愿意也可以被说服。对话的欲望滋长，不可说服的固执消释。市民在说，原来从容的散步，也可以遇到智慧的市长。

那些不可说服的强硬，它们从哪里来？公权没有制衡，行政一枝独大，市长于是不可说服；政府不可说服，官员难以管束，又制造出更多不可说服的民众。你看到了今天社会的不信任、不服从么？合理的、不合理的，相关的、不相关的，理性的、不理性的，都在公共生活中隐隐发作，令社会险象环生，令治理徒增磕碰。真有人觉得，磁悬浮轨道50米或者30米的安全论证，就能令居民信服？城市变电站这样或那样的辐射检测，就会使居民坦然接受？不可说服的强硬，源于公权而发作于社会，它们以不同的心理凭借，却一同摒弃了公共生活的理性氛围，而重建却前路迢遥。

总理温家宝说，没有一个肯听取意见的政府会垮台！不肯听取意见，所指的难道不正是长官们不可说服的强硬？如果不问今日权力之来源，总理所言无疑意在表明，公共权力的运作，必须要有最起码的可说服性——无论它是源于官员个人的开明自律，还是源于执政党纪律的内部约束，可以说服都是权力公共性的最低要求。

但今天要遇到一个可以说服的市长，也许要去广场散步才有可能。散步再从容，表达再智慧，依然是诉诸委婉的力的表达，是另一种引而不发的力与力的相遇，而政府与市民，何至于历经文明演化，还只能在最原初层面，作一种蛮力的申诉？执政高层的反躬自省，如何能进逼一步，以政治开放广泛接纳民意，致力打造民主的现代政府，从而令市长可说服，公民有尊严，治理更理性？

前有厦门，今有上海。再有怎样的政治警惕，你若去问问散步的市民，不过是说，想见一个凭理性可以说服的市长。但如果抛却这疑问，直接以现代政治的语言发问，则因为宪政之下的权力来源，公众不必说服政府而政府必自动服膺公意。散步的用心，反过来为市长所用，成为必须追求的施政技巧。不过，能在今日散步，而恰巧又遇上一个可以说服的市长，实在已是幸运之极了。

（2008年1月14日《南方都市报》）

# “吵架”的大会也是团结的大会

《南方周末》方舟评论

又是一年“两会”到。照例，今年的全国政协、全国人大仍将是一次胜利的大会。不过，与往年不同的是，今年的“两会”是换届后的新一届“两会”，今年又正值改革开放30年和奥运年，人们有理由期盼，由新面孔组成的代表、委员能够为外界展示一种新的会风，能让我们的“两会”走向新的胜利。

怎样达致新的胜利呢？照例，胜利的大会总是与团结的大会连在一起的。可是，究竟该怎样理解大会的 “团结”，不能不说仍有歧义。

词典上讲，“团结”有两种含义：一是“为了实现共同的理想或完成共同的任务而结合或联合”，二是“和睦，友好”。具体到“两会”会风，可以说，前者是高层次的团结，真正的团结，后者则是低层次的团结，狭隘的团结。

遗憾的是，在人们的传统印象里，不少代表、委员展示的仅仅是一种“和睦，友好”的会风。无论是对记者表态还是在分组讨论时发言，很多代表、委员激动地说着似曾相识的话；分组会上，一些代表、委员习惯说好听的话，要么大谈特谈本省、本行业过去的成就，要么激情畅想未来的蓝图；有的代表、委员把开会当作例行公事，提一些无关痛痒的议案、提案了事，老老实实地做他“会前握握手，会中拍拍手，会后挥挥手”的“三手”代表。

这样的代表、委员无疑是极不称职的。他们有负人民的重托，有损法律职责的尊严，甚至也对不起纳税人为此支付的高额会费。而且，他们的做法必然影响到人大、政协工作的效率、质量和形象，引起民众的不满也就在情理之中。

“两会”上肯定成绩，总结经验是必须的，但为民请命、激辩国是也是民意所托。而且，宪法和政协章程也赋予了代表、委员的言论免责权，他们完全可以在“两会”上“依法吵架”。

当然，我们的人大、政协制度设计确有不利于　“吵架”的地方，尚需进一步完善，可是即便如此，也有许多敢于“吵架”的代表、委员涌现出来。比如，今年广东“两会”期间，人大代表卢光霖痛批政府的预算管理是“逼着你乱花钱，不花完，你就是蠢材”；广州市政协委员赵常青直接批评广州市长张广宁宣读的政府工作报告“压根没提春运应急预案这回事”；广州政协副主席郭锡龄炮轰铁道部应对雪灾不力，直指“铁道部的人要撤职”

“依法吵架”应该成为“两会”的常态。我们不必学习海外议员大打出手的不雅，但“吵架”却是代议制度的通例。让民众的心能够伴随着代表对“民意的阐发”而澎湃，只有这样，才能最终开成一个胜利的大会，也才能最终达致“实现共同的理想或完成共同的任务”这一意义上的大团结。（作者：郭光东）

（2008年3月6日《南方周末》）

# 批准“民权公约”没有不可逾越的障碍

《新京报》社论

在前天的记者见面会上，温家宝总理在回答“中方是否打算在北京奥运会召开之前批准《公民权利和政治权利国际公约》”提问时，明确表示：“我们正在协调各方，努力地解决国内法与国际法相衔接的问题，尽快批准这个条约。”（3月19日《新京报》）

《公民权利和政治权利国际公约》简称“民权国际公约”，它与《世界人权宣言》、《经济、社会及文化权利国际公约》被统称为“国际人权宪章”，是最重要的国际条约之一。我国于2001年批准了《经济、社会及文化权利国际公约》，但对民权国际公约，自1998年10月签署后，尚未提交全国人大批准。

从内容上看，民权国际公约的主体部分，规定了公民个人所应享有的基本权利和基本自由，主要包括：生命、自由和人身安全的权利，免受酷刑的自由，司法补救权，不受任意逮捕、拘役或放逐的自由，公正和公开审讯权，无罪推定权，迁徙自由，宗教自由，结社集会自由，参政权等。与公民所享有的经济、社会和文化权利相比，这些权利更关乎公民人格和尊严，被称为“第一代人权”，在公民权利谱系上居于优先地位。

检视我国现有国内法，应当说，大体上是与公约规定相一致的，也认同公约的理念。如在男女平等，法律面前人人平等，罪刑法定，禁止酷刑，对罪犯实行人道主义待遇等方面，我国立法均与公约并无差异。甚至在某些方面，国内法比公约的规定更周全，要求更高。如在死刑适用上，公约仅要求“对孕妇不得执行死刑”，而我国刑法明确规定“审判的时候怀孕的妇女，不适用死刑”，限制更为严格。

但也要看到，国内法与公约在一些方面仍有较大的差距，亟须修改衔接。主要表现有：我国的劳动教养制度，与公约所规定的剥夺公民人身自由必须“依照法律确定的根据和程序”，并“由法庭作出决定”，以及“非经法庭合法命令禁止强迫或强制劳动”不符；死刑的适用，公约要求只有“最严重犯罪”才可以判处死刑，而“最严重犯罪”并不包括财产犯罪、经济犯罪等，与之相比，我国的死刑的适用范围显然过大；公约确认个人有迁徙自由权，而我国宪法却没有规定该权利；公约规定凡受刑事指控者均享有无罪推定、不得强迫自证其罪权等，而我国刑事诉讼法要求犯罪嫌疑人负有如实供述义务等。

为消解这些冲突，近年来，我国立法、司法机关做了大量工作。如对劳动教养问题，立法机关在2005年就已着手制定《违法行为矫治法》，试图对其进行司法化改造；对于死刑问题，2007年死刑复核权收归最高人民法院，在司法上限制和减少死刑已逐步实现。另外，2003年废除收容遣送制度，2004年“国家尊重和保障人权”入宪，以及近年来司法改革和依法行政不断推进等，皆为公约的批准和实施创造了积极条件。

即便是那些依然存在的冲突，也并非是不可逾越的障碍。依据国情和条件，尽快修订有关立法，向公约标准靠拢，在法律界早已达成基本共识，也能大大加快我国的法治进程。如通过修订刑法，进一步缩减死刑的适用范围；通过修订刑事诉讼法，确立无罪推定、沉默权、司法审查制度等。至于那些极少数不符国情或不具备实施条件的，也完全可以通过提出保留或解释性声明，排除、限制其对我国的适用。

总之，在民权国际公约的批准和实施上，在我国并不存在不可逾越的障碍。如果立法机关和有关部门能够加快工作步伐，则总理所提出的“尽快批准该公约”的目标将不难实现。

（2008年3月20日《新京报》）

# 不忘记李红霞 就是不忘记我们所付出的代价

《南方都市报》社论

清明雨落，追忆逝者。李红霞在故乡田间静静沉睡，大概不知道在她短暂停留过的广东，人们再一次谈起她，谈起那一场突如其来的灾难。一个无辜生命猝然早逝，让所有人都感到惋惜、悲痛和歉疚，一个人群默默承受苦难，让所有人都感到悲伤和沉重。

纪念李红霞，就是纪念本应该好好活下去的一个人。每一个生命都非常宝贵。“此时此刻，我们尤其不能忘记，在广州火车站倒下的那个年轻鲜活的生命，对这个沉痛的代价我们至今仍感到深深的歉疚和自责！”这是广东省委书记在抗灾救灾表彰大会上的发言。广东在冰雪封途的困境中平安送走数百万人回家过年，顺利安置数百万人留粤过年——值得欣慰的数字是这样巨大，但是并不能够抵消一个人无辜死去所带来的遗憾、悲痛、歉疚甚至羞耻。生命无价，没有任何事物、任何理由能够让死亡显得无足轻重。

纪念李红霞，就是纪念在那一场灾难中默默受苦的一群人。到底是什么样的拥挤和无序，才会导致踩踏死人，没有亲身经历过的人恐怕永远都无法想象。我们所知道的是官方公布的数字，1月26日至2月4日，广州火车站日均滞留旅客达20万人左右，最高峰时达40万—50万人。我们所听到的，是不断地有人晕倒的消息，晕倒的人被众人帮忙抬出来，救过来。我们所看到的，是报纸上的图片和电视里的片段，人山人海，人群中涌动着令人惊恐的亢奋和蛮力。将这人群分解成一个一个的人，我们看到的是一个一个幸运活下来的李红霞，他们没有被踩踏致死，但是他们也承受了巨大的痛苦：焦急、恐惧、寒冷、饥饿、疲惫——这逼近极限的苦罪，难道是他们应该承受的？他们有权利平安顺利地回家，他们不应该，也没义务受这样的罪、吃这样的苦，他们的付出何尝不是“沉重的代价”，他们的付出，我们又怎能忘记？

不忘记李红霞，就是不忘记我们在这场雪灾中所经受的痛苦、所付出的代价。

不忘记李红霞，就是不忘记政府在重大突发事故中应负的责任。汪洋说："我希望，大家记住这件事，记住这个人，记住这个惨痛的教训，并以此警醒和激励我们改进工作……我们要以人为本，进一步做好外来务工人员的服务工作。"灾难当头，全力救援远比追究责任更为重要。但是灾难过去，反省不足和吸取教训也比庆幸或者庆功更为重要。在一场突发自然事故之中，政府应该扮演哪些角色、承担什么责任？在平常日子里，政府又该为突发事故做好哪些准备？哪些事情可以改进、哪些灾难本不应该发生？李红霞之死政府并不负有直接责任，但是不论是省委书记还是市委书记，无不表示深深的歉疚。为什么？因为整个救灾过程中，政府的工作还可以做得更好。

说永不忘记，只是在说这一刻沉痛得深刻。时间流逝洗涤旧迹，我们可能终会把李红霞这个名字忘记，就像把2008年春节前夕突然降临在南中国的那一场灾难忘记一样，就像我们已经忘记了的许许多多的不幸、许许多多的歉疚。我们的时代精神是向前看的。只是，对那一个生命、对那一个人群的那种惋惜、歉疚和永远也无法补偿的心情，将会始终藏在人们心底里一个真诚的角落，成为这个一往无前的时代永远无法丢下的注脚。

（2008年3月29日《南方都市报》）

# 阜阳疫情：以谎言辟谣言　行政良知何在

《新京报》社论

一起公共卫生事件，让谣言与恐慌迅速通过网络与手机短信，弥漫在4月的阜阳城市上空。当地政府辟谣称：确有“几名”婴幼儿因患春季呼吸道疾病相继夭折，且这几例病没有相互传染联系。但市民普遍觉得政府的公告迟缓与暧昧，因为出现在医院和幼儿园门口的宣传单内容是“怎样预防手足口病”。

而且，随着疫情真相的逐步揭开，“谣言”与“谎言”迅即同时瓦解。4月27日《民主与法制时报》报道，当地政府所称的“呼吸道疾病”，其实是肠道病毒EV71感染，该病主要通过唾液、疱疹液、粪便污染的物品密切接触传播，儿童和成人都可能感染，常引起儿童手足口病、病毒性咽峡炎，重症患儿可出现肺水肿、脑炎等。少数患者可出现心肌炎、无菌性脑膜炎和肺水肿等并发症，严重时可危及生命。而所谓“几例”，据昨日新华社报道，阜阳市政府提供的消息称，阜阳市3月份以来已有789名儿童感染肠道病毒EV71，19人经全力抢救无效死亡，目前仍在医院住院治疗和留院观察的有204例。而之所以说是“几例”，是怕引起百姓不必要的恐慌。

目前我国尚未将手足口病列入法定传染病管理，缺乏统一的病例诊断与报告标准。但面对传染疫情，阜阳市各医院和幼儿园无一例外地选择了沉默，却极不正常。“上级有安排，这件事情，不准乱说，谁说出去，谁丢饭碗。”面对“怪病”以及汹涌全城的谣言与恐慌，当地政府姗姗来迟的“辟谣”，竟然是谎言，从而一再延误社会及公众防治疫情的时机，以致在医院里“抱着孩子来看病的家长络绎不绝，大家挤在一起，没有任何隔绝措施”。

“怕引起不必要的恐慌”，反而引起更大的恐慌，更严重的后果。其实，“谣言止于公开，恐慌止于公开”这样的常识，从几年前的非典开始，舆论就曾重复多次。然而，到此番阜阳手足口病疫情事件，人们发现与常识背驰的、以捂为主的应对办法，依旧成为一些地方政府处理公共危机的主导思路。

很多网民“又是阜阳，又是婴幼儿”的浩叹声，更让人对阜阳市以谎言应对谣言的做法愤怒。人们记忆犹新的，是2003年前后阜阳市因劣质奶粉导致的“大头娃娃”事件。此事件导致189例婴儿患轻中度营养不良，12例婴儿死亡，造成恶劣影响。事后证明，尽管“大头娃娃”早已成为阜阳人民的恐慌，但从群众举报到有关部门介入查处，竟历经长达16个月。

为什么疫情发生了将近两个月，已经死亡19人，才公布相关信息？为什么在此之前，阜阳市政府部门选择了沉默与谎言？越是紧要的公共卫生事件，越拷问着政府的行政良知。这种行政良知体现于，当地政府部门到底是不是以人民生命安全为本。之所以一再发生瞒报事件，无一例外地出于行政机关及其官员对自身利益的考虑。阜阳市政府部门以撒谎的方式“辟谣”，并明令相关部门三缄其口，其背后行政价值的取向，已不言而喻。

在非典之后，卫生部专门发布《关于法定报告传染病疫情和突发公共卫生事件信息发布方案》，国务院也于去年颁布《政府信息公开条例》。但是，仍旧发生在阜阳的以谎言应对谣言的现象，表明政府信息的公开化以及相关问责制度的建设，依然任重道远。

（2008年4月28日《新京报》）

# 祭奠你们，我的父母、兄弟姐妹和儿女

《南方都市报》社论

就是这三分钟，我们真的什么都不想做，只想哭泣。

这泪水首先是为你，废墟下的人们，我们能感觉到你的身躯一点一滴在冰冷，我们能感觉到你的疼痛、呼号和恐惧。

这泪水也是为你，劫后余生的人们，你们在那余震不断、洪水与疫病威胁着的帐篷里可好？你们失去亲人的哀痛可稍有平复？你们被打断的人生憧憬可再度燃起？

这泪水压制已久，因为救人如救火，我们还来不及。我们还放不下手中的铁锹，我们还停不下飞奔的脚步，我们还摆不脱心中的焦急，我们还在心中祈祷，我们还想更加出力。

然而终于有了这三分钟，我们就不撑了吧，我们就不盼了吧，我们就哭吧！

正在挖掘的救援者们，你们哭吧；一线的医生护士们，你们哭吧；飞奔而去的志愿者们，你们哭吧；尽心尽瘁的领导者们，你们也哭吧；所有在呐喊、在急切、在募捐、在援手的人们，你们都哭吧。在五千年来第一个为普通人设立的国家哀悼日里，让我们的泪水奔涌而出，以国家的名义哭泣，更重要的，以“人”的名义哭泣。

空前的灾难击中了我们，在某些地方甚至击垮了我们，让我们看见自己的脆弱。然而空前的灾难更激发了我们，荡涤了我们，灾难之下，无数人自发奔赴灾区，无数人捐款捐物捐血，所有的目光都注视着每一个幸存生命，我们的情感从未如此炽烈，我们的人性也从未如此纯粹。

此次灾难中呈现出更可贵的是，公共管理方式的重大积极变化，更透明及时的信息，对外界和民间更开放包容的态度，而国家哀悼日的设立，则是顺应民意潮流的标志性举措。

祭奠你们，我的父母、兄弟姐妹和儿女。你们身受的极致惨烈和巨大痛苦，都是我们必将牢牢记下的心灵之债。我们唯一能偿还的方式，就是将灾难当前的人性和制度刷新，固化为我们全社会的常态，成为我们迈向未来的新起点。

让我们一起来偿还吧，政府官员们，请将公共事务管理得更好更以人为本；企业主们，请更多投入公益回报社会；普通市民们，也请更多关爱你身边每一个不幸的弱者。让我们更善良起来，更单纯起来，更热爱起来。

我们不能不建设一块更美丽更安全更关怀每一个个体的土地，因为在这土地下，埋藏了那么多、那么多曾经纯洁、曾经无辜、曾经热望的眼睛。

（2008年5月19日《南方都市报》）

# 汶川震痛，痛出一个新中国

《南方周末》方舟评论

大地还在痉挛，灾难还在延续，每时每刻，都可能有同胞牺牲。生命在危机中，祖国在危机中。

但是，我们已经走出恐惧，因为我们已经看到希望。救人高于一切，救灾高于一切，已经成为整个国家的最强音。必须以举国之力拯救一切可以拯救的生命，已经成为全民族的共识。于是，十万救灾大军雷霆出击；于是，国家领导人冒着余震不断的风险，相继奔赴救灾第一线；于是，公共娱乐暂停，奥运火炬暂停，一切为救灾让路，一切为救人让路。

这其实是对生命的礼遇。这种对生命的礼遇，在国家哀悼日达到了最高峰。地无分南北，人无分老幼，所有的人都同时向逝者的亡灵默哀，所有的人都同时向生命的尊严低头。那一声声警报，是呜咽，是抽泣，但更是呼唤，呼唤我们重新体认人的尊严，呼唤我们重新体认生命的价值。

从雪灾到胶济惨案，从胶济惨案到四川大地震，灾难不但突如其来，而且一次比一次暴虐，一次比一次惨烈。我们原本以为物质上的金汤之城，足以让我们长治久安。但大自然的灾害却不以人的意志为转移。既然山川可以瞬间崩裂，既然道路可以瞬间扭断，既然城镇可以瞬间毁灭，在大自然无边的力量面前，既然一切物质的力量都现出了原形，都那么脆弱，都那么不堪一击——我们过去对于物质力量的迷信，就不免显得幼稚可笑。

这是新的抗战，这是全民族的抗战。它要保卫的主要不是土地，而是无数无辜的生命。面对大自然强加的这场战争，我们注定不可能是胜利者。已经逝去的生命不可能重来，尤其是天使般的孩子们的夭折，应该让我们每念及此，都有锥心之痛。所以无论我们怎样努力，将来都没有资格去庆功。但我们的确可以从灾难中学习。生灵涂炭，满目疮痍。悲壮的牺牲应该让我们清醒，单纯的物质上的强大并不足恃。如果连生命都无法保障，一切就都没有意义，物质上的强大就不过是沙滩上的建筑而已。

在泪眼之间，良知复苏；在废墟之上，人性挺立。大地震震掉了我们心灵的尘垢，震碎了我们日常的面具。不能等到埋到瓦砾下才去爱，每个人都是幸存者，每个人都值得爱。大地震让我们重新发现人本身，重新回到人本身。所有的冷漠，所有的骄矜，所有的轻狂，这时都不再时尚。我们彼此珍惜，我们携手同心。原来中国人并不丑陋，原来中国人可以这么友善，原来社会可以这么脉脉温情。

更重要的是，这一切是执政党和政府身体力行并积极倡导的结果。以国民的生命危机为国家的最高危机，以国民的生命尊严为国家的最高尊严，以整个国家的力量去拯救一个一个具体的生命、一个一个普通国民的生命。国家正以这样切实的行动，向自己的人民，向全世界兑现自己对于普世价值的承诺。

显而易见，这是一个拐点，执政理念全面刷新的拐点，中国全面融入现代文明的拐点。多难兴邦，拐点出现之迅速超出期待，于是，如一些网友所说，这次灾难中政府的表现没有让人民失望，人民的表现更是让政府动容。为了调动尽可能多的力量拯救生命，政府敞开了救灾的大门，民间力量争相进入，国际援助争相进入，媒体争相进入。一个开放的、透明的、全民参与的现代救援体制正在拔地而起。但它并没有给政府添乱，反而跟政府力量配合，形成了最大限度的合力。这个崭新的救灾体制，或将是未来中国公民社会的模本。

固然，从技术着眼，此次救灾亦非尽善尽美，但即便不乏瑕疵，亦无损此次全民族抗战的历史地位。它是以人为本这一现代执政理念发展的顶点，也是中国迈向现代国家的一个崭新起点。

尤为难得的是，这次新的抗战正铸就我们新的民族气质，仁爱、包容、坚忍的民族气质。以这种新的民族气质做支撑，属于每个中国人，成为每个中国人的生命方舟的新中国，将不难从灾难中崛起，有如浴血的太阳。这种软力量的崛起是体面的崛起，是有尊严的崛起。只要国家以苍生为念，以国民的生命权利为本，只要有这样的底线共识，就会奠定全民族和解、中国与全世界和解的伦理基础。整个世界就都会向我们伸出援手，整个人类就都会跟我们休戚与共。我们就会与世界一起走向人权、法治、民主的康庄大道。

这是多好的转型契机。中国现代化这锅百年老汤，是到煮开的时候了。一个民族的百年悲情，是到升华的时候了。人们原本以为，以北京奥运会为标志，中国正在抵达历史三峡的出口；谁知，大自然提前给中国出了一道难题，而正如境外媒体评论的，中国人以高分通过了考试。汶川大地震与北京奥运会，一悲一喜，悲欣交集，中国能不能闯过去，我们这个古老民族能不能凤凰涅槃，否极泰来，关键就取决于我们当下的选择。而在这点上，此次抗震救灾无疑是成功的操练，应该可以奠定我们的信心和决心。

（2008年5月22日《南方周末》）

# 区分“断供”类型 降低社会风险

《21世纪经济报道》社论

近日，深圳房地产市场存在的一些“断供”现象引发关注。此前谣传深圳断供涉及到的房贷超千亿元，但这一说法已经遭到有理有据的反驳，因为深圳的房贷余额才2300亿元，不可能有50%的断供率。对“断供”的夸大，很多人认为这是房地产炒作者的“语言恐吓”，是对房地产商任志强的“要死也是银行先死”话语策略的效仿，意在“逼宫”政策当局，给房地产融资和信贷“松绑”。

以日本和中国台湾地区的历史经验来看，最先“断供”的大多数并非自住型购房者(购第一套房者)，这不是意味着自住型购买者从来不在房地产泡沫峰值的时候购买房子，而是因为自住型购买者对资产价格的波动的敏感度较低。“断供”总是代表着持有资产者处于“负资产”境地，但是那些对资产价格极端敏感的炒作者往往更想立即摆脱“负资产”的窘境，他们会更主动地停止对房贷的支付，将资产缩水的问题扔给银行。

有趣的是，可以将“断供”行为同期货交易中的“保证金”规则做某种类比。“断供者”此前愿意在很狂热的资产泡沫中用很高的价格购买房产，是赌未来上升的走势以及“高位转手”的利润，如同期货市场上“做多”的思路。但是，人算不如天算，资产价格一旦“剧烈下行”，过了某个界限，对于期货投资者来说，保证金不够意味着会被强行平仓。只不过“强行平仓”的施行者是机构(期货公司)；对于房地产而言，如果房产价格的“暴跌”程度超过了首付(例如两成)，那么也会被“平仓”，只不过这次施行者是房地产炒家个人，“平仓”的表现形式就是“断供”。例如很多深圳房地产炒家都表示，无法接受房地产资产下跌还要继续偿还高额房贷的事实。还不如“断供后，重新买一套也划算”。

这一“平仓”实施主体的迥异佐证了房地产市场的风险不对称。所以，区分风险的类型和方式就非常重要。在大多数发达国家，都会区分自住者(首次购房者）和非自住者，在两者上施加不同的规制策略，例如自住者的首付以及按揭利率都会优惠，而非自住者的门槛会比较高。这不仅仅是因为国家的政策要照顾民生（让没房者尽快有房子住），更重要的是一种风险控制的策略行为。实际上，中国的房地产的风险控制起点正是对“二套房”的房贷新政，而房贷新政也的确立竿见影。

尽管要尊重“购买资产即要承担责任”这一市场经济的原则（政府无需挽救那些行为不端的资产购买者），但也需要区分在泡沫峰值（“击鼓传花”接最后一棒）中购买的房地产的客户类型。随着房价的继续下滑，我们不仅会看到在房地产峰值期购买的炒作者们更多地加入“断供”的队伍，同时我们也会看到一小部分自住型购买者也会加入——美国现在就很明显地存在这种情形。日本过去的一种做法是，对于那些非自住型的断供者，银行要提高警惕，不要被这些人的“时供时断”打断资产处置的节奏，因为这意味着随着时间推移，银行比购房者承担越来越多的风险。正确的做法是，银行一旦发现购房者存在还款问题，就要快速拍卖住房的产权，进行资产快速回收，降低坏账风险。如果断供者是自住型的，只不过是因为经济下滑（或者通胀更多地吞噬了家庭月收入）导致家庭收入流无法与房贷月供“匹配”，那么银行可以采取一些“调剂做法”，日本选择的是调整还款的年限和方式，尽量让两者“匹配”，美国现在的做法是“利率固化”。总之，尽量降低自住型购房者的“断供率”。一旦确凿“断供”行为，那么将要在征信系统里严格记录并对该行为主体日后的金融行为进行“限制”和“严厉惩戒”。由于“断供”和“住房负资产”等现象在中国还非常新奇，所以“惩戒”力度也并不特别严厉（主要是加大对债务的追索、限制日后融资，例如信用卡以及其他个人贷款），但成熟的市场国家则在这方面是非常严格，因为个人道德风险所造成的损害并不亚于企业的道德风险。

（2008年7月22日《21世纪经济报道》）

# “毒奶粉事件”：政府该做的和不该做的

《财经》社论

国人尚沉浸在成功举办奥运会的喜悦之中，三鹿“毒奶粉事件”不期而至。事件曝光后，政府反应相当迅速，制度层面的调整亦在展开：从对受害婴幼儿免费治疗，到全面检测乳制品质量并公之于众，从终止施行八年之久的食品质量免检制度，到企业负责人刑拘以及地方政府和质检部门首脑去职，种种举措可谓坚决而且颇具透明度。

然而，在关注事件进展的同时，我们更关注的还是让悲剧不再重演的制度建设。应当承认，此次三鹿及众多乳品企业的问题波及面广，后果严重，直接可见的原因固然是企业未能把好产品质量关，说得更重些，还涉及社会责任的缺失。但显著的制度原因，则在于政府没有当好“守夜人”。中国的乳制品行业是改革起步较早、竞争较为充分的开放性行业，但因乳制品的安全直接关乎公众生命健康，需要通过事前的恰当监管对生产者加以约束，这是政府的基本职责所在。

如今，政府失灵、监管失察引致问题爆发。危机当头时应急式、运动式的监管风暴实出无奈，更重要的还是以此事件为契机，大步推进体制变革，从根本上分清在市场经济中政府该做什么和不该做什么。唯有如此，方能建立起行业健康发展的长效机制，让孩子和大人都喝到“放心奶”；也唯有如此，才能让这起上万婴儿付出了健康甚至生命代价的悲剧事件，成为走向未来的新起点，真正建立起食品业“中国制造”的信誉。

从此次“三鹿事件”分析，政府该做什么和不该做什么呢？

对于前者，舆情已颇有共识：政府该做的是监管，而乳品质量的监管环节“政府缺位”是沉痛教训。不过，中国已经放弃往昔的计划经济走向市场经济，在市场体制中如何建立有效的监管体制，牵涉到一套相当精巧的制度安排。具体而言，这包括监管者在产业链中的角色、位置，包括实现责权对称，坚持信息披露，包括如何监管监管者以防“监管俘获”和滥权，还包括如何掌握监管分寸防止过度监管等。当然，政府作用的内涵又远大于狭义的监管，维持市场竞争秩序和保证公正执法自是题中应有之义。

由此，可以看出此次事件中，监管体系“政府缺位”的缺口相当清晰。质检总局虽在去年5月的宠物食品出口风波中已知三聚氰胺之祸，仍未在国内食品业制定相应的行业检测标准，更未安排实施相应检测；此外，免检制度竟用于婴儿食品，且长年不作改进，都是严重的失职。而失职发生，正与过往责权极不对称的制度安排直接相关。

质检总局在去年8月24日即发布《食品召回管理规定》（即98号令），严令必须及时召回“对人体健康造成严重危害甚至死亡的，或者流通范围广、社会影响大的不安全食品”，而三鹿“毒奶粉”至迟在今年7月中旬至8月初间已由甘肃省卫生厅和厂家分别认定并上报，但无人实施召回规定，三鹿亦未按规定“向社会发布食品召回有关信息”，令不行禁不止的现状令人痛心疾首。

进一步说，恰如前一时期质检总局一司长“非正常死亡”事件曾引起对腐败的广泛质疑，“三鹿事件”进一步把“谁来监管监管者”的问题提到公众面前，相应的制度修补成为紧迫任务。

三鹿危机事涉“政府缺位”，还容易使人忽视这一事件中“政府越位”的教训。二者并存，且越位使缺位的后果愈发严重。在国家质检系统，免检制度与“中国名牌评选”并存，就是缺位与越位并存的典型例证。由政府评选名牌或以国家背景作为市场营销的手段，其实质仍是用政府信用为企业背书，企业信用破产将严重损害政府的信誉，导致信任危机，影响其他职能的正常发挥。

“三鹿事件”中还有一层显著“政府越位”，就是政府物价部门不应有的价格干预。中国乳品业已经成长为一个年产值超千亿元的大产业，但其原奶供应源头仍是奶农散养模式，价格信号因之更为重要。政府有关部门今年初提出对部分商品临时限价，奶制品即在其中；此次“三鹿事件”发生后，再次要求企业稳定奶制品价格。这些措施无疑会严重打乱价格信号，进而影响产业链上各个环节生产者的行为。应当承认，在市场经济环境中，最终是供求决定价格，而在原料求大于供和成本抬升的市况下，价格抬升本是趋势，人为压低价格的“政府越位”之举，极易导致生产者忽视产品质量或缩减产量，在监管缺位且自律缺失的情况下，则倾向于选择前者。当然，无论何种结果，最终对产业、对消费者都是更大损害。

值得总结的教训还有许多。政府在市场经济中的角色，还应包括维护而不是干扰司法公正，鼓励而不是限制媒体公开。从这个意义上说，辨析“鹿”死谁手、实现鉴往知来的意义就更为重大。“三鹿事件”发生至今，我们已经从政府的行动中看到许多可喜的进步，显示着其修正自身角色的努力，也有理由期望更深刻的变化和更具实质性的亡羊补牢之举即将出现。中国改革30年走到今天，政府该做什么和不该做什么，正是步入改革“深水区”的大课题。（作者：胡舒立）

（2008年9月29日《财经》）

# 限量三聚氰胺释放了怎样的信号?

《南方都市报》社论

卫生部昨日召开新闻发布会，专门解释刚刚由国家五部门制定通过的公告，该公告规定：婴幼儿配方乳粉中三聚氰胺的限量值为1 mg/kg，液态奶（包括原料乳）、奶粉、其他配方乳粉及含乳15%以上的其他食品中三聚氰胺的限量值为2.5 mg/kg，高于限量值的产品不得销售。面对广泛的疑问，卫生部主要表达两个意见：一是三聚氰胺限量值属于应急的临时行政控制措施，用于监管而非标准；二是食品包装或接触环境可产生少量三聚氰胺，不能规定为零含量。

根据这个公告的精神，食品中并非要一律禁止三聚氰胺，只要其含量未超过最高限定值就属于达标。实际上，假如援引这一已经生效的指标，则意味着管控三聚氰胺的底线后撤了一大步。想必行政当局也料知这样的后果，因而不惜举行特别说明会，为短短几百字的公告背书，以平息轩然大波。尽管专家全力为公告辩护，可所持论据的逻辑显见混乱，显然很难宽慰公众的惊诧与失望。

系列食品安全危机至今还在弥漫，它们教导给民众的化学常识是：三聚氰胺是化工原料，绝对不该出现在食品中。而新规有可能模糊这个常识。它认为非人为的微量三聚氰胺允许存在于食品中。卫生部还列举香港等地为例，来证明这个指标不是独有的规定，但同时又以特殊的国情说来回应对标准宽松的质疑。总之是要证明三聚氰胺是不可避免的，以此巩固公告的合法性。

需要申明的是，我们并非要推倒公告，甚至连驳斥都不是宗旨，想要表达的实乃严重的担忧。因为这的确有着费解的地方：质检总局频繁发布的抽查结果显示，奶制品彻底不含三聚氰胺完全是可以办到的，可新规又凭着环境等含糊的原因为三聚氰胺的存在预先制造理据。公告不仅让三聚氰胺正当化，它释放出干扰信号，或更令公众对质检守则的朝三暮四备感焦虑。

换言之，在没有公告的前提下可以设想：相关部门都在为杜绝三聚氰胺而展开行动，官方公布的阶段性调查结果也反复证实，没有三聚氰胺的食品是可以实现的。乐观地说，以生命健康为唯一考量的监管态势足以维持下去，起码行政资源是能够做到的。这是处置食品危机的最低标准。但三聚氰胺的限量标准问世了，让这个局面变得首鼠两端，它所引起的变数令前景愈发不确定。

这就是限量三聚氰胺极其突兀的性质。它是临时措施却又不知何时结束，它被誉为监管指数却有放松警惕之嫌疑。无论从必要性还是可行性上分析，出台限量值都有着可推敲之处。问题是，如果国家把重塑质检体系作为根除食品安全危机的教训之一，如果把恢复国民信心奉为危机处置的正确方向，三聚氰胺本该被清除出食品成分单，可现时竟对其妥协，整饬监管或收复民心会否落空？

就在戮力消除其负面影响的背景下，限量三聚氰胺传播了令人不安的讯息。而伴随限量之举的或是民间追溯既往的恐慌，例如，那些回收或封存的数以千吨计的问题奶粉会否改头换面，以三聚氰胺的“合格”检验比例再度回流市场？国民信心中途受此波折，监管制度未见决绝的改造，企业道德未见洗心革面，甚至又有明显倾向的新政可资利用，类似的忧虑绝非杞人忧天。

三聚氰胺在食品安全史上留下了浓重的阴影，逾万名幼童涉险其中，并且数字还在增加。如此重大的伤情前所未有，理所当然要采取最高级别的防范措施。事实证明，这不是不可理喻的苛责，而是行政作为可以也必须达到的境界。因此，由限量三聚氰胺而带来集体疑虑，其间所隐射的不仅仅是对个别事件的不满，还关系到政府能否从具体危机中吸取普遍教训，并始终真诚地履行国家义务。

（2008年10月9日《南方都市报》）

# 媒体的尊严只在于不甘堕落

《南方都市报》社论

山西霍宝干河煤矿瞒报事故，引出沸沸扬扬的封口费风波。近日，国家新闻出版总署曝光6家涉嫌在这起瞒报事件中收取“封口费”的媒体，其中包括中国教育电视台“安全现场”栏目收取1.92万元所谓资料费，成为涉事机构中唯一正规的中央媒体。前日，中国教育电视台发出声明，承认1.92万元是该栏目卖光盘所收的钱，同时指出收钱与电视台无关。声明披露涉事栏目乃由国家安监总局主办、某文化公司承办的免费公益专题栏目，电视台“将保留对该栏目给我台造成的损害进一步追究的权利”。

封口费本不是今天才有的惊天内幕，多数民众早认其为生活经验的一部分。作为潜规则，就过往经验来看，每次曝光往往迅速归于沉寂，难有众口置评抽丝剥茧的空间。不过，此次封口费事件迥异于前，相关机构纷纷登台自陈，其中不少有效信息，令事件的公众观察更上一层楼。

以涉事的中国教育电视台为例，此次并未选择息事宁人的潜规则姿态，相反据理力争，发表声明向社会披露内情，言辞可谓不屈不挠，可知封口费事件舆论汹涌，确实已戳痛其作为媒体的公信和尊严，因而不得不直面公众、自证清白。就声明内容来看，大抵如下：一是封口费事出有因，二是封口费暂无定论，三是本台并不自甘堕落。面对公信危机，媒体声明以自尊为要，这仍算有气有节的态度。

我们之所以如此取态，乃是深信即使身处逆境难以自外，媒体的自尊自爱仍是修复公信的核心所在。封口费事件，事实上是媒体共同的羞辱，令同业中人耻感发作，虽未身临其境，亦难以袖手安乐。我们欣赏三省吾身的自律，也提倡据理力争的澄清，因为现实要向前迈进，在道德义愤与公众谴责之外，我们也要借此深切检视，这仍可谓在堕落浮风中并不自甘堕落。

山西矿难引发的封口费风波，事实上揭开了媒体缠身的恶症。事件发生之后，舆论对涉事的真假记者和媒体机构严词谴责，甚至要求司法介入惩治，这些都完全正当。但封口费背后的堕落不仅仅是职业道德沦陷如此简单，也是更加复杂的行业困境与负面激励叠加影响的结果。只对触目的恶行败德心怀愤懑，却无力虑及长期郁结的结构矛盾，对堕落的清除便会如入迷阵。

封口费的长期泛滥，是以“封口”这一信息传播的体制痼疾为前提的。在这里，意欲封口的力量，不仅来自市场资本的收买，以求取非法收益，还来自不受约束的公权力威慑，意欲在公共名义之下贩运长官意志的私货。前者是可以讨价还价的封口费，后者则是无价可还的封口令。《瞭望东方周刊》记者孙春龙最初揭露山西娄烦垮塌事故存在瞒报时，四处举报没有回音，公开发表的报道上网不到一天就被全部删除，直至总理批示事故真相才浮出水面。封口费与封口令，从资本利诱和权力威逼两面夹击，令媒体堕入难以自持的境地。

然而，这样的外部情形，并非就使媒体堕落有了可以卸责的理由。相反，正是媒体难以自持地自甘堕落，追随并且放大了这种公然的堕落。因为现实中的媒体，不但可能感染高高在上的权力通病，还可能感染唯利是图的资本通病，甚至交叉感染而生成无所承担的怪胎。

在霍宝干河煤矿事故中收取“光盘费”的“安全现场”栏目，一方面是由国家安监总局主办的公益安全节目，另一方面又以文化公司之名向行政对象兜售光盘。这不是官商结合又是什么？这样的栏目能在国家公共电视台生存达三年之久，这只能说明媒体自身确实已经病得不轻，甚至已经与官商结合的洪流高度同构。

不管这是媒体自我选择的结果，还是根据所谓“相关部委合作协议”产生的不受监管、不负责任的“公益节目”，毫无疑问首要检讨的仍是媒体自身修为。因为当此时代，媒体最应警醒的确实就是流风所致的向下看齐、自甘堕落。如果媒体自我放弃，便再无什么可供依凭和挽救。

在霍宝干河煤矿事件中，山西本地多家媒体的表现，足以印证权力与资本威逼利诱和媒体自甘堕落之间，如何形成了围吃矿难的食腐生物链。我们之所以认同中国教育电视台自救公信的努力，甚至愿以鼓励相加，即在于这种为了自救而说出真相的举动，至少表明了一种尚可救赎的行业自尊心，我们唯一的勇气只在于不甘堕落。

（2008年11月2日《南方都市报》）

# 给奥巴马的一封信

《21世纪经济报道》社论

我们祝贺奥巴马先生成功当选第44任美国总统，作为一名非洲裔美国人，这创造了美国新的历史。在漫长的竞选过程中，奥巴马展现了年轻的活力、迷人的魅力以及作为政治家的智慧，给身处国际形象不佳与经济衰退痛苦的美国人民带来“变革”的希望。当前由美国金融危机引发的全球经济动荡和衰退，也促使全球更加关注美国新总统的政策倾向，奥巴马政府的作为不仅决定美国命运，还关系到世界的未来。“美国已开始改变”，奥巴马获胜后宣示，他深知美国选民期待从不得人心的战争泥潭与经济危机中走出来。对于饱受金融动荡的国家而言，对于中国珠三角失业的产业工人来说，对奥巴马成功拯救美国经济也具有共同期待。贪婪与放纵制造了华尔街危机，令全球陷入有史以来最广泛的衰退。中国因与美国具有世界上最为重要与庞大的经济关系而受害，我们期许奥巴马在两个月后正式就任总统前的这段日子，集聚美国人的智慧，并与其他经济体共同制订一项完整的、有效的经济拯救方案。奥巴马的胜出就是向危机挑战的号角，甚至他的获胜在全球制造了“奥巴马行情”。

诚如奥巴马在竞选中所表达的，我们希望奥巴马任后抛弃布什政府的单边主义政策，坚持多边主义与对话，用美国强大的软实力而非武力来解决世界的冲突。我们注意到，奥巴马发誓要恢复美国在国际上的领导地位，加强与北约、同盟国的关系，承认“世界的引力中心正在向亚洲转移，中国正在崛起”。但是，我们不同意奥巴马关于“中国既不是我们的敌人，也不是我们的朋友，而是我们的竞争者”的论述。事实上，在过去的若干年中，中美两国在事关人类福祉的一系列重大问题上，拥有了广泛的共同利益，肩负着重要的共同责任。好斗的曾将中国视为“战略竞争对手”的布什，甚至缔造了有史以来最密切的中美关系。中美在朝核谈判中的合作就是一个典范，我们也希望奥巴马如其所说的那样，“在适当的时间和地点同伊朗领导人会谈”，来避免一场新的国际危机。

令人担忧的是，奥巴马沿袭了民主党人在贸易政策上的保护主义倾向，至少在总统选举中，奥巴马曾经错误地抨击中国“操纵汇率”，并将“中国制造”视为对美国工人的威胁。希望这只是竞选策略，因为对中国的抨击是对美国所主导的全球化的误解。虽然“互惠主义”是美国对外贸易政策传统思想的基石，而美国当前的金融与赤字危机也需要美国贸易保护来平衡账户。但是，美国作为全球最具影响力的领导者，在推进全球化与自由贸易方面承担着不可推卸的责任。奥巴马必须平衡美国利益与全球责任的关系，一个奉行保护主义的美国绝不可能恢复国际领导地位。

在过去的七届美国总统对华关系史中，竞选期间都曾呼吁要在对华政策上做重大改变，但最终都转变为由开始的敌视走向现实的合作。中美两个大国已经天然地具有了共同维护全球稳定与发展的使命，如果以个人的政见来改变或恶化这种“利益攸关体”，不仅是两国的灾难，亦是人类的悲剧。我们希望并相信，奥巴马新政府继续坚持“一个中国”的政策，遵循中美之间的三个联合公报。同时，我们也注意到，奥巴马去年曾认为布什政府与中国建立的中美商贸联委会与中美经济战略对话机制(SED)是“一个好主意”，基于两国共同的利益，我们希望奥巴马能够将这一机制继续下去。我们祝愿奥巴马能够早日带领美国走出危机，这是美国之福，也是世界之福。

（2008年11月6日《21世纪经济报道》）

## >> 专栏

作为意见领袖发言平台的专栏，代表了专栏作者对时事时局的立场和洞见。这种知识分子与报章的联盟，折射出中国的社会表达欲望与能力都在大跨步地增进。而之所以将专栏作者的精英表达纳入到当下中国的公民写作中来，是因为精英表达体现了公民写作最重要的特征：公共表达。

# 解决土地问题：要科学，不要“革命”

党国英

写下这个题目，心下戚戚。最近，关于土地违法的案例又多了起来，央视《焦点访谈》已连续报道数期，昨天《新京报》也刊发了京郊“农业地产”乱象调查。其实，虽然各级政府不断出台有关文件，但类似的案例还是频繁出现。

## 保“红线”完全必要

与政府方面的焦虑相对照，社会有些人士却喜欢用“革命”一词，描述围绕土地而发生的某些事件。广东的集体建设用地上市流转被说成是“革命”，前不久重庆倡议过的土地入股农业企业也被看作是“革命”。我看，要反思现行土地管理制度，但要慎谈土地“革命”。

先讨论政府政策。我以为，国家强调守住18亿亩耕地的“红线”是正确的。最关键的判断是，我们的建设用地已经不少，没有必要再继续大规模占用耕地。全国30多万平方公里的建设用地，按常规也能容纳30亿人口，实际只容纳了13亿。土地太浪费，该收住口子了。耕地多一些可以搞休耕轮作，可以“广种薄收”，可以少用地下水，可以提高农户经营规模，总之，是好处多多。房子盖得还少吗？农村空置了差不多30%的房子，农民还在盖房；有的城里人，人均房子面积超过100平方米，还嫌不够。这不怪人们贪婪，实在是现行体制鼓励大家抢占“公地”。所以，提出保“红线”的主张完全必要，关键在于如何保。

每一次上级政府下文件严厉整顿土地违法，事后往往都会有大的反弹。道理很简单：假设一年里100宗等量资本从事违法占地投资活动，若年内查处（指投资全部损失）的比例是10%，而违法获益的资本收益率是100%，违法占地获利的概率就超过80%，于是，越是查处，土地违法的案件就越多。除非每一年里的查处比例达到50%，否则就可能无法制止土地违法事件的发生。目前的情况是，大量土地违法事件被掩藏起来了，受到查处的违法案例又往往久拖不决。

以此推理，只要加大对违法事件的处罚力度，不就可以解决问题吗？错。执法活动是有成本的，特别是在目前情形下，相比之下中央政府缺乏信息优势，行政资源优势也不足，这种系统性的体制问题，必然导致全局性的监管被动。不解决体制问题而只讲加强监管，是“高深的空话”，讲这种空话，保护耕地的基本国策就难以保障。一个国家，最不该失控的是土地规划管理，我们偏偏在这里出了问题。

请谁帮忙解决问题？请农民！怎么请？解决农民的土地财产权问题。在我看来，农村土地也可以实行“永包制”，为此可以修改《农村土地承包法》。我相信，也会有农民违反土地规划管理规定的情形发生，但有了“永包制”，绝大多数农民会更珍惜土地；同时因为土地转移价格大幅度提高，社会对土地的需求也会减少。总的情形要比现在好得多。这是一个科学筹划的问题。

土地管理的总思路应该是“管住规划，放开产权”。在现阶段，农村土地实行“永包制”，严格国家公益建设用地的界定原则，符合规划的商业用地价格随行就市，是“放开产权”的具体形式之一。按这个思路，没有“大产权”和“小产权”之分。不论任何产权，只要符合国家规划而搞建设，其产权都应该受到法律的保护。相反，也不论任何产权，只要不符合国家规划搞了建设，都该处罚，都不应得到法律的保护。

回头再看看关于“革命”的议论。事情本来不复杂，就是一个如何确保农民土地财产权的问题，有一个科学态度就行，不需要动辄祭起“革命”的旗帜来。

我们倒是要认真考虑一下在财产方面，国家和民间社会的关系问题。随着现代社会公共事务领域的日益扩张，现代国家越来越富有和强大了，没必要把所有财产都囊括在手上。

提倡“以人为本”，国家应该做人民财产的看守者。看守也是一种约束，也就产生财产权在国家和民间之间的分割，并不存在绝对的私人财产权。所以，关于土地管理改革，也涉及政治科学。政治和经济都一样，都要按科学规律办。

土地方面的问题还在积累，为此大家很发愁。要趁着现在还不算太晚，赶紧迈出实质性的改革步伐。越是拖着，事情就越复杂。

（2008年1月16日《新京报》）

# 非得有人在生存线下挣扎吗?

刘洪波

1月14日，我看到《苦命女孩拉板车送外婆去看病》的新闻，重庆市九龙坡区白市驿镇九里村10岁女孩卢何，与她的外公、外婆住在别人家废弃的养鸡房里。她自小遭遗弃，被周秀珍和何明勇两位老人收养，她没有上过学，家里甚至没有电灯，外婆摔伤了卢何就负责家务，外公用板车拉着外婆出去卖菜，有时外婆要去看病，外公又不在家，就由卢何拉外婆去。

这个新闻从网上传播到被纸媒记者证实并报道，感动了成千上万的人。

去年，报纸曾报道一个叫肖丹的孩子，家境极度贫困，跟着姨妈生活，姨妈在成都做环卫工，如果姨妈病了，就由这个孩子去扫街。她被称为“最美环卫工”，审美叙事压倒了苦难叙事，励志话语替代了疑问，人们甚至要以这个孩子作为素材，搞类似忆苦思甜的家庭教育。

再看“感动中国十大小人物”，其中也有苦难人的辛酸境遇。例如重庆女孩小冬香父母双亡，为了照顾智障哥哥，拒绝被人收养。再如毁容男子黄小东为了养活母亲，上街卖唱九年，直到身患癌症瘫倒在床上。

我并不想历数苦难，何况苦难要历数也数不过来。我十分不解，卢何、肖丹、小冬香、黄小东这样的人，难道是非得如此感动我们不可吗？近些年还有多少背着亲人上大学、外出打工之类的佳话，每一回仍然是感动了我们，难道他们非得背着亲人上大学和外出打工不可吗？

卢何们一定是非得感动我们不可，才会去做出那些感动我们的事，如果他们不感动我们，他们靠什么生活？如果那些被背着的人离开了亲人，他们怎么活下去？

然而，我们是生活在社会里，而不是生活在丛林。我小时候生活在农村，知道孤寡老人要吃“五保”，那时我还从村里的喇叭里听到了不少越穷越得到政府照顾的美好故事，内心里希望自己做孤儿。前几天，最高领导人讲话，又知道要“学有所教，劳有所得，病有所医，老有所养，住有所居”。

不管按照计划经济时代的老佳话，还是按照和谐社会的新章程，我想，住养鸡房的卢何和她的外公外婆、扫大街的肖丹、父母双亡又有一痴呆哥哥的小冬香、面目全毁的黄小东和他的母亲，都应该避免被迫“自谋生路”。那些除了被人背在身边，就没有办法走动的人，也应该获得政府的照应。我知道，现在大家很同意“社会保障不可养懒汉”，但这些无力自保的人哪怕按照最苛刻的保障标准，也不能说是懒汉吧！

当然，必然又有人要说到财力问题。我不是财政学家，自然不了解中国到底有多少卢何、肖丹、小冬香、黄小东这样无法自食其力者；我也不是励志讲师，不能理解这种哪怕再稚嫩、再无力也要负重前行的搞法是在激发“创造精神”，还是在展示生活的残忍和权力的冷酷。在一个财政收入增长速度是GDP增速近三倍的社会，要说无法做到不让无力自食其力者去自食其力，不仅有愧于“改革开放新时代”的辉煌叙事，有愧于“世界第三大经济体”的国际荣名，也不符合基本人道。前几天读到新闻，陕西榆林市长指斥说大话的财政局副局长“老百姓白养活了你”。从新闻中得知，2007年底，陕西榆林市有贫困人口50.2万人，其中13.8万人未能温饱，而市财政收入突破了50亿元。看看，这就是财力！

我宁可不被感动，也不愿见到小人物在生活底线上挣扎。他们在最低生存线下挣扎，就是权力在合法性上挣扎。

（2008年1月18日《南方都市报》）

# 让老鼠成群，让民间自助

梁文道

没有一个政府在面对天灾的时候不挨骂，好在我们不一定总是要依赖政府。

1995年的“阪神大地震”是日本数十年来最严重的一场震灾，死亡人数高达6500人，需要搬进临时组合屋的则有32万人。当时的首相村山富市在地震发生了一天之后才开始动员全国的力量，被人批评为反应迟缓。而且在“灾害对策本部”成立之后，各级政府部门的行动还是慢了半拍，于是我们才会在电视上看到令人震惊的场面：几千个无家可归的灾民居然不慌不忙地排着队，静候救援物资的发放！如此迟钝的官僚系统与如此高素质的公民形成了强烈的对比。

政府人员来晚了，但是民间的行动却非常迅速。日清食品立即派车发送即食面，麒麟和朝日运去了大量的食用水和罐装茶水，日本电信公司则在避难所附近架设临时公众电话共450门。除了自动自发的商业机构，各种慈善团体和民间组织更是空前出动，同时大量接纳临时报名加入的义工，有人从外地赶来帮忙分发物资，有人组织民间纠察队负责灾区的秩序；中小学打开了校门接纳灾民，医院的医护人员在各处架起了帐篷……最是一时佳话的，乃帮派“山口组”也成了慈善组织，文身断指的大哥小弟一下子都变为瓦砾堆中的抢险人员。

1999年台湾“921集集大地震”，从灾后第一时间赶赴现场的“慈济”义工，到多年之后的自发社区重建计划，更是处处可见民间力量的身影。事实上，无论是“南亚大海啸”还是美国的“新奥尔良风灾”，反应最及时、工作最有成效的，都不是政府部门，而是民间组织。

最近这次“百年一遇”的超级大雪灾，除了让我们看到政府架构条条块块间的不协调、机制的缺陷、危机管理的不足与基础建设的脆弱之外，最令人遗憾的莫过于民间社会的缺席了。是不是中国人都很凉薄很没有爱心呢？当然不，我们知道有无数的企业正在发动救灾捐款，许多平凡的老百姓自己提着沉匐匐的物资走到人满为患的车站，更有一些民工愿意让比自己住得更远的人先行上车。中国社会的人心再坏，价值观再虚无，但天不亡我，漫天飞雪，犹有温情在人间。

问题不在于民间没有救济同胞的决心，而在于欲救无从，不知该从何处着手。评论家笑蜀在近日流传甚广的《缺的不是物，缺的是柔软的心》一文中谈到了他在广州火车站的见闻："我在现场看到的捐赠物资很多，好几个地方都顶到了天花板，但都成包成包的没开封，而就在这些没开封的捐赠物资旁边，很多妇女和老人都盖着单薄的床单席地而眠。热心人士捐赠的物资很少发放到他们手上，原因何在？"

这真是个好问题。为什么？为什么钱有了，物资有了，热心的志愿人士也有了，但应该获得帮助的人还是得躺在地上颤抖呢？笑蜀兄认为其中一个原因乃在于有关部门人员的冷漠，把救灾当交差，所以才会不只不主动征召民间力量，甚至还将志愿人士的热诚当作碍事的麻烦。但我认为除了他所说的"一颗柔软的心"以外，更重要的其实是"如果平时让NGO充分发育，让他们有自由的广阔天地，这时就不难召之即来，来之能战"。

其实要是有健全的民间社会，有活跃的非政府组织，见诸近年国际上历次大型灾难，你又何需"召之即来，来之能战"呢？他们根本就会不请自来，遍地开花。虽说自从改革开放以来，中国已经不再是往日那个全能型国家，政府逐步退出市场和各种私人生活的领域，但部分公务员仍把人民的自愿行为看成干扰，反映出一种不信任的态度。民间不是没有人，他们只是没有组织。而非政府组织，始终存活在一个灰色发展空间之中。许多规模庞大的老组织老机构一旦遇上什么事，根本没有自主独立的决策能力，只能听任上头的指示动员。至于国际性的非政府组织和近年新兴的民间慈善团体，虽然比较独立灵活，但也不能不低着头走路，唯恐越雷池半步。

家产上亿的湖北富商王元山最近宣布："有生之年，我要将过亿的全部家产无偿捐献给政府。"这真是个大笑话，可笑的不是王先生感人的热诚，而是富商不捐钱给民间慈善机构反而要把钱交给全世界外汇储备最高的政府！同样的情况难道不也正发生在眼前的雪灾之中吗？一提到捐助，大家马上想到的对象就是政府。就算民间善款和国家补助没有经过无良地方部门"雁过拔毛"式的层层盘剥，就算前线公务人员没有冷淡地对待人民的热情，这也只不过是把全部的资源都集中在一个水龙头而已。而在全世界的危急救灾行动之中，最无效的恰恰就是只有一个大水龙头的做法。难道连遇上了"百年一遇"的天灾，也还要让有关部门去垄断救助的一切法门吗？

其实不少部门在最近几年已经渐渐体会到官方的局限与民间组织的潜力了。很多事情需要的不是一个非常强大的政府，而是一个生机勃勃的公民社会。过去的2007年在很多论者眼中是“中国公民社会的元年”，从“黑砖窟事件”、“华南虎事件”、“重庆钉子户事件”直到“厦门PX事件”，中国公民的意识与尊严都在不断地觉醒。但愿这个步伐不要在今年停下来，让13亿看似平凡的老鼠发挥群体的惊人动力。

（2008年2月9日《南方都市报》）

# 假如许霆有权保持沉默……

舒圣祥

我们不妨设想：假如在侦查过程中，许霆拥有沉默的权利，那么许霆今天还有必要如此拙劣地自辩吗？

“取款是为保护银行财产”——轰动一时的“许霆恶意取款被判无期案”近日重审，许霆在庭上的此番经典语录引起了众多网友的非议，之前几乎是一面倒的支持局面悄然发生改变。有人直斥“人不能无耻到这个地步”，更有网友发专帖抨击：“请收起无耻的言论，狡辩不能让你伟大。”（2月24日《新快报》）

显然，许霆的自我辩护并不高明，相反，低级的谎言有些令人生厌。但是，许霆的这次庭审表现，不应该影响公众基于法律正义立场的支持态度，否则，此前的种种努力就只是对特殊个体的简单同情，而不是对法律正义的坚守和推动。所幸，从各大网站的网友留言来看，媒体所称的“纷纷倒戈”情景并不成立，九成以上网友仍认为其无罪。

我们无从知道许霆此番自辩的抛出，是自我真实意思的表示，还是受了别人的蛊惑。可以肯定的是，许霆并不“老奸巨猾”，否则也就不会这般不讲技巧，口不择言。据其辩护律师表示，“最后一次见到许霆是在年前，距今已有一个多月了”，这意味着许霆在开庭前未能与律师见面沟通。那么，为了使自己获得无罪判决，一个并不精通法律的人，在未能获取专业帮助的情况下，依靠自己有限的辩护知识，设计出一番“自我感觉良好”却“实属低能”的辩护词，在我看来并不足以说明这个人的人品低下，更不能构成重判的理由。

一个必须重视的事实是，许霆抛出此番自辩，是因为看到了自己被判无罪的极大可能，为了给自己赢得无罪判决加分，他认为必须推翻此前在侦查过程中的供述，为此他绞尽脑汁想出了“我为银行保护财产”这套说辞——按控方的说法是“推翻了其之前在侦查阶段的多次供述，辩解不实，态度不好”。我们不知道许霆在侦查阶段是如何供述的，也不知道当时律师是否在场，当然更不知道该供述会对判决构成怎样的影响，有无不惜以谎言来推翻的必要；但我们不妨设想：假如在侦查过程中，许霆拥有沉默的权利，那么许霆今天还有必要如此拙劣地自辩吗？

我国《刑事诉讼法》规定：侦查人员在讯问犯罪嫌疑人的时候，应当首先讯问犯罪嫌疑人是否有犯罪行为，让他陈述有罪的情节或者无罪的辩解，然后向他提出问题。犯罪嫌疑人对侦查人员的提问，应当如实回答。显然，嫌疑人不能沉默，而是要如实交代自己的罪行。面对“坦白从宽，抗拒从严”的压力，不具备辩护技巧的嫌疑人往往会按照自己的理解来“设计回答”，这却往往会使其在疑罪情况下的处境趋于恶化。

沉默并不等于放弃辩护权，而是行使辩护权的最佳保护措施之一，缺失沉默权的辩护权无疑是不完整的。试想，假如许霆当初有权保持沉默，那么他也就不必事后编织“我为银行保护财产”之类的谎言。因此，如果说许霆恶意取款案让人们重新审视了盗窃罪，那么许霆在重审时的所谓“经典语录”，最有价值的关注视角，应该是引起人们对犯罪嫌疑人沉默权的关注。

（2008年2月25日《新京报》）

# 想象农民工的暮年

十年砍柴

今年春节回老家，听说的一个故事深深地刺痛了我。

我一位年过五十的堂兄，他的妻子早已故去，他和两个儿子在不同的地方打工，老宅常年铁将军把门。他的长子在云南和当地一位女青年结婚，生下孩子回乡办户口，没有钥匙进不了自家屋门，便撬开后换了把锁。几个月后他的次子回来办第二代身份证，哥哥换上的门锁他打不开，干脆也撬开再换一把锁。拿上第二代身份证后，这小伙恨恨地说：这个地方我是不会回来了。春节我这位堂兄一人回家，他又撬开次子换上的门锁才得以进屋。

像我堂兄这种两代民工都在外地讨生活的情形，在今天的中国特别是湖南、湖北、四川、河南、江西等劳务输出的大省十分常见。想象一下，这些农民工将如何养老？我的堂兄这种改革开放后的第一代民工，他们的养老尚可遵循传统的模式，即自己耕种具有保障性质的责任田，加上儿子的分摊，可以将就着度过人生暮年。可他们的儿子显然不可能再延续这种模式了，这代农民工几乎都不愿意回乡生儿育女，更别说暮年后回家种田了，他们也不可能像父辈那样指望自己的子女养老。等新一代的农民工老去，谁给他们养老？如果现在政府不在制度上做充分的准备，二三十年后，这个问题日益积累，将成为中国社会不能承受之重。当高达两亿的农民工养老问题得不到解决时，将是怎样的景象？

农民工应当享受和城镇居民一样的社会保障服务，这样的呼吁已经喊了多年了。随着《劳动合同法》等一批法律法规的出台，应当说，农民工包括养老保险在内的社会保障状况这些年得到了一定的改善，一些企业给农民工上了养老和工伤等保险。尽管农民工入养老保险的比例不大，但就是这部分已入养老保险的农民工，因为遭遇制度的瓶颈，他们在打工地所建立的养老账号不能自由转移，这些养老钱带不回老家。对很多农民工来说，这种看起来很美的养老金制度已成了个画饼，极大地影响了农民工纳入养老保险的推广。

一方面，我们的国家在户籍制度上还没有根本的变革，农民工哪怕在一个城市打拼了多年，这个城市的政府在法律意义上并不把他当成市民，他依然是一只候鸟，年老气衰时要离开这个城市。可另一方面，他又不能把青壮年时在这个城市获得的养老金带走。世上还有比这更不公平的事么？

正在召开的全国“两会”上，农民工养老金自由转移的问题，成为代表委员很关注的重大议题，可劳动保障部的负责人认为，全国范围内养老金转移只是远期目标，目前操作性较强的是省内养老金自由流动。然而像湖南这样的省份，大量农村劳动力在省外流动。已经有人大代表、政协委员和相关的专家论证过，全国范围内养老金的自由转移，在技术上根本不存在问题。是呀，嫦娥一号都奔月了，我国加入WTO已有多年，资金和商品都可以在全球范围内自由地流动。而在一个统一的单一制大国内，仅仅以国情复杂、技术上有难度等等原因，来解释农民工的养老金不能带走，显然是不能令人信服的。

那么问题到底出在哪？我们到底有没有解决这个问题的决心和诚意？

（2008年3月10日《潇湘晨报》）

# 28年前的常识

连岳

广州南沙石化项目的进程，相当值得观察。有关争议从广州市“两会”至广东省“两会”再到全国“两会”，一直是热点，反对的技术官员及专家以自己的专业素养发言，当地政府也并未采取关闭言路的愚蠢做法。乐观一点看，这说明体制内的纠错机制开始激活，违反科学规律与民主程序的盲动决策势必会相应减少——这样的改革与发展才更为健康。

所有决策都会犯错误，权力越大的人，错误的成本也越大。没有纠错机制的权力就像没有刹车的汽车，速度越快，下场越惨——不幸的是，我们还是上面的乘客。简单地说，纠错机制就是批评与监督，“两会”代表的批评尤其重要。当然，有些人的批评功能长期不用，已退化成阑尾了。批评就是对现有的、即将做出的一些决策提出反对意见；而且这种批评与决策必须形成互动。像山东济宁市市长张振川说的那样，允许有争论，但中华文化标志城肯定要建。这就是把批评视为摆设的权力傲慢。

还好，在南沙石化项目上，针对批评，有关决策者都表态一切取决于环评，若环评不过，项目就不上。在反对意见浮现之前，南沙地区已动迁居民，圈地挂牌。虽然有这个不足，但是经过三级“两会”，南沙石化的最终成废建立于环评与听证的基调确立了，反对意见得到了接纳——整个过程和风细雨、圆融顺畅，这才是相对正常的政治生态。政府的决策一被批评，就恼羞成怒，指控批评者动机不纯，这等于供认自己把“两会”代表看成花瓶。

3月10日，国家发改委官员谈到广州南沙石化项目时，“激动”地认为广东14位人大代表联名提请缓建为“炒作”，责问道：“世界有多少炼油厂，你们开汽车的汽油是从哪里来的，难道建所有汽油厂都是污染吗？你们每天都开汽车，天天接触汽油，就不怕被污染吗？”很神奇，一个这么重要的官员，在短短的谈话中，能犯政治学与科学的双重错误。

批评是人大代表的义务与天职，如果有代表能说出民众最关心的议题，从而成为明星代表，这说明他没有尸位素餐。况且在当下的情境，质疑政府的决策，还需要很大的勇气，甚至会赔上自己的政治前途。指责这样的代表在“炒作”，不仅伤代表的心，更是在失民心。

至于用对汽油这种终端产品的需求来证明炼油厂没有污染，则更是黑色幽默，所有的污染工厂都在生产人们需要的产品，难道它们的污染是我们的错觉？

我们需要纸，但是不能允许造纸厂污染水源；我们需要煤，但是不能将煤矿工人的惨死合理化；我们需要砖头，但山西“窑奴”却是反人类的恶行；我们喜欢有机蔬菜，但不至于认为浇灌它们的农家肥也很美味。发改委官员的逻辑不让人陌生，反对炼油的污染，就等于反对使用石油；反对污染，就等于反对发展。正是这种论调，破坏了我们的环境，稀释了改革的成果。

道理就不多说了，请发改委官员借鉴一下这件事吧——中央统战部副部长、全国政协委员胡德平几天前披露了胡耀邦28年前的一段录音：1980年，胡耀邦在京郊的火车上询问北京市领导：“你们怎么解决首都的空气污染问题？北京最好不要烧煤了，要烧气。首都钢铁公司、炼焦的、炼钢的、搞石化的，都不要在北京继续发展。”

无法像胡耀邦一样具有前瞻性，至少请发改委官员稍稍具有常识，不然，28年就白白浪费了。

（2008年3月15日《南方都市报》）

# 选举法修改要与政体改革通盘考虑

蔡定剑

在“两会”上有代表建议修改选举法，并且在全国人大常委会的工作报告中也具体提出下一年的工作要修改选举法。

这一建议显然是基于党的十七大提出要实现城乡人大代表平等代表权的要求而提出的。可见，修改选举法是肯定要做的事。但是，我认为不必太匆忙修改它。因为这次修改选举法不能就事论事，只解决城乡选举权平等的事，而应与中国当前经济社会发展的客观需要相适应，从政治体制改革的高度，通盘考虑对选举法、地方人大和地方政府组织法做一次全面的修改完善。

今年是中国改革开放30周年。30年前，中国从“文革”中走出来，首先是解放思想，进行了建国以来的第一次真正意义上的政治体制改革。这次政治体制改革以从国家根本制度上扩大民主为目标，改革包括：提高选举的民主程度，扩大直接选举范围，实行差额选举，赋予选民和代表与组织有同样的候选人的提名权；从制度上加强了全国人大组织和能力建设，扩大了全国人大常委会立法权和监督权，使全国人大常委会成为经常行使国家权力的机关。全国人大设立专门委员会；改革中央与地方关系，扩大地方自治权。在县以上设立人大常委会，并赋予省和较大的市以立法权，地方立法只要与中央立法不抵触即可自主立法。上述这些权力在单一制国家中，是很大的自主权；实行基层民主自治制度，在农村和城市建立自治机构；废除领导干部职务终身制，实行了最高领导职务的和平交接。

这种政治体制的改革，是我国30年来经济体制改革和对外开放的政治基础。

30年前我国选举制度改革迈出了第一步，在30年改革开放取得巨大成就的今天，中国经济、社会结构、社会成分、公民权利意识发生了巨大变化。中国的经济改革也有待于深化和提升，没有政治体制改革的深入和配套，是不可能取得成功的。经济利益的调整需要政治权利的调整，没有民主权利的实现，不可能有民生的保障。要解决当前中国面临的重大问题如贫富差距、民生、社会公平和正义、社会和谐等一系列问题，都需要从发展民主、保障公民政治权利的根本上着手。全面修改选举法和地方组织法，扩大和切实保障人民参与国家政治生活的权利是首要途径。

所以，“两法”修改应该在30年前选举制度改革的基础上，再迈上一个台阶，进一步扩大社会主义民主。要再修改“两法”，应解决以下问题：

第一，落实代表权平等原则。党的十七大提出，要在各级人大代表中，实现农村人大代表与城市人大代表所代表的人口数平等。要真正实现这一城乡政治权利平等的原则，只有在真正实行直接选举的条件下才有意义：同等的选民产生同等数量的代表。如果在间接选举的情况下，这一代表权平等原则只对分配不同省市的代表名额有意义，而对是否能实现城乡代表权平等没有多大意义。所以，只有进一步扩大代表直接选举，才能更好地落实十七大提出的代表权平等原则。

第二，在县乡两级实现政府领导人的直接选举。县乡两级政府领导人的选举，是保证两级基层政府真正对人民负责的根本途径。它有利于解决处于前沿的政府与广大群众的矛盾，缓解干群关系，实现政府为人民服务的目标。而实行这两级政府领导人的直接选举，事实证明也是可行的。在过去，全国不少地方搞过县乡两级直选或公推公选的改革试验，效果证明是很好的。选举方法和技术都是可行的，各地提供了有效经验。

第三，应研究在设区的市实行人大代表的直接选举。城市人口集中，利益集中，人口的条件和素质都比较高，实行直接选举，无论在理论上还是实际上都是可行的。按照“一部分人先富起来”的办法，让城市居民先民主起来，也不是不可以的。

第四，解决流动人口的选举权问题。为了真实反映改革后城市化和人口流动的状况，保障流动人口的政治权利，必须解决这一广大群体参与国家政治生活和国家事务管理的问题。上一届换届选举，中央有关文件也提出解决流动人口选举权的问题，但由于时间紧，在上次修改选举法时没有充分的时间研究这一问题，所以没有很好解决。这次可以在充分研究的基础上，解决这一问题。

当然，“两法”修改还有很多具体问题，如选区划分、选民登记、候选人提名等许多制度都需要民主化和公开化。但是，以上问题是更重要的几个方面。由于上述问题涉及选举制度改革的重大问题，需要一定的时间研究，并让公民参与研究讨论，所以，不要仓促修改选举法，待对上述问题经过认真研究后，在下一届人大换届选举前再进行修改，既不会耽误事情，又可以有充分的研究，使立法更完善。

（2008年3月15日《新京报》）

# 相信选票的力量

鄢烈山

3月22日晚，我收到朋友的短信，说：“今天，我们都是台湾人。”这诗歌一般的语言，是说我们与台湾大多数选民一样希望台海和平，希望两岸关系通过对话协商和平发展，表达了对台海地区局势至少近期内不会恶化到影响北京主办奥运会的欣喜之情。国务院台湾事务办公室发言人李维一当晚发表谈话表示，“台独”分裂势力搞“台独”是不得人心的，期盼为两岸关系和平发展共同努力。美国总统布什也称两岸和平化解歧见因此出现新的契机。可见，不论海内外，人同此心，大多数有正常心态的人希望台海局势不要被“台独”分裂势力导向战争。

我想说的是，要相信选票在现代政治中的力量，特别是在政府轮替中的作用。

民主作为一种普世价值，在中国至少有了90年的传播史。一直以来，我们纪念五四新文化运动，说它为中国共产党的诞生在全社会准备了思想文化条件，总是强调它的基本价值或者说旗帜是“民主”与“科学”。按照党史的标准说法，中国先是有孙中山领导的旧民主主义革命，后有中国共产党领导的新民主主义革命。总而言之，“民主”在我们政治语汇中从来就是一个褒义词。可是，我们却很少强调民主与选票的联系，除了在陕甘宁边区。“文革”时的所谓“大民主”，与选票毫无关系，它不过是“群众运动”(实为奉旨造反的“运动群众”)的代名词。至于“民主柬埔寨”(红色高棉)的领袖波尔布特等人，实行残暴的社会改造政策，更没有民主与选票的影子，他们所谓的“民主”，就是在极强的精英意识支配下做人民的主(有末日审判权的神、上帝)。

总有人在贬低民主的价值时，说凭选票多少来决定领导人或公共政策，会导致多数人的暴政，或导致希特勒这样的骗子和恶魔上台。那么，我们可以回答说，第一，选票的少数服从多数并非民主的全部内容(“多数”有简单多数即过半数，与压倒性多数即2/3以上多数等分别；像美国这样的国家，对一些法案设有两院票决制，众议院的多数赞成案，还要提交参议院表决，国会的法案有时要总统签字才能生效……)；民主、宪政，与法治是一体多面共存亡的。换言之，宪政与法治对多数人的决定会有制衡的作用。民主国家会立法保障基本人权，多数人的决定如果违法，就像违法的合同一样是无效的。倘若某个社区或家族多数人同意用私刑处死某个人，这在前现代社会是可以的，在现代民主法治国家即便是全票通过也是要受惩治的犯罪行为。一些反对民主选举制度的人爱拿希特勒的上台说事，他们讳言希特勒的倒行逆施之所以能实行，是因为当时的德国还不是一个法治国家，没有法治来保障民主，他才能“无法无天”地行事。一个依靠秘密警察(盖世太保)统治国家的独裁者，他的作为，怎么能算到“民主”的账上？

第二，选票的力量在于它有纠错的功能。某个、某些政客可以蛊惑人心于一时，但当他们露出马脚时，会有人士团体站出来揭露，直到问责，提出罢免案、弹劾案。这些年台湾民众的反贪腐、“倒扁”，无疑对民进党的选情有很大的影响。当民众感到自己利益受到执政者的威胁时，他们会用选票更换领导者。当民众失去了用选票选择领导者的权利的时候，民主其实已死亡。当然，在相对成熟、社会稳定的民主国家，选票更多的时候只是表达对社会政策的选择，有时要福利多一点，有时要自由多一点，让社会在动态的利益均衡中发展。这就像掌握汽车方向盘一样，不是纠错，而是忽左忽右地调控。

有些人总是不相信选票的力量，而相当迷信所谓雄才大略的“铁腕”人物。我们不否认英雄人物的历史作用，因为历史进程有很多时候似乎取决于偶然与机运，但社会发展的基本走向是由大多数的选择决定的。沙俄的彼得大帝可以算得上开明专制的典范，他推动的改革开放对俄罗斯的发展功不可没；但是俄罗斯至今仍然未能成为一个成熟的民主法治国家——这几天又有两名新闻工作者死于暗杀。有人总爱说“铁腕”带来高效率。可是哪个“铁腕”统治者的“高效率”能比得上希特勒？他那么快就使德国走出“一战”失败的阴影成为睥睨一世的强国，可后来的结果呢？

相信选票的力量，就是坚定对民主的信念。对此，我们还要不断地讲，直到我们像《国际歌》唱的那样，不相信什么救世主，也不指靠神仙皇帝，要创造人类的幸福全靠我们自己。

（2008年3月24日《南方都市报》）

# 公民自由到底值多少钱

翟春阳

最高人民检察院日前下发《关于转发2007年度全国职工日平均工资的通知》，要求全国检察机关执行新的日赔偿标准，侵犯公民人身自由的刑事赔偿案件日赔偿金按照99.31元计算。据悉，2007年全国城镇单位在岗职工日平均工资为99.31元。(3月31日新华社)

《国家赔偿法》自1995年实施，侵犯公民人身自由的刑事案件日赔偿金已由17.76元增加到去年的83.66元，今年再提高到99.31元。这样一个从低到高的曲线图，本可以视为中国法制在人权保障方面的巨大进步，然而这个赔偿标准偏偏仍沿用着过去以“全国城镇单位在岗职工日平均工资”的标准作为依据，却足以将这个进步退回到原地。

以“全国城镇单位在岗职工日平均工资”作为“侵犯公民人身自由的刑事赔偿”的依据，其实意味着，赔偿只针对公民因人身自由被侵犯导致工作权被侵犯所造成的“经济损失”这一部分，而并不针对“侵犯公民人身自由”这一部分，意味着“侵犯公民人身自由的刑事赔偿”依然付之阙如。

固然，如最高人民检察院刑事赔偿工作办公室负责人所说，这“并不表示人的自由一天就值99.31元”，总得有个标准，总得有个上限。话是不错，但既然是针对“侵犯公民人身自由”的赔偿，其实就表示着人的自由一天就值99.31元。自由是抽象的，但在法律上必须是具体的；自由是无价的，但对自由的赔偿则必须是可以计算的，并应足以体现自由的价值。“日赔偿99.31元”显然不足以体现法律对公民人身自由的尊重。

我们无法明白，“侵犯公民人身自由的刑事赔偿”为何要维持这样一个低标准，难道是基于公权力侵犯公民人身自由现象仍很严重这一现实，担心国家财力难荷重负？其实，唯有加大针对“侵犯公民自由”的国家赔偿力度，才更有助于防止公权力侵犯公民人身自由事件的发生。法律更应该对我国的法治建设进程充满信心，高额赔偿标准就是这种信心的表现。

很难设想，当公民的自由一天只值99.31元，公民的人身自由权利又如何得到公权力的尊重而不被肆意侵犯？

（2008年4月3日红网）

# 爱国不能是七伤拳

五岳散人

七伤拳这个拳种在金庸大侠的《倚天屠龙记》里有过记载，是崆峒派的独门功夫，其根本要义是“先伤己，再伤敌”，也就是说，自己先把自己练伤了，然后再出去把敌人给干掉。我习武多年，自然知道这是胡扯。“七伤”两字来源于中医，五劳七伤，都是很危险的事情，基本都是内伤。

我知道七伤拳是金大侠在胡扯，未必别人也知道。从最近闹得沸沸扬扬的“抵制家乐福”事件来看，喜欢这个拳种的人还是不少，应该说大部分人都是崆峒派的弟子。之所以这么说，是因为家乐福里卖的基本是中国货，工作人员也是中国人，若有人不相信，不妨去查验一下里面员工的证件。就说家乐福的总公司是法国人的，里面挣工资吃饭的可绝大部分是中国人，砸的先是中国人的饭碗，然后才能到法国人的利益。这路七伤拳耍起来真是有声有色，只是让人不太明白的是，怎么我们这里一做这些事，总是敌人还没见到，自己人先倒下一大批呢？这纯属是有毛病嘛。

但这个不是讨论的重点。早上中国政法大学的何兵教授发来他的新文章，称抵制是一种和平的表达。基本意思是说民间这种自发的行动是有其合理性的，是一种表达的方式，应该视作一种进步。

老实说，关于这个观点如果抽象上看实在是没有什么错处，毕竟这种自发的抵制是民间意识的觉醒。这里面的问题只有一个：具体到这件事上来说，这个高屋建瓴的说法是不是还有解释的效力。

我们知道，在好多国家里确实大家经常上街或者组织个什么活动表示自己的不满，针对商业企业的也有不少。但一般是你买你的，我抗议我的，大不了动物保护组织的美女把自己脱光了放商场门口。这种西洋景我们这里也没少报道，只是重点是美女，而且是没穿衣服的美女罢了，始终没有触及到这种性质的抗议与抵制后面的一些东西。

人家的抗议除了找几个敢脱衣服的美女外，最重要的是针对某些机构的时候，以不直接损害其财物为标准，也不会对其他不支持的人动粗。我跟何兵老师的观点差异就在这里：我认为表达固然是好事，但我们这里表达就是一个“广场效应”的放大器，最后总是会形成暴力——不论是语言或者是肢体动作。

但我也同意何兵老师说的大方向，公民应该有表达的权利与自由。就这件事来说，对付一个零售企业总不是什么能耐，尤其是用七伤拳上去把他们暴打一顿，结果只能是直接伤害到我们自己的同胞。这种事直接去抗议把奥运政治化的法国政府与造谣的媒体就是了，跟一个商业机构较什么劲呢？

行文至此，看见一条新闻说在昆明的家乐福门口，一位表示异议的人已经被爱国的群众用矿泉水瓶子袭击了，拼命保护火炬的残疾人小姑娘金晶，因为发表不同意抵制的意见，也被网上的爱国者们的口水淹没。在不知羞耻地攻击金晶的残疾时，连汉奸、卖国贼的帽子都给金晶批发过去了几车皮。这哪里是爱国或者是表达？纯粹是暴民嘛。

所以，我所不能同意何兵老师的正是在这里：好多东西从某种大的方面说，确实可以说得天花乱坠，意义深远，但一到实际的层面，那就是一种暴民使用的七伤拳。我们知道，表达最重要的就是不伤害他人、只表达自己的意见，而现在这种表达方式，已经不是真正意义的表达了。

但我倒是不想说全部都是表达者有问题，毕竟我们都没有受到过这种表达的教育，所知道的还是“文革”那套手法。进步实在是有限啊。

（2008年4月19日《南方都市报》）

# 回答爱国者的问题

韩寒

在我的博客留言中看见了很多爱国青年的留言，我加以回答。不知道为什么，爱国者的嘴巴总是比较臭，行为总是比较暴，所以我在这里做了大量的过滤工作，好让这场问答显得像是场只是不同观点的对话。以下的问题虽然只有十几个字，但事实都是我从几百个字里删选出来的，我删除了大量的语气助词。

问题1：外国人过来抽你一个耳光，你也无动于衷，不还手，来显示自己很大度？

回答：外国人没有过来抽我耳光。

问题2：韩寒，你妈被外国人强奸了，你也不抗议？

回答：外国人没强奸我妈。

问题3：祖国就是你的母亲……

回答：祖国是祖国，母亲是母亲。

问题4：你怎么对得起你脚下自己的土地……

回答：我没有自己的土地，你也没有自己的土地。

问题5：你不是一个中国人，是中国人就应该抵制家乐福。

回答：宪法上不曾这样规定。这是你的强行流氓爱国观。

问题6：爱国是一个人与生俱来的优秀品质和优良传统。

回答：再让你生一次，如果你还选择生在这个国家，那才是真正的爱国和优秀品质。

问题7：你连自己的母亲都不爱，你还是个人吗？

回答：我妈叫周巧蓉，我很爱她。我用自己的努力，让我全家可以得到基本的生活保障，想保障自己国家的人，先把自己的小家给保障好吧。

问题8：你说家乐福的股东可能没赞助达赖，我们也的确没找到什么他赞助了的证据，但这不妨碍我们抵制法国货。家乐福只是个开头，事实上，我们要抵制一切和法国有关的东西，我们还要抵制LV，抵制标致汽车，抵制雪铁龙……支持2008奥运，中国人的强大和团结让世界颤抖！

回答：现代奥运会是法国人顾拜旦创办的，一起抵制了吧。

问题9：坚决抵制家乐福，你，居然能容忍外国列强对我泱泱大国的侮辱，如果每个人都像你这么懦弱，那国家早就灭了。

回答：你强悍，你勇敢，你不怕死，你是烈士。因为你敢于不去某超市购物。而且，你敢于把家乐福的冰激凌放在手推车里不结账让它们化掉，你敢于在超市门口骂结账出来的人是汉奸。你敢于烧荷兰国旗来警告法国。

问题10：合肥家乐福给中国降半旗，你为什么不愤怒？

回答：我相信这事情不是家乐福做的，他们也不敢这么做。国旗就在超市门口的广场上，这行为是典型的某些流氓爱国者自己把旗子降下去，贼喊捉贼，然后四处传播，以便煽动，唯恐天下不乱。这更加不道德。类似的行为和手段在类似的行动中太耳熟能详了。

问题11：在这万众一心的时刻，你假装清醒，说风凉话，给爱国志士浇冷水，和民意相违背，你这样的话居然都能发表，看来中国的言论还是太自由了，应该封杀你。

回答：我们的人一方面呼吁国家放开言论，一方面一有人反对自己就希望国家封杀掉他，国家在进步，你逼它退步。小心百转千回，害人害己。

（2008年4月23日凤凰网博客）

# 犯不着跟CNN的卡弗蒂一般见识

吴澧

最近，因CNN时事评论员杰克·卡弗蒂据说侮辱了中国人，部分海外华人和国内民众强烈要求CNN道歉并开除卡弗蒂。这让我想起一年前的往事。CBS节目主持人唐·艾姆斯说拉特格斯大学黑人女篮球员是“卷发妓女”（nappy-headedhos），这一评论触及了黑人天生卷发的生理特征，立即引起广泛抗议。一周后，CBS吊销了艾姆斯的节目。

不久，即有一位侨社朋友向我抱怨：美国人就是欺负华人，对“中餐馆里吃到老鼠肉”之类的报道，为什么我们的抗议反响很小，而艾姆斯一周就被开除？

我说：上帝在细节中。我们来具体分析艾姆斯事件的方方面面，看看与你讲的“辱华”事件有什么相同和不同之处。当时大致谈了下面五点。

第一，艾姆斯的指向很明确，就是指那几个女篮队员。

第二，艾姆斯并不是第一次，他有发表涉嫌种族歧视和性别歧视言论的大量前科。

第三，注意上段有两个“歧视”，并不单是种族歧视，还有性别歧视，而且双方权力极不平衡。一个成名男人在电视里用下流话污辱一群无名女孩，这触犯了美国人的基本道德感。因此，抗议艾姆斯，并不只是一个黑人运动，而是近于全民运动。美国主流大报的很多白人专栏作者都说话了。而且，看这些作者的具体论述，有的文章，种族歧视只是炸酱面上的浇头，真正的货料是说那些女孩出身贫寒，很多来自单身母亲家庭，她们奋斗到这一地步很不容易——她们不应该被艾姆斯如此责骂的原因，并不只是她们的种族身份。

第四，美国黑人也不是千人一面、千口一词的，很多黑人对是否抗议艾姆斯有保留。比如，电视明星比尔·科斯比老爹。老爹经常在各地讲演：建议黑人不要把问题都推在“种族歧视”上，关键是改善自己。这老爹是条汉子，颇有孔老夫子“君子求诸己，小人求诸人”的古风。

最近有个最受黑人尊重的黑人名流的调查，老爹位居第二，仅次于美国最负盛名的电视女主持人奥普拉·温弗里。民主党总统竞选人贝拉克·奥巴马第三，还排在老爹后面。如此盛名之下，老爹并没有站出来谴责艾姆斯。

国务卿赖斯，最高法院大法官托马斯，还有那个一进美国最大公立大学系统加州大学董事会后就建议取消招生平权措施的沃德·康纳利，黑人名流里，其实是温和甚至保守的多。这也不奇怪，相信个人努力的人，肯定比喜欢责怪别人的人更可能成功。反对制度性歧视，尿急时非要你到对街的有色人种厕所去，是黑人都会反对。但是，非要开除艾姆斯，搞这种针对个人的“政治正确”，那些自信心很强的成功人士却未必感兴趣。

第五，不但科斯比老爹他们不搞针对个人的“政治正确”，拉特格斯大学的黑人女篮队员在艾姆斯第一次道歉时就很大方地原谅了他。

侨社朋友当时讲的事件，只有中文报纸才有，现在一时无从查找。上述五点，还是和这次的卡弗蒂事件比较吧。

前三点可以说是策略问题。卡弗蒂是在谈论中美关系时说他们是“一帮暴民和匪徒”，他的英语原话里并没有“中国人”一词，“他们”的指向也不明确。

第二点，卡弗蒂没有艾姆斯那种在电台和电视里讲胡话30年的前科。美国人往往原谅第一次犯错，不悔改的重复才会激起愤慨。

更关键的是，抨击政府，甚至用很难听的语言抨击政府，在美国就像呼吸、喝水一样稀松平常。艾姆斯还骂副总统迪克·切尼是“猪肉屁股”呢。

记得我当时给侨社朋友的建议是：第一，突破口要选准，辩护空间很大的，不妨留着以后算账；第二，要建立事件年表，听到不舒服的话，打个电话发抗议，然后记在年表里，积累多了，就是其人有“辱华”习惯的证据；第三，发难时要选那种同时也触犯了美国人道德感的事件，与绝大多数正直的美国人结成尽可能广泛的统一战线。

毛泽东总结的红军游击战争基本原则，有一条叫做“慎重初战”。他说初战有三“必须”：必须打胜，必须照顾战役全局，必须照顾下一战略阶段。我给侨社朋友的三条建议，目的就是要打好初战。

卡弗蒂事件，就算打胜了，CNN请他走人，这“胜利”是否能照顾全局、照顾北京奥运的下一战略阶段？国人可能以为美国人都看CNN，其实，只有少数在英语里称作“政治吸毒者”的人才会追看CNN，大部分美国人的国际“知识”来自上下班开车时收听的电台广播和晚间电视脱口秀。今年是美国大选年，笑话来了：候选人一家一家向选民拜票，希拉里也一家家敲门——找她老公。这几天的美国大新闻是教宗访问，笑话又来了：布什在机场迎接教宗，惊讶地问："夫人呢，你的夫人呢？"很多美国人是从这类刻毒讽刺克林顿花心和小布什无知的笑话里学政治的。如果CNN真能道歉道到中国人满意，美国当晚电台和电视肯定反弹，一大堆讽刺中国政府的笑话。这些地方脱口秀主持人并不准备到中国做生意，你能拿他们怎么样？如果电视网的时事评论员学乖了，今后有事，指向很明确地、字正腔圆地一口一个"中国政府"，你需要这种"胜利"吗？

其实，也可以像前面第四点说的那样，学学科斯比老爹，根本不理这号人。第四和第五两点是讲战略选择。克林顿请黑人女诗人玛雅·安杰洛在他的就职典礼上朗诵诗歌之后，艾姆斯扭着屁股说：让你们亲亲我的大黑屁股。难道安杰洛会理他？每年年底的盖洛普调查，安杰洛都进入美国人"最欣赏女性"前十名。以她的崇高地位，跟艾姆斯这种人较真，都觉得掉份儿。

或者，学学拉特格斯大学那些黑人女篮队员：接受你的或许不那么诚恳的道歉，让这件事过去，我们只想好好打球。《洛杉矶时报》的社论说：她们的表现是事件转折点，她们显示的尊严和风度，证明了艾姆斯在说谎，她们绝不是妓女。这些女孩子的风度，反而促成了艾姆斯的出局。

这种事，说到底，我相信毛主席：让人讲话，天不会塌下来，无非就是被人骂嘛，共产党是骂不倒的。我们也可以用自己的风度，证明卡弗蒂在说谎，从而让事件过去，好好迎接奥运。

（2008年4月25日《南方周末》）

# 柏杨西去，民主东来

王晓渔

柏杨先生驾鹤西去，我没有太多悲痛。对于一个终生反对威权的独立知识分子来说，还有什么比亲眼目睹威权像豆腐渣一样坍塌、民主在这块豆腐渣上逐渐夯实地基更幸运的呢？1969年逝世的殷海光没有这么幸运，1979年逝世的雷震也没有这么幸运。正如柏杨本人在2002年所说：“我应该是世界上最幸运、最有福气的人。”一个知识分子如果一直生活在民主社会，他很有可能无法理解民主的魅力，反而会对民主时代的祛魅生活感到不满，经常生发出奇思异想，建立一些理想的试验田；一个知识分子如果一辈子生活在威权社会，从来没有享受过言论自由，他的人生也是不完整的。生于威权，死于民主，并且亲身参与从威权到民主的转型，这就是柏杨幸福然而曲折的一生。

就在2007年底，88岁高龄的柏杨还因为不满陈水扁的言论，绝食抗议，最后体力不支，被紧急送往医院。我们能否因此推论，当年的斗士，今天已经对民主彻底失望了呢？2004年，台湾“总统府”秘书长苏贞昌拜访柏杨，柏杨谈到台湾民主来之不易，一度落泪。他表示：“民主政治好不容易走到这一步，不能让它死掉，虽然小孩很丑，但也要让它长大，要小心呵护。”当时柏杨对陈水扁寄以希望，虽然后来态度发生根本性的变化，但这不等于柏杨改变了对民主的看法。

在民主制度下，对执政者表示不满，不等于对制度不满，恰恰相反，民主保证公民可以合法地表达对执政者的不满。1968年，《中华日报》刊出柏杨翻译的美国漫画《大力水手》，这一集讲到一对父子流落到一个小岛上，两人竞选总统，父亲在竞选演讲中开场称呼“Fellows……”。《大力水手》与台湾政治没有任何关系，如果柏杨将“fellows”翻译成“伙伴们”，或许问题不大，但是他翻译成了“全国军民同胞们”。于是，著名的“《大力水手》事件”由此产生，柏杨以“共产党间谍”和“打击‘国家’领导中心”的罪名入狱。时至今日，台湾虽然有着种种纷争，以言获罪的现象却大幅减少，政府和公民都习惯了对执政者的批评。当然，通过其他方式打击报复的现象依然存在，但这更多的是威权时代的遗产，难以归咎于民主。

柏杨最为著名的作品当推《丑陋的中国人》，最为著名的言论当推指认中国历史悠久的“酱缸文化”。20世纪80年代，他的著作传入大陆的时候，我没有机会见到他的书，但在报纸上看到他的观点，看到他为“崇洋”辩护，看到他批评“不合国情”说，依然感到震撼。我们习惯于用放大镜看自己，用显微镜看别人，也习惯于把自己描述得高大全、把别人描述得浑身都是细菌，突然把镜子交换了一下，以前视为放之四海而皆准的观点突然有些动摇。事实已经证明，柏杨对于我们自身传统的批评，或许有些争议，但让坚固的东西变得有些争议，这恰恰是构建民主的基石。

今年大年初一，马英九前去给柏杨拜年，柏杨对马英九称赞有加。一个多月后，马英九胜选。能够看着自己欣赏的政治家登上未来的政治舞台，能够看到民主经过转型阵痛逐渐进入巩固期，想必柏杨死而无憾了！

（2008年5月1日《南方都市报》）

# 现在是解民于倒悬的关键三天！

钱钢

一天多来，接到许多传媒的电话；因为出差在途，更有许多人急于联络我而未果。我无法一一回答大家关于大地震的问询，愿借《南方都市报》一角，表达我的心情：此时，是解民于倒悬的关键三天，没有什么比抢救生命更为紧迫！

直到13日夜，关于震中真相的报道依然远不够详尽。救援队伍已经到达，正在开始大规模抢救。而在此之前，有无数被压在废墟之下一息尚存的人，已经在孤立无援的境地中，度过了恐怖的第一个昼夜。唐山的经验告诉我们，这是最危险的时刻。余震频仍，倒塌的房屋在继续解体，甚至有数千，可能有数万被压在楼板、砖石、钢筋下的人，多数已经受伤，无水，无食物，精神处在崩溃的边缘。大多数人，不可能坚持超过三天。

救援队伍进入震中的时间，已经比32年唐山地震时晚。与死神搏斗，抢夺生命，是现在这几十个小时救灾的第一急务。请救灾指挥者记住唐山地震和台湾“九二一”大地震的经验教训。我们渴盼援兵以最快的速度赶到现场。时不我待，请专业抢险队和解放军尽早到达幸存者的身边或是附近；请医疗队火速在现场开设急救帐篷；请立刻开辟直升机着陆场抢运伤员；请立刻在成都设立伤员转运中心；请在灾场之外的各城市立即部署接应医院；请布置专门人员密切注意仔细倾听幸存者的求救信号（如敲击声）；发现踪迹，边挖扒边送食物和水；对大片倒塌的楼群，请设法用鼓风机送风，请调动消防车持续大量喷水。

有的传媒朋友，现在就把注视的焦点集中在问责和反思。我想对你们说，你们想做的这一切都应该做，但现在不是时候。至于有的传媒，震中信息尚且朦胧难辨，就已经主题先行，搞策划，玩深沉，就更不合宜。没有比人更重要的了。在千万人命悬一线的这几日，让我们共同关注这场抢夺生命的大战。让我们给指挥者进言献策，为徒步进入震中的救援者鼓劲助威，为在黑暗中挣扎的同胞祈祷，加油！

我也恳请指挥者，在十万火急之时，保持清醒的科学态度。请珍惜战士和救援队员的血汗和生命，不能像唐山地震时那样赤手空拳地蛮干。尽快调运大型机械，至少给抢救者充足的工具。在传媒的实时传播下，万不可用战士的生命去制造场面，去作秀。

这是令人忧心如焚的分分秒秒。12日晚，许多人彻夜不眠，一直守在电视机前。我从北京回到香港，一路上，到处看到人们在关注议论汶川。1976年唐山地震以来最惨烈的一次大地震在中国大陆发生了，而对它的反应、对策，一开始就遇到重重险阻。这场考验的严峻程度，很可能超出我们的想象。

一切高谈阔论，此时都苍白无力。行动！此时最需要的是行动。立刻行动，从抢夺生命开始。

（2008年5月14日《南方都市报》）

# 多灾之年需要怎样的社会心态?

章立凡

我承认，进入2008，连我这样的人都变得有点“愤”，按捺不住想骂人的冲动，我这是怎么了?

不仅仅是我，还有我周围的人，认识的与不认识的，上网的与不上网的，“左愤”与“右愤”……一语不合便恶言相向，口水战一直没停过。有话不能好好说，中国人这是怎么了?

我曾用“坐过山车”来形容国人今年的情绪：雪灾压垮了春运，通胀伴随着股灾，火车相撞纱帽不丢，疫病流行无人请辞，连去年忽悠出的一只“纸老虎”，至今还活蹦乱跳……这林林总总不可理喻的怪象，都被一场8级大地震暂时覆盖。惨烈的灾害画面令国人震惊，继之以大悲怆大救难，人性的善良和公民的社会责任感，在大地的颤抖中被激活了。

执政党领导人对灾害迅速作出反应，表现不俗，得分不少。举国降半旗，向灾害中遇难的普通民众致哀，这在共和国历史上是第一次。虽有民间的推动和秘鲁的示范，但毕竟是在表示执政理念的转变。如能就此机会推进体制改革，自然是个“坏事变好事”的机会；可惜体制惯性巨大，效果往往是南辕北辙，欲速不达；对某些政府部门灾前灾后的作为与不作为，问责声也是此起彼伏。

中国是一个讲究“导向”的国家，言论视听一贯“中规中矩”。从肃穆的哀悼场合爆出“加油”声起，像我这样的落后群众，倒有点跟不上形势了，尽管我很希望办好北京奥运，也不想在救灾期间多批评政府。自此往后，从“跑跑”到“跳跳”，从“含泪劝告”到“做鬼幸福”，种种怪论无不触及人伦底线，惹来嘘声一片。

令人奇怪的是，某些一向宣传“和谐社会”的媒体，最近不大讲和谐了，对不同观点的口诛笔伐，一浪高过一浪。中国的“网络暴民”也日益相互对立。更可怪者，连总理正面肯定的普世价值，都有人在恶意攻击。

“以人为本”是不是普世价值？我想应该是，否则无法解释各友好国家对地震灾区的人道主义援助。即便是强调“中国特色”，也不能“丧事当喜事办”，这毕竟超越了人伦底线。

地震浩劫哀痛未平，奥运盛会开幕在即，中国人将何以自处？我认为尊严是第一位的。虽然无法摆脱悲情，但历史上的中国曾是礼仪之邦，要赢得尊严和别人的尊重，就得以庄敬自强的气度礼尚往来。

无须聚众煽情的民族主义，中国人本来就是爱国的；摒弃矫情做作的歌功颂德，老百姓心中自有一杆秤；停止无聊无赖的诽谤辱骂，劫难后的心灵需要净化。对地震及奥运的宣传也应“以人为本”，能否改革一下八股式的老套路，使之贴近人性和便于接受？

以平和的心态反省自己，以宽容的心态对待别人，以友好的心态迎接客人；做一个有尊严的人，做一个有尊严的民族，与文明世界和平共处。我亲爱的同胞们，做到这些不太难吧？

（2008年6月23日《现代快报》）

# 爱国言论的法律界限

张千帆

在一场巨大的民族伤痛面前，国内关于是否抵制家乐福的争论已迅速平息，但其曾掀起的巨大声浪仍值得我们追索，尤其是在当前举国救灾的语境下，又出现了多起抵制某些企业的声音。

在宪政视野中，言论也是一种“市场”。就和家乐福只是普通消费者可以选择购物的众多市场之一一样，抵制某企业的主张也是公众作为思想的“消费者”可以选择接受与否的不同观念之一。在保证思想观念的“市场”自由和公平竞争条件下，我们完全应该相信思想的“消费者”有能力选择对自己最有利的主张。就和普通市场竞争一样，政府应该在思想竞争中保持超然立场，而不应直接介入干预。

当然，言论自由并不是绝对的。一般来说，宪法并不保护鼓动违法行为的言论自由，因为法治是任何一个现代社会的基本要素，纵容违法无异于社会的集体自杀。

但是即便如此，具体情况还得具体分析，因为言论和行为的界限并不总是那么清楚。如果不是纯粹的清议或空谈，言论的最终目的就在于行动，而某些行动未必为当时的法律所允许。在一个民主社会，法律是可以通过立法过程变革的，而法律变革的动力正是公众对立法的批评，这就是民主国家的法律进化过程，而言论自由在其中发挥着关键作用。在某些情况下，言论自由甚至容忍对法律的消极抵制。例如在第一次世界大战期间，美国国会通过了《征兵法》。某些左翼团体抗议美国加入战争，并主张抵制政府征兵。抵制征兵的主张显然是一种言论，但是其倡导的行为却是违反《征兵法》的。用当时审判这些案件的霍姆斯法官的话说，宪法究竟是否保护这类言论，取决于言论是否会产生“清楚与现存危险”。如果答案肯定，表明这种言论已经或极可能产生违法行为，那么言论可以因此而获罪；但是如果只是说说而已，并没有证据表明违法行为因此产生或一触即发，那么言论还没有转化成行为，因而仍然处于受宪法保护的范围内。

那么，如何看待抵制某些企业的言论？首先，我们自己显然有自由抵制家乐福，这是谁也管不了的；我们似乎也有自由向任何人说明自己的选择及其理由，并期望这种选择可以得到他人的理解、认同乃至响应。然而，如果抵制主张一呼百应，确实产生了大规模效应，影响了家乐福的利益乃至运营，那就有可能构成违法（民法公平交易原则）的“清楚与现存危险”。在这种情况下，如何平衡言论自由与法治就成为一个相当微妙的问题。

西德曾经遇到过一个相当类似的案例，或许对我们有所启示。在著名的“联合抵制电影案”中，原告是一位纳粹时期的著名导演。他曾导演过反犹太人的宣传影片，后于1950年受到审讯并被释放。复出后，他导演了电影《永恒情侣》。但在德国公映前，被告吕特号召电影制片商和发行商联合抵制这部电影。由于《德国民法典》第826条禁止“违反公序良俗以故意损害他人”的行为，德国地区法院判决吕特违法并禁止联合抵制。吕特则在宪政法院提出申诉，认为法院决定侵犯了《基本法》第5条所规定的言论自由。宪政法院认为地区法院没有妥善平衡言论自由和经济权利，因而撤销了地区法院的禁令：表达见解的基本权利是人性在社会中最直接的表现，并属于最高贵的人权之一……它是几乎所有其他自由的基础和必不可少的条件。

既然言论自由如此重要，那么在发生冲突时经济利益就必须有所让步。当然，抵制的对象也不是毫无还手之力，言论自由的价值正在于它能为每个人所利用。如果感觉受到了言论的伤害，那么受害人也可以公开回应、澄清误解、消除不利影响。“只有在不同见解以同样的自由度而获得表达的冲突过程中，社会才能形成公共舆论，每个社会成员才能形成其个人见解。”因此，即使一般的商业抵制构成违法，可能影响商业利益的某些言论却仍然可能受到保护。由于被告吕特的言论并非出于不正当的商业目的，而是关乎重要的公共利益，而原告也可以针锋相对地通过言论保护自己，因而抵制主张似乎并不具备“清楚与现存危险”。即便存在这类风险，德国法院的利益平衡分析也要求这种危险必须是重大的，以至超越了言论自由给社会带来的好处，否则就不能限制言论。

然而，在和其他宪法权利的平衡过程中，言论自由并不一定总占上风。尤其是如果一方滥用了言论自由，企图通过自己的言论控制或限制别人的言论自由，那么这种言论是不受宪法保护的。在1969年的“联合抵制周报案”，西德的一份左倾小报《布林费尔》为东德的电视与广播节目刊登广告。报界巨头斯普林格向其销售商发布传单，指令它们停止出售任何刊登东德节目广告的报纸(其实只有《布林费尔》一家)，并威胁对不服从的零售商拒绝供应其自身报纸。根据《德国民法典》第823条，《布林费尔》起诉斯普林格犯有不正当竞争行为，并在西德地区法院获得胜诉。基于上述“联合抵制电影案”的判决，最高民事法院认为抵制号召受到宪法第5条保护，因而撤销了地区法院的判决。《布林费尔》反过来用《基本法》第5条，起诉斯普林格侵犯了其言论自由。和“联合抵制电影案”相反，宪政法院判决本案的抵制不受宪法保护。斯普林格的传单虽然是“言论”，但是确实构成了不正当商业竞争行为，而且利用自己的市场优势地位打压竞争对手。这种霸道的“言论”当然不仅不受宪法保护，而且还应受到法律禁止。

由此看来，抵制某些企业的言论是否合法甚至受宪法保护，取决于有关言论的表达方式。如果只是停留于“口诛笔伐”，那么无论如何激烈的言论都享有宪法自由。即便网络号召得到广泛响应，也未必需要干预；抵制对象完全可以站出来为自己辩护，反抵制主张也可以通过各种渠道阐述自己的理由，最后是非输赢由广大的消费者评判。

爱国显然是无可非议的，但即便是出于爱国的言论也要注意表达方式。毕竟，它只是思想市场上诸多言论的一种，因而没有权利以绝对“正确”自居压制其他言论，更不得转化为各种妨碍公民自由选择物质或思想商品的压力乃至暴力。

（2008年6月30日《中国经营报》）

# 寻找周正龙们的灵魂

郭宇宽

陕西省终于公布了周老虎事件的官方调查结果，就像那只等待了几个月的鞋子终于落了地。周老虎从各大媒体争相采访的风云人物，而且要抢着付费采访的牛人，沦为监下囚，虎威全无，成了人人唾弃的“死老虎”。

这个调查结果并没有很多出乎人意料的地方，倒是让我思考是什么塑造了周正龙这样撒谎不脸红的人格。就在不久前，周正龙还信誓旦旦地表示：“只要国家同意我上山，特批给我一支枪、200发子弹，我一定打死一只老虎。”他说这话是非常聪明的，因为他说的是一句不需要验证，也无法验证的空话。国家不可能给他一把枪，更不可能让他去打死一只濒危的野生华南虎。我当时就想周正龙如果真有勇气，应该让林业局发给他一把麻醉枪，以他的本领必可躲在树上发射，然后活捉一只野生华南虎回来，那岂不是立下奇功?

但我最震惊的是，周老虎发下血淋淋的毒誓，当时国内一专家在网上公开拿人头担保“华南虎照片”有假后，立即掀起轩然大波，周正龙接受采访时非常激动，他声称“要是照片有假，当场把我头砍掉！”周正龙要是有一点点耻辱感和敬畏的话，决不会要求别人来砍他的头。我曾经写过一篇文章叫《日本式的反省》，讨论日本人的民族性格，一个有耻感的国家，也许嘴上很难道歉，但背负的心灵压力并不轻，就像《阿幸》里面的龙三，战争失败后，还没有任何人责怪他，也没有追究他的责任，就觉得无颜见人，自己切腹自杀了。

当然，这种极端的做法是不值得宣扬的，但像周正龙这样明知别人不会这么做，还信誓旦旦地让别人来砍自己的头，这种泼皮牛儿的精神，则是无耻到了一个极端。

周老虎并非是这种无耻典型的孤例，因受贿被判刑的福建省上杭县原女副县长罗凤群，据说也曾多次在大会上发毒誓：“我若贪污一分钱，就将我开除党籍；我若受贿一分钱，就将我枪毙，并可一直枪毙到我的孙子。”这样的誓言和周正龙简直有异曲同工之妙。

而且在我的记者生涯中也有幸面对面见过这样的人物，我在进行新闻调查时曾经采访过河南新乡的法官张其江索贿案。张其江此人军队退伍后，在“复转军人进法院”的年代，进了法院，先是从当领导司机开始，后来当书记员，再后来成了人民法官。一桩案子诉讼的一方，托张法官帮忙，张法官收了别人的一笔钱，还要求判赢了再给一笔，怕别人赖账，还让那人把剩下来的钱写个欠条。不想后来案子判输了，但他还是拿着欠条追着别人要钱，那人自然不愿意给。胆大包天的张法官居然把这个人以欠款的名义给起诉了，还利滚利算出个天价，连本带利126万元，法院一审在他的操纵下还判了个强制执行。这个案子在网上可以查到更详细的叙述，我这里就不展开了，后来因为众所周知的原因，那期节目在最后时刻没有播出。

现在这个张其江正在监狱里服刑，当年我采访他的时候，外围证据链已经采访了一遍，可以说证据确凿到了他要是不是个集贪狠蠢于一身的无赖官员才怪的地步。

可让人大开眼界的是，张其江在接受采访的时候，你问他为什么要以一个法官的身份向当事人索贿，他居然能矢口否认：“我会受贿？我是一个几十年的老党员了，能干这种事情么？”你问他那为什么和利益相关的当事人要钱，还索要匪夷所思天价利息，人家一个商人问你法官借钱，于情理也不合呀。张其江还是脖子一梗：“你活这么大也不想想，要是不欠我钱，干吗给我写欠条，你怎么不给我写欠条？我一个党培养多年的干部，说话是敢负责任的。”他也敢说：“我要是撒谎就枪毙我一千遍都行。”我们的录音师是个很有正义感的伙计，那天他在边上听得后来说是气得饭都吃不下，我们回去的路上，在车里一路上他都骂：“王八蛋，尽给党丢脸，老子有枪，就毙了这个王八蛋！”张其江那种理直气壮的嘴脸简直精彩之极，唯有他的目光始终不敢和我正面接触，还能体现他内心尚有一丝心虚。遗憾这期节目不能播出，否则也是和周老虎相映成趣的。

在这些人身上我很长时间都曾感到好奇，是什么文化土壤能培育出这么无耻的灵魂，而且发起毒誓来都毫不脸红。他们一定是彻底的唯物主义者，彻底的无所畏惧，甚至可以说彻底没有灵魂。

在世界上大多数国家，这样的人不是没有，应该比较难找。在一个文明的国家发誓至少也是一件严肃的事情，一个人发誓时心中多少会有所敬畏。

记得克林顿当年贵为一国总统，毕竟也是血肉凡胎，一时经受不起诱惑，被一个绯闻搞得极为尴尬，但他这样以滑头著称的人也不敢说：“我以一个民主党老党员的名义发誓，我和那个女人没有任何关系。”只敢说：“我再说一遍，我和那个女人没有任何法律意义上的性交。”众目睽睽之下，律师出身的克林顿，虽然玩花招，但毕竟守住了撒谎的底线。他说的没有法律意义上的性交，可以理解为是指没有“插入式性交”。克林顿更不敢于手按《圣经》或者宪法发誓，他要是和莱温斯基有暧昧关系，就天打五雷轰，“就将我枪毙。并可一直枪毙到我的孙子。”毕竟在英语里oath是一个非常神圣的词语，不能随便拿来开玩笑。

印象中我们“龙的传人”历史上也不是像周老虎们这样，我们古人有“暗室不欺”，“仰无愧于天，俯不怍于人”的传统，就算是受封建迷信的束缚，也不至于明明在撒谎还自己诅咒自己，乃至诅咒自己全家。

而我发现，周正龙、罗凤群、张其江都有一个共同点，他们都是50来岁的年纪，是在中国“文革”的成长环境中长大的一代人。我想这段经历，跟他们把发誓视同儿戏有很深的关系。

在那个无时无刻不需要人来表达忠诚和站队的年代，人们已经不需要也不敢经过自己的大脑思考和良知的判断。每天都要早请示晚汇报，尤其能够在公开场合作热血沸腾状发誓，而那些誓言只是为了生存而表明姿态，和灵魂没有任何关系。人们在生存的恐惧中，不管你自己内心是什么立场，今天要和彭德怀划清立场界限，明天又要庆祝打倒刘少奇，后天又得批林批孔，如果不顺从，就会被打成反革命分子。人们随时都在揣测那个天威不可测的伟大领袖的意图，并发出一个个毒誓，动辄就是“誓死”如何如何，以表达自己的忠诚。

也许第一次出于恐惧而顺从，就像被强奸一样带有耻辱感，后来人们渐渐习惯了这种状态，再也感知不到灵魂和良知的存在，甚至能够把自己的被迫接受的东西，当作自己真正相信的。这是一种近乎绝望的状态，人们已经没有欲望去关注奢侈的灵魂问题，更不用去考虑什么末日审判、因果报应，能够活在当下就已经是最大的恩典。经过这样的驯化，所以这个国家这么多老百姓能够毫无心理负担地做到刚刚血脉贲张地批判完邓小平，过些日子又满面欢喜地欢呼粉碎“四人帮”。发誓成了生存本能，而和灵魂无关。

哎！有多少中国人的心灵在那十年中枯萎了。

在这个意义上讲，当我看到周正龙、罗凤群、张其江们洒狗血、发毒誓而毫不脸红时，都使我感到悲悯，他们是那个实际并未远去的时代的心灵缩影，他们也是这个民族苦难历史的受害者。

（2008年7月1日 网易评论）

# 现在不应只防通胀而应大规模减税

吴向宏

2008年是一个多事之年，除了各种突发事件之外，还有多种迹象表明，目前中国经济正处于一个异常不稳的时期，需要及时采取正确的应对措施以防不测。

到目前为止，我国的经济金融政策依旧是以货币和财政政策来“调控”经济增长速度，同时以严格的金融管制和外汇政策来“控制”金融风险。应该说，这套政策组合拳在正常情况下是有效的。然而中国本身并不是一个正常的经济体，而是一个大型的转轨经济体；当前国际上也不是一个正常的金融环境，而是一个秩序动荡(以美元丧失信用为标志)、拐点浮现(有可能发生从流动性过剩到流动性紧缩的转变)的高风险环境。在这种条件下，我们需要想出更多的办法来未雨绸缪。

传统的经济政策在特殊时期往往会受到挑战，这是因为它所仰仗的决策体系通常使用一些表面的经济指标来判断方向。比如说，依赖CPI(消费价格指数)数据来判断经济是否过热，通胀是否严重。其实如果看过去几年中国的资产价格(房价、股市)，不难得出流动性早已大规模过剩、投机性投资活动早已过热的结论。而如今CPI指数的上升，反而只是通胀末期的所谓“翘尾效应”，恰恰是流动性紧缩可能到来的标志。通俗地说，泡沫高涨的时候才是严加调控的最佳时期，在泡沫晚期不断收紧流动性，其后果极可能是一场“硬着陆”。

目前情形下，不能再对经济数据做照本宣科的解读。GDP增长率多一个百分点还是少一个百分点，通货膨胀率高一点还是低一点，名义房价究竟是在上升还是在下跌，这些纸面上的经济数据，在特定的经济时期并不一定反映真实经济的运行状况，更不能在这些数据上定标杆，下指标，把它们当成经济政策的最终目的。如果单看国民账户报表，中国经济似乎风平浪静，有些表面数字如高速增长的财政收入、高速增加的外汇储备，还可以被解读成大喜讯。但只要深层次观察实体经济，结果就未必如此。

经济警号其实相当明显：(1)庞大的非正常外汇储备占用大量金融资源，随时可能因热钱大规模出逃而使金融体系失序；(2)反复采取收紧银行存款准备金的办法来控制通货膨胀，已经影响到以银行贷款为主要融资渠道的中国企业，与此同时对通胀的抑制效果并不明显，换句话说，中国经济有可能出现最令人头疼的“滞胀”现象；(3)对资产泡沫的错误调控政策有可能导致资产价格的“硬着陆”(参见我年初《当心消费者和房产商“双输”的硬着陆》一文)，使国民财富白白遭受损失；(4)贫富分化进入高危区，已经由单纯的经济状况分化，衍变为社会心理的强烈对立；(5)政府财政收入占GDP的相对比重早已超过几乎所有其他发展中国家，甚至超过了美国这样的发达国家(参见我过去几年来就此问题发表的一系列文章)，国家财富向政府手中畸形集中，不但妨碍经济发展，强化贫富分化，而且等于把鸡蛋都放在同一个筐子里，冒着极大的经济风险。

我认为，目前中国的经济无论对内对外，都处于一个非常时期，宏观政策不能再陷于“控制通货膨胀”、“调控房价”、“增加就业”等指标。防止实体经济衰退导致国民收入锐减，防止金融体系失序导致国民财富蒸发，这两个“防止”才是重中之重。有必要果断地采取非常政策，以度过经济风险期，延长中国经济繁荣周期。具体来说，在对外政策上，我主张立即停止人民币升值，恢复联系汇率(可在一次性升值之后)。理由可参见我三个月前《人民币升值进程应当停止》一文。而在国内政策上，我认为目前最有效、最应当采取的政策，就是大规模减税。

大规模减税的好处是十分明显的：(1)厉行减税将极大减轻企业负担，从而在收紧货币政策、预防通货膨胀的框架下，避免经济因过紧的流动性而导致衰退；(2)企业减税将刺激资金回流实业领域，从而“自然”地消除资产价格上的泡沫，同时又不会像现行某些硬性“打压”泡沫的政策那样导致硬着陆；(3)减税对股市来说也是最好的“救市”策略，它从中长期看显然对股市是极大的实质利好，同时在短期还会刺激部分资金流出股市，不会像其他的“托市”政策那样导致新一轮恶炒；(4)减税如果辅以某些激励企业提高职工工资的政策，还将普遍提高民众收入，减轻贫富分化；(5)减税是将财富还于国民的最直接途径，也将显著减低财富过度集中于政府手中造成的系统风险；(6)从中长期看，减税是增加企业支出、扩大内需的高效手段，能有效延长中国经济的繁荣周期，这最终将使国家财力得到可持续的而不是竭泽而渔式的增长。

（2008年7月4日《南方都市报》）

# 国外地方政府间也竞争

周业安

在市场化的背景下，有限财政分权会导致地方政府展开竞争，从而影响到中国的经济增长。但有些问题在过去的文章中并没有交代：我国的地方政府是如何展开竞争的？读者看到这个提问，自然会联想到，国外的地方政府是否会竞争？我国旧体制下的地方政府是否也竞争呢？我会在这次的文章中慢慢道来。首先需要明确一点，那就是所有的地方政府都可能展开竞争，只不过竞争的方式不同而已。不同的经济体制、不同的环境都会产生不同的竞争模式，且进一步产生各自的经济后果。有些时候，这类竞争甚至会产生相应的社会和政治后果。

地方政府对一个经济体的发展是至关重要的，这一点无论在发达国家还是在发展中国家都是如此。就美国等发达市场经济体而言，由于地方政府拥有自己的税权，并且在地税收入中，所得税和财产税是非常重要的组成部分，所以地方政府必须通过吸引更多的居民在当地长久居住，才能保证当地具有稳定的地税收入。如果没有政府间竞争，并且政府是追求公共利益的，那么地方政府就需要根据当地居民的公共品需求来确定相应的财政支出（即公共品供给），然后以支定收，以此来确定地方税负水平。当然，促使地方政府以支定收的制度基础就是公共财政。发达市场经济体无论哪一级政府，在做财政预算时，都必须经过纳税人或者其代表的同意，唯有如此，才能确保居民纳税收入仅限于居民所需的公共品，而不会出现浪费。

当然，上述理想情况是在没有考虑地方政府竞争以及政府官僚的自利行为的前提下做出的。如果考虑到政府官僚的自利动机，那么即使在发达经济体中，地方政府仍然存在偏离公共利益的倾向，比如对官僚制做过开创性研究的经济学家尼斯坎南就明确指出，政府其实是追求预算最大化的，举个例子就很容易理解这个观点：假设修一条公路需要100万元人民币，在信息不对称的情况下，官僚就可能欺负议会不了解真实情况，从而把预算额提高到150万元，这多出的50万元就可以供官僚乱花。

追求预算最大化的背后实际上是官僚利用信息优势和权力寻租，这正是公共选择理论的创始人之一塔洛克教授所首先提出来的。在公共选择理论看来，寻租是官僚体制的普遍现象。所以诺奖得主布坎南就一再强调，说政府是追求公共利益的，不过是一个“神话”而已。政府本质上也在追求自身的利益最大化。套句俗话，官员也是人啊！

居民一旦定居下来，迁移的成本就比较高，这就给地方政府寻租提供了机会。因此，地方政府很少通过降低财产税和个人所得税来讨好当地居民。即使当地纳税人拥有投票权，但如上所说，给定官僚的权利和信息优势，居民实际上很难得到准确预算的信息，也就无法完全准确地判断地方政府财政支出的合理性。比如，当地政府需要更换办公系统，纳税人是同意还是不同意？官僚们会举出1000个理由来证明更换的必要性，居民很难反驳。不过，如果地方政府真的如此对待居民，是否意味着居民对此毫无办法了呢？当然不是！假如某个州县的地方政府提高地税的税率，却没有相应地增加当地的公共品供给，此即预算最大化的典型实例。那么如果居民没有相应的参照标准，当然真有可能无可奈何。

所幸居民还是能够找到参考资料的。一般来说，居民可以观察邻居的公共品供给成本和收益，然后对比自己所在地区的情况，从而做出一个相对正确的判断。这个在经济学上就被称为“标尺竞争”。该术语看起来似乎晦涩，实际上不过是经济学家故弄玄虚的把戏。说得通俗点，就是地方政府也面临类似体育比赛似的竞赛。如果自己的地方政府跑得慢，居民就在下次选举的时候把领导选下来，这样领导如果想连任，就必须跑得比邻居快。结果，居民的比较和手中的选举权相结合，就可以有力地制约地方官僚过度追求自己的利益。可能有读者会问：要是地方政府之间相互勾结呢？在发达经济体中，这种勾结的可能性较小，因为这涉及另外一个因素，那就是资本。

地方财富的创造除了依赖当地居民，还要依赖当地资本。但资本和居民非常不同，居民面临迁徙成本的约束，相对不流动，而资本有金融市场的支持，流动非常迅速。在这种情况下，如果一个地方没有足够吸引资本的本钱，那么资本就会从该地方流出。为了获得更多的资本，各地方政府之间就不可能合谋，而是相互之间展开激烈的竞争。可以说，围绕资本的竞争是发达国家之间以及国家内部地方政府之间的首要工作。如此看来，我国的地方政府和其他发达经济体的地方政府也非常类似啊！

地方政府如何才能吸引更多的资本呢？首先一点就是采取较低的和资本有

关的税率，比如降低企业所得税税率，给投资项目提供补贴和其他优惠等等。此即税收竞争。其次，仅仅依靠减税肯定不行，还得在当地提供良好的基础设施和制度环境，也就是说，需要提供更优质的公共品，此即支出竞争。不过这样也产生了两个问题。其一，如果一个地方通过减税来吸引资本，那么其他邻居也会跟进模仿，结果围绕资本的税收竞争在理论上就可能出现所谓"竞赛到底"的局面，即零税收。当然这是当地居民无法接受的。其二，由于资本的税收降低，如果要提供更优质的公共品，势必对缺乏流动性的居民更多地增税，这显然也是让当地居民无法接受的。因此，在现实中，对资本的税收优惠会相对有限。毕竟，财政问题是一个民主问题，当地居民还是非常有发言权的。此时，地方政府往往通过颁布更宽松的法律（比如降低公司注册门槛等）以及其他软环境举措来吸引资本。

无论如何，在发达市场经济体中，地方政府同样会为各自的利益展开竞争，这种竞争在公共财政体制的约束下，能够带来有利于经济发展和居民福利改进的效果。无论是税收竞争还是支出竞争，都存在一个宪政的约束，其背后是居民作为纳税人权利的保障，唯有如此，才能够尽量避免地方官僚滥用手中的权力，盲目追求预算最大化目标。

受制于宪政的约束，发达经济体的地方政府也不得不寻求制度竞争，比如法律竞争。像美国的特拉华州就有号称最自由的公司法。但我们也看到，即使如此，在发达经济体中，地方政府的竞争仍然可能会带来不利的后果，比如预算最大化现象或者寻租现象无法完全消除，对居民和对资本的不同课税态度等等。

（2008年7月12日《中国经营报》）

# 如果反腐成为高难度的技术活

几又

6月28日，陕西省政协原副主席庞家钰被判处有期徒刑12年，而庞的妻儿早在他大权独揽的时候，于2002年就移民加拿大了。这一事件引发了网友对“裸体做官”的热议，不少人建议政府应深入反腐，彻查这些官员，也有人认为除此以外，更应该从根源上杜绝官员腐败。（《新快报》7月7日）

有必要指出的是，反腐机构对庞家钰此类现象早就有所警觉。从2004年7月起，中纪委在湖北襄樊、山西朔州和北京石油机械厂、国华电力公司开展试点工作，把“党政领导干部和国企厂长经理直系亲属出国留学定居”、“党政领导干部子女就业”，列入领导干部重大事项报告内容。去年2月，太原市更在全国率先建立了领导干部子女出国上学费用来源的申报核实制度。

确实，就眼前的薪资水平，到底有几个领导干部供得起亲属与子女出国留学的昂贵开支呢？及时申报亲属子女出国和留学情况，也许可以为反腐提供一点线索，但寄希望通过此举约束领导干部的腐败行为，未免太过天真。反腐部门也无法由此就断定领导干部亲属子女的出国资金，就一定来源于腐败收入。从近年来查实的腐败案例来看，正是由于领导干部腐败在先，现行预腐机制对领导干部约束不力，反腐追究力度不够，为他们拿手中权力“赌”明天留下太多的空隙，而亲属和子女出国，只不过是众多外在表象中的一个。

以庞家钰为例。去年8月下旬，一篇题为《11名情妇联手告倒陕西省政协原副主席庞家钰》的文章见诸某刊物，而随后媒体纠正，“扳倒”庞家钰的是司法局干部曹长征及其他人员。且不论这种检举有点八卦色彩，就是曹长征，为了举报庞家钰的腐败行为，前后历经8年。在此期间，当地反腐部门也接到过他的举报材料，但庞家钰非但没有落马，反而“边腐边升”，最后在中纪委的强力介入下，才被揪落马下。庞家钰的腐败行为并不隐蔽，应该反思的不是反腐机构如何寻找线索，而是反腐机制为什么会失灵。

近些年来，从上到下，各行各业制定了无数反腐规定，想了无数办法，许多规定和办法带有鲜明的中国特色，比如“枕头风反腐”。但这些机制到底落实了多少，反腐机构是否有能力对领导干部的反常现象，对那些寄予厚望、冒着打击风险送来的举报信，一一进行过认真核查？

前不久，新疆阿勒泰地区出台了《县（处）级领导干部财产申报规定（试行）》，要求“与领导干部职权密切相关的收入都将通过阿勒泰廉政网及当地主流媒体及时全面公开，以接受社会有效监督”。消息一经传出，便赢得社会的广泛叫好声。从幕后推到台前，这当然是一大进步，但此举也只是解决了领导干部个人信息公开的问题。要想形成强有力的反腐监督，还有赖于反腐本着“零容忍”原则，不放过腐败的蛛丝马迹，始终保持高压态势。如此，不管是“裸体做官”，还是穿着棉袄做官，只要其行为始终处于反腐机制的严密监督之下，就不怕其贪腐。反之，如果连反腐举报都成为一项高难度的技术活，都要付出像曹长征这样长达8年的昂贵代价，首先当彻查的该是反腐机构神经麻木到底的原因。

（2008年7月22日《中国青年报》）

# “奥运游行示威公园”开始的民主训练

杨涛

据报道：北京奥组委安保部部长刘绍武在7月23日举行的“平安奥运之北京奥运会安保工作”新闻发布会上称，北京奥运会将划定几个公园作为游行示威区域，同时，集会游行示威活动跟其他国家一样，需先提出申请。

我国《宪法》规定：中华人民共和国公民有言论、出版、集会、结社、游行、示威的自由。和平集会和游行示威的权利是一项普世性的公民权利，也是我们宪法所保障的权利。

此次，中国政府指定北京市丰台区的世界公园、海淀区的紫竹院公园和朝阳区的日坛公园等几个公园作为外国和中国公民和平集会与游行示威的场所，既符合国际惯例，能确保奥运会期间整个赛区的交通顺畅、环境优美、秩序良好，又尊重和保障了外国公民的诉求和中国公民的权利，是中国法治进步的体现，也是中国与世界接轨的具体表现。

“海纳百川，有容乃大”，我们正处于一个全球化、多元化的时代，各种观点和意见纷呈是很正常的，应当予以容忍。多元化的观点通过正常的渠道表达，有助于政府“兼听则明”，对于不同的意见，我们有则改之、无则加勉，只要这些游行示威事先进行申请备案，遵守中国法律，在特定的场所进行，我们就不应视之为洪水猛兽。如此，才能在全世界面前展示我们开放、开明的形象，才能让公民纾缓过激情绪，保障社会和谐，表明我们尊重人权和法治的决心。其实，即使有错误的言论在这些公园出现又有什么要紧呢？只要给予宽松的意见表达市场，错误的言论在不同的观点交锋中自然会败下阵来，我们要相信公民和世界人民的判断力。

“奥运游行示威公园”的设立，还有助于训练我们公民的民主实践和意见表达能力，培育我们宽容的心态。长期以来，我国对于游行示威的审批程序相对严格，许多留学生在国内没有进行过游行示威，没有进行过这方面的民主实践锻炼。因此，奥运圣火在国外传递时，就出现了许多问题：少数留学生不遵守所在国游行示威的法律规定，对他国公民表达意见显示出极度的不宽容，给他国人民留下不好的印象。

笔者建议，我们可以从“奥运游行示威公园”开始，慢慢对公民进行和平集会、游行示威和理性表达意见的训练，有助于增强公民的民主实践和意见表达能力。

（2008年7月24日《中国青年报》）

# 人民内部矛盾以外是什么

邵建

7月19日的孟连血案终于被地方政府定性为“人民内部矛盾”。我认同这样的处理，并一直担心它被定性为不法分子的群体暴力。定性没有问题，但表述却不妨质疑：如果孟连冲突是人民内部矛盾，请问“人民内部”以外是什么？

语词其实是一种制度状态的反映，一个人使用什么样的语词，就反映了他什么样的思维状态。这么多年来，在处理群体事件时，最惯见的，就是权力这样声称：“不明真相”的群众。殊不知，这是一个有辱权利的词，它在公共领域流行了几十年之久。遗憾直到今天，一些官员对这个词的恶劣性依然习焉不察，惯性使用。

很显然，在社会民主制度下，权力是不敢使用这个词的，因为权力来自权利——这里的权利是公民权利。公民为了保障自己的权利，以选票方式选择自己认可的权力者。想想看吧，这样的权力者会把供应自己权力的公民们斥为“不明真相”吗？只有在一个闭关锁国的旧体制下，上智下愚不移，而且皇封的权力视民为随意驱遣和糊弄的对象，才会有“不明真相”这种蔑视性的词。其实，把公民看成不明真相的群众，才是真正的不明真相——不明在民主时代权力和权利应有关系之真相。

如今有个很流行的词，叫“与时俱进”，权力者使用语言时也不妨与时俱进，不要老沉溺在过去旧体制的语词中而不拔，好像离开它，就不会张口说话。我这是一种善意的提醒。比如这个“人民内部矛盾”，和“不明真相”一样，都是旧式体制的语词。“人民内部矛盾”和“敌我矛盾”相对应，而这两类矛盾的存在，是在一个阶级斗争的时代。在那个时代，和“人民”对立的是“敌人”。

难道我们今天还处在一个阶级斗争的时代？难道孟连事件如果不作人民内部处理，还要把那些可怜的村民开出人民之外，视为阶级敌人？逻辑的荒唐来自语词的荒唐，当然它首先来自那个荒唐的时代。今天，我们的体制正在努力向民主体制转型，希望各级权力努力学用民主体制的词汇来表达自己。至少我们知道，民主国家无敌人(除了外族入侵)。它没有什么人民内部和外部，大家都是公民。拥护权力的是公民，反对权力的也是公民，而且拥护和反对都是公民的基本权利。非民主体制则不然，只有它才本能地把反对自己的人视为敌人，因此也只有它才会有人民内部和外部之分。划分的结果便是可以“合法性”地把反对者当作敌人进行专政。

如何语词即如何思维，如何思维则导致如何处置，特别是权力面对突发事件时。即以孟连血案为例，舆论普遍认为权力不该出警。是不是在地方权力的意识深处，和自己作对的就是敌人，因而可以轻易动用警力呢？结果固算明智，定性排除敌对。只是一不小心，那个语词还是露出了敌对的马脚。

（2008年7月25日《珠江晚报》）

# 反垄断法如无法执行即形同虚设

贺方

8月1日起，被寄予厚望的《反垄断法》即将开始实施。历经13年始磨一剑的《反垄断法》，人们当然有理由寄予厚望，然而据中国人民大学法学院教授吴宏伟介绍，原先制定草案时计划在今年8月1日前制定40余个配套规则，迄今为止，无一出台。（中新网7月27日）

40余个配套规则无一出台背后的潜台词是，没有配套规则，《反垄断法》如何以及靠什么实施——专家的如此判断让人大跌眼镜。8月1日起实施的究竟是法律还是配套规则？如果没有配套规则法律就实施不下去，那么到底法律是“上位法”还是配套规则更有法律效力？毕竟，任何法律的配套规则都是为了辅助而非替代法律的实施，否则就是本末倒置。

造成配套规则比作为“上位法”的法律更有法律效力尴尬局面的原因是，《反垄断法》的规定太过原则化，以至于在实践中根本不具有可操作性。正如有专家介绍的那样，“仅有8章57条的《反垄断法》，被认为极具原则性，诸多方面需要细化，甚至包括每一个概念”。而与此形成鲜明对比的是，“西方国家对于反垄断不仅有着丰富的经验，还有着几十万字的法律文件，有着无数个案例和指南，作为反垄断执法的依据”。

不能仅用我们的反垄断立法刚刚起步，来为法律遭遇的尴尬进行辩护。当一部法律甚至原则到无法执行的地步，公众不知道是该为法律的表达凝练而庆幸，还是要为法律的形同虚设而深感悲哀？毕竟，法律的生命在于它的执行力，一个从规定层面上都执行乏力的法律，很难说是成功的立法。我们需要的不是国家已经制定出了哪方面法律的“政绩”，而是制定出的规则已经和正在影响着我们的生活。

这其实与立法的理念有着直接的逻辑关联。一直以来，我们立法的惯例是宜粗不宜细，虽说在特定的历史背景下，这样的立法原则有其独特的智慧所在：摸着石头过河的年代，如果法律规定得过细，会成为发展的致命障碍，难以实现法律“原则性和灵活性并举”的实施效果。但是，当我们的社会迈入“精细化管理和规范”的时代，粗线条的立法难以勾勒出细线条的社会生活，法律在“无法可依”的情况下甚至有成为一纸空文的可能。

为了让法律不至于成为空文，就得通过形形色色的实施细则、配套规则来完成原则性法律的“具体化”。可问题是，如果实施细则或者配套规则是法律的立法者制定的倒也罢了，但太多的法律实施配套规则，其实都是以行政法规、部门规章甚至红头文件作为载体。如果立法的目的在于规范行政权力，那么由行政机关制定的实施细则或者配套规则，实际上就会成为违背基本程序正义的“自我规范”。

粗的法律和细的配套规则，实际上颠倒了两者的效力关系，让配套规则成为事实上的“上位法”，而行政部门也就成为法律的制定者。这样本应由人大制定法律才能避免的“部门利益法制化”，就会以一种冠冕堂皇的方式“借尸还魂”。举一个典型的例子，华为的万人辞职风波，粗线条的《劳动合同法》根本无力规范和解决，只能靠实施细则甚至各地的指导意见来规范，法律的尴尬由此可见一斑。当一部法律的威力总是要靠实施细则或者配套规则来“狐假虎威”时，这样的法律已然是一部失败的法律，不能不说是立法的悲哀。

（2008年7月29日《中国青年报》）

# 先有王蒙躲避崇高，后有80后虚置历史

吴祚来

近日，作家王蒙和“80后”风头最健的女作家张悦然的最新对话在湖南卫视播出，引来众说纷纭。

王蒙承认，自己看的“80后”作品有限，但一些作品还是让他耳目一新，很羡慕年轻人的大胆无羁。但“80后”作品给他的基本印象是“没有昨天”，也就是年轻作家写的这些生活场景，看不出来是中国特有的，他们似乎在躲避历史。张悦然则觉得，老作家的作品和历史挂得太紧，不得人情的作品很多，很难看到人格独立的作品。

“80后”这代人出生的时候，王蒙正做文化部长，这代孩子在幼儿园里学什么，看什么，想什么，都与幼儿园阿姨和家长有关，文化部长知道吗？而当这一代孩子成为小小少年、进入中学大学，并开始与王蒙先生一起搞文学创作时，王蒙淡出了公众视野，恐怕没有一个少年能从王蒙们的智慧文本里，分享所谓真实的历史。

孩子们需要牛奶时，王蒙们没有养牛，现在孩子们长大了，王蒙突然发现孩子缺钙。因为王蒙们总在需要书写历史真实时王顾左右而言《红楼梦》，所以才有孩子们写作写成了太空人、地球人，没有肤色、立场、民族认同，无涉历史与真实。

回望一下王蒙这15年，也就是“80后”走上文学舞台的15年，我们发现它正是王蒙“躲避崇高”的15年。1993年第1期《读书》杂志上，王蒙一篇“躲避崇高”成为那个时代吹响的集结号，王朔在王蒙笔下成为另面英雄。

王蒙突然发现王朔在泥沼中的舞蹈，才是真实而美妙的，而那些传统意义上的崇高、救世、启蒙、灵魂工程、救赎、忏悔、献身等等，在泥沼里的王朔面前，显得滑稽虚伪，更为严重的是，那些为救世与灵魂而写作的崇高作家，他们却会走火入魔，成为将灵魂引入地狱的魔鬼。

王蒙先生没有分析崇高与历史与真相与悲剧之间的血脉关系。崇高不仅仅

是一厢情愿的救世，或充当救世主；崇高是从人的血性中发现灵魂的高贵，发现人性的悲剧性与悲壮，是直面社会人生，并通过历史发现人性之恶与人性之善；崇高是我不下地狱，谁下地狱，也是被绑在阿尔卑斯山上，被老鹰每天叼食肝脏；崇高是站在高高的山上，悲悯地看着自己的肉身与卑微的生活。崇高与泥沼一样，有着两面，王蒙看到崇高之恶，同时又看到泥沼之美，所以王朔被王蒙从泥沼游戏中抬到了台面上，被品味玩赏，而那些追求崇高的精神，则被王蒙的慧眼机智地忽略，或被王蒙展示出它的黑色幽暗的一面。而王蒙先生自己所热衷或欣赏的所谓历史，是没有主体性，没有灵魂的历史，与其说他们书写了历史，不如说他们被系在历史的裤腰带上，被晃悠得舒服了，然后记录下来，说一些大头朝下的故事，而已。

盐中没有碘，人就可能得大脖子病。孩子们的作品中没有历史感，那是因为孩子们的成长过程中，没有崇高，没有历史，没有悲剧。王蒙将王朔作俑成像，树立在孩子们地平线上，如日如月。当王蒙谈一代青少年作家之时，王蒙最容易忘却的，是自己扮演的历史角色。先有王蒙先生的“躲避崇高”，后有“80后”一代虚置历史，躲避崇高是因为消解自己的责任感与使命感，而虚置历史，则是看不见自己生活在哪里，不知道自己将生活在哪里。因为没有找到历史与现实的真实性，所以“80后”或将注定精神漂泊。

（2008年7月30日《东方早报》）

# 耐心阅读索尔仁尼琴

李公明

索尔仁尼琴离开了这个曾令他无比痛苦但又无比眷念的世界，“别了，索尔仁尼琴”的声音一时间回响在世界各地，人们真诚地赞扬他作为一名作家的良知和道德勇气，同时也都不乏对人类今天的处境和各自国家和民族的问题进行反思。在这时候，我们在继续收集信息、编撰文章和传播各地的悼念、回顾文稿之余，应该思考的问题是：他遗留给世人的精神遗产极其丰厚，我们做好了理解、吸收和研究的准备么？在人们普遍认为这是一个精神浮躁的年代的情景中，我们还有足够的耐心阅读索尔仁尼琴么？

就以他最重要的作品、他献给这个苦难的世界最诚实和最尖锐的见证《古拉格群岛》而言，有多少人曾耐心地把这部140万字的巨著读完呢？这部以苏联劳改营为中心的作品综括了苏联全国的劳改营，时间跨度长达40多年，涉及的人物、个案好几百个，所运用的叙述方法既有历史学的叙事也有报告文学的、哲学沉思的、档案梳理的、主观随感的等等。整部作品就像一座多音调、多角度和多元风格的宏伟大厦，历史、苦难、良知、勇气等等概念在这里不是廉价的、浅薄的标签，而是在每一个搜捕之夜、每一间牢房、每一阵无耻的掌声中一点一滴地铸炼出来的。我们需要的是在细心的阅读中发现和思考专制极权对人的尊严的摧残是如何的无孔不入；我们需要的是在细心的阅读中体会和培养反抗的勇气和坚韧的精神；我们需要的是在细心的阅读中学会倾听索尔仁尼琴内心最痛苦的心音和最隐秘的自语，只有这样，索尔仁尼琴之于我们才不仅仅是一种精神上的符号，而更是一笔宝贵的精神资源。

即便是从知识学与文学欣赏的角度来看，索尔仁尼琴也是需要耐心阅读，才能领略这位文学大师的渊博与魅力。如《古拉格群岛》，索尔仁尼琴在书中所运用的语言、所创造的词汇、通过词汇所揭示的现象，本身就是一部专制极权下劳改生活的语言索引。很有意思的是，作者在劳改营里唯一拥有的书是19世纪编纂的《大俄罗斯语详解辞典》，因此他的书中不乏古旧俄语和俗语、谚语，而且还有大量的“劳改营语言”和江湖黑话，以至西方国家还出版了专门的索尔仁尼琴字典。作者根据1926年颁布的苏联刑法“国事罪”一章第五十八条把苏联政治犯称作“五十八条”，书中的“五十八条”无处不在，奇怪的是我们对它们毫不陌生，不必依赖专门的辞典就能准确理解。第一卷第60页开始较为集中地论述刑法中的第五十八条，可以为任何跨国比较研究提供很有价值的框架和个案。匆匆的浏览无法使我们对这一切感同身受，不细心阅读我们就将失去最有价值的研究资源。

与俄国人相比，中国的读者是比较幸运的。《古拉格群岛》俄文版于1973年12月至1975年在巴黎陆续出版，但苏联国内对索尔仁尼琴作品的禁令要到了1989年才宣布解除。中国大陆的中文版则于1982年就以“内部发行”的名义出版。但是，20多年来，我们又有多少阅读和研究的成果可以无愧于这份珍贵的思想与文学遗产呢？

而且，阅读作为一种行为，它还有在广场上或阁楼里高声朗读的可能，而这更有可能是一种生活方式的开端。“和往常一样，那天的起床钟也在早上五点钟就响了。在工作人员的住处旁边挂着一段铁轨，他们就用铁锤敲打铁轨，叫醒所有人……”在莫斯科，一位名叫恰利杰的中学生在当时朗读着《伊万•杰尼索维奇的一天》，而且录音；后来他说：“我记得大家都非常激动。我把整个小说都录在了磁带上，给我的每一个朋友听。那可能是我的作为一个持不同政见者的生活的开端。”这部中篇小说于1962年11月发表在苏联《新世界》杂志上，其后有两百多人给索尔仁尼琴写信，讲述他们在劳改营中的经历。

这是细心阅读、朗读和倾听的力量。

（2008年8月6日《南方都市报》）

# 知道不知道？

王琳

民国时期有个军阀叫张宗昌，国共两党均十分讨厌他。张将军最广为人知的段子是他的“三不知”：一不知自己有多少兵，二不知自己有多少钱，三不知自己有多少姨太太。

历史学家黄仁宇批评中国自古就缺乏数目字管理，“三不知将军”大概可以作个注脚。连自己有多少兵都不知道，如何能在战争中求胜；连自己有多少钱都不知道，抢夺得再多又如何能守得住；连自己的姨太太都不知道，还怎么能搞好家庭团结，进而达成和谐之境界？

别笑张宗昌，我们今天也有不少地方官员每天都处在“三不知”的状态之中：一不知自己有多少权，二不知自己该守哪些法，三不知自己该负什么责。若100年后，法治政府果在中国建成，那时的国人回顾今天的这些“官员三不知”，多半会像我们今天回顾“军阀三不知”一样，当是在看笑话。

我今天要以东莞市政府发放“红包”为例，来说说官场的“知道不知道”。倒不是我看出了东莞的官员们有上述“三不知”那么严重，但也反映出在我们这个欠缺“数字管理”的国家里，地方行政的真实运行状态。

如我们所看到的那样，自东莞市政府今年5月决定向八类底层民众发放补贴以来，媒体一直予以高度关注。从近日的报道中知悉，事件有了新的变化。一是原来政府预估东莞市户籍的低保对象、优抚对象、五保户等七类和低保边缘户共八类人群，只有12.2万人，现在已达16万人——这个数字还不包括尚未报送的15个镇。如果全部加上，估计将达30万人，是政府原来预估的2倍还多出近6万人。你看看，是不是连政府都不知道本市有多少困难人员？

不管困难人员是政府预估的12.2万，还是经各镇上报汇总的30万，都颇值得推敲。王则楚先生近日在媒体发文质问《富裕的东莞还有多少穷民》。文章指出，东莞市2007年GDP号称3151亿元，户籍人口171.26万，城乡居民储蓄存款余额有2120亿元，城镇居民人均可支配收入27025元，农村居民人均纯收入

11606元，怎么会有近18%户籍居民属于“困难人员”？

这个质问极其有力，我也想紧跟这组数据继续向东莞市政府发问：你们是否知道辖下还有如此之多的困难人员？你们又是否知道历年的财政收入是如何分配的，尤其针对这些困难人员是如何分配的？东莞的富裕并非一朝一夕，这些年间，困难人员是减少了，还是增加了？减少了多少，又或是增加了多少？政府还采取了哪些措施来让困难人员脱困？如果对这些民生问题相干官员都“不知道”的话，那就真跟“三不知军阀”没什么两样了。

当然，以上的“知不知”，还有待官员们证实。但央视于7月25日的《新闻1+1》节目却向我们披露了东莞官员的另一些不知。网易在转载这期节目的文字材料时，用的大标题就是“东莞‘千元红包’来源成疑　政府部门一问三不知”。据央视记者王跃军陈述，他们在东莞采访屡遭拒绝。当记者到了财政部门，想了解一下预计可能要发多少钱，这些钱究竟从财政体系的哪一部分来时，受访者称领导不在，没有回答。记者又来到当地人大，对方称“最后的决定是当时的这种党政联席会议决定要发千元补贴”，这笔钱究竟是不是预算内的，究竟这个钱是预算内的哪一部分他们并不知晓。

当然，受访者极有可能知晓这些信息，只是不说而已。根据《政府信息公开条例》，记者所要了解的这些问题，实则都是政府应主动披露的信息。在该公开而未公开的情况下，媒体提出了公开的请求，政府官员还继续回避，这就是不知道自己该负什么责，不知道自己该守什么法。

而假如受访官员真不知道这些信息，问题就更糟了。向数以十万计的困难人群发放“千元红包”这样的大事，财政不知道，人大不知道，还有合法性吗？即便是党政联席会议的决定，涉及公共财政的重大支出，也理应报请人大审议通过，更应遵循国家的各项财政法律和财政政策。基于这次发放“红包”动用了公共财政，纳税人有权利知道这笔重大开支的去向及其整个流程——官员们不能不知道，公共财政的合法主人是民众，而不是政府，更不是党政联席会议。政府不过是公共财政的代理人，人民行使国家权力的机关则是当地人大，重大财政支出与再分配，需要多数民意的肯定才有其合法性。这些关于权力与权利的常识，不知道当地官员是知道，还是不知道，又或是明明知道却当作不知道？

看来知道不知道，还真是个大问题。

（2008年8月3日《东方早报》）

# 抠门的美国纳税人

徐贲

有一位国内来的朋友在我这里，正好看到电视上有律师做“如何省税”的广告。这朋友说，“这不是跟政府过不去吗？怎么不管，就让他做这种广告？”在美国，教人如何合法地少交税、不交税，政府是管不着的。

“省税”和“逃税”不同。逃税是不合法地不交税或少交税，而“省税”则是合法的。在美国，几乎没有人是因为交税“光荣”而乐意交税的，甚至可以说，美国的历史就是从不乐意交税开始的。

历史书上常说，美洲殖民地对英国统治的反抗是从1765年的《印花税条例》开始的，是反抗英国国王的“横征暴敛”。但现代历史学家发现，《印花税条例》本身其实是“温和的、合理的”。英国在美洲对法国的七年战争以及在这之后继续保卫和管理殖民地的费用，其实是由英国人承担的。

在这样的情况下，美洲殖民地议会之所以在税收权上不依不饶，是因为知道，议会所拥有的税收权不仅能保护私人财产免遭勒索之害，而且也是控制国王行政权力的最强大的武器。美洲殖民地议会与之抗衡的不只是英国国王，而且是那个总是凌驾在议会之上的国王。

美国人在纳税问题上非常“抠门”。在美国有这样一则关于交纳联邦税的笑话：有一个从荷兰来的客人和他的美国朋友谈起了交税的事情。荷兰是世界上公民纳税最重的国家之一。荷兰和美国国旗都是红、白、蓝三色，美国国旗上有代表50个州的50颗星。荷兰客人说，我们的国旗象征我们的国税，我们谈起国税就涨红了脸（愤怒），收到税单就脸色煞白（害怕），交过税后就脸色发蓝（忧伤）。他的美国朋友说，我们美国人也是一样，只不过我们还眼冒金星。

美国纳税人的“抠门”缘起于一种最基本的主体意识：我的劳动所得和财产是“我”的。任何人，包括政府，要取走它或它的一部分，必须得到我的同意，必须有一个与我有关的理由，还必须具备一个得到我承认的征税权威。美国的联邦、州和地方“政府”都有权向公民征税，它们的权威都来自议会。

抠门的纳税人是对权力腐败保持警惕的公民。抠门的纳税人和警惕的公民都强调公民权利，他们无须诉诸“悲情意识”。也就是说，人民无须等到政府“横征暴敛”，就可以要求以公开民主的程序来征税。同样，人民也无须等到统治权力把老百姓“逼上梁山”，就可以要求民主法治的政治。

“政府”中只有一个部门有征税的权力，那就是议会。议会是订立法律、法规的部门，征多少税、派什么用途、监督其使用情况等，都是议会的权力范围。政府的另外两个部门——行政和司法不享有这些权力。

纳税人要抠门，最终还是要靠政治的途径。他们以选民的身份，用选票把最能够代表他们利益的候选人送进议会。抠门不只是要少缴税，而且是要对政府预算有影响力，对税收用项的公正、透明有监督手段。

公民有抠门的意识，要求影响、控制和监督政府的财政收支行为，这有助于推进民主进程。税收改革最能争取民众对民主改革的支持。与纳税有关的经济利益是广大民众最直接、最现实、最看得见的利益。早在1895年，黄遵宪就称议会征税为“民为己筹费”，称赞议会是一种“至巧”的制度：“官为民筹费而民疑，民为民筹费而民信。”

清末资政院是中国议会的雏形，1911年预算案，这是我国破天荒第一次实行预算管理，资政院的议员们据理力争，经过多次详细审核，迫使政府将原预算额37635万两核减掉7790万两，使岁入总额略有盈余。100年前的中国宪政雏形就证明，中国人素质并不低，中国纳税人可以在学习中学会抠门，成为有民主自治要求和民主自理能力的公民。

（2008年8月27日《南方都市报》）

# 慎待“城中村”

樊纲

在我国一些城市中存在的“城中村”(或城边村)或一些新移民(含农民工)聚集的旧城区，往往在城市发展特别是“现代化城市”发展过程中，被一些人视为障碍，总想尽可能早地一拆了之，代之以美丽的城市新景观。

“城中村”招人烦的一个原因是所谓“藏污纳垢”，治安较差：外地人多，低收入人群多，管理较复杂。但问题是，之前我们有没有加强对城中村的管理呢？还是简单地依靠原来的“村镇”政府进行管理，而没有根据人口发展的客观实际提供必要的公共设施、公共服务和公共管理，把它们当作真正的大城市的一个行政区域来加以管理的？所谓“城市化”的进程，本质上就是农民进城的过程(原来的城市人口过得更好叫“城市发展”，不叫城市化)，因此一定是一个外地人移入、低收入阶层进城的过程(农民进城初期还无法当电脑工程师或金融操盘手)。我们要是还按照过去的办法，仅为或主要为原来的城里人提供公共服务，一定会在城中村这样的地方出现“政府缺位”的问题。

从另一个角度说，中国各大城市在今后几十年的时间内都会有一个占人口大多数的低收入阶层，不在城中村，也会在城边村或是在政府新盖的廉租房大楼内，那都是管理的难点，是不可能简单地“清除”掉的。城中村“难管”是自然的，但不去管则是不可原谅的。难管的城市部分可以作为考核干部能力的最好的试金石，我们甚至可以定下一个规则，干部提拔的前提是要有管理城中村（或类似街区）的经验，管不好城中村的区长，以后不能提拔当市长。

城中村问题当然是多方面的，涉及各方面的法律法规和城市管理，在许多方面必须以改革精神来加以面对，通过制度上的改革创新来实现城市的多维发展。比如，我们如何改革现有的土地制度，使得原来农民的宅基地一旦划入城市发展用地，所有制关系不变，也要按照城市用地进行统一的管理，要有相应的法规加以规范。但同时，同样是城市用地，其产权也要受到应有的保护，一个城市才能有序发展。

城中村“招人烦”，另一个原因是“不好看”，有碍市容市景，似乎与现代化城市规划和容貌格格不入。但是，我们不妨想一下欧洲各国大城市当中的那些老城区，也是那样挤在一起的4—5层的“握手楼”，也是那样窄窄的小街道，当年在一定意义上都是城中村（都是在类似的条件下很无序地发展起来的），经过几十上百年的发展演变，现在反倒成了那些现代化城市中最有味道、最有文化的部分，吸引着大量的游客。为什么我们不可以把它们(至少是一部分）作为“古迹”保存下来，在卫生、安全、消防等方面对其加以改造，用一种艺术的思维、用现代建筑学的方法，对其进行美化，形成有特色的步行街、酒吧街等，使“山鸡变凤凰”，使它们也有机地融入到现代化城市的发展中？

在很多方面，发达国家中的城镇老街在早年间（即相当于我们这个发展阶段的年代里）的状态可能比我们现在的城中村还要差，许多城市的“贫民窟”长期存在，条件恶劣。在没有抽水马桶的时代，有的城市一条窄街楼上各家的马桶是在早上大家喊“一二三”一起从上面倾倒下来，然后由“市政”组织冲刷掉的。我们今天的条件好得多了，还有大量最新的信息工具，为什么就不能经过适当改造为低收入阶层保留一些成本相对低廉，而管理有序、卫生安全的居住条件呢？

城中村最为宝贵的一点，是为中国的低收入阶层（这仍然是当前城市人口的主体）提供了低廉的住房和生活条件（深圳502万人住在城中村，占常住人口近一半）。这些人有了房子住，就可以在城市里安居乐业，继而发展。他们的房租低，就可以使工业企业、服务业的劳动成本较低，不仅保证城市有充足的、成本较低的劳动力供给，使城市可以持续地发展起来，而且在事实上降低了城市的生活成本和通货膨胀率，有利于城市整体的安定。我们知道投资者在不在一个地方投资，要看这里的“商务成本”的高低，而商务成本不仅是写字楼的价格问题，也是一般劳动者的房租和生活费用问题。

从另一个角度说，要让政府为所有几亿新进城的农民工提供新建的房屋或廉租房，那是不现实的。低收入阶层在进城初期的一个现实选择，就是那些条件差一些但租金相对便宜一些的老房、旧房。发达国家新移民或新毕业、刚就业的大学生，也都是租老城中那些条件差一些的旧房子住。如果现在就不加思考地消灭城中村，我们让那么多的农民工到哪儿去住？他们都走了，城市还怎么发展(特别是那些还不具备条件可以仅靠“高新科技”或“高端服务业”就可继续发展的城市)？那些现在享受着城市物廉价美的服务业便利的人不能忘记，我们较低的生活费用是与城中村的存在分不开的。

从全国的角度看，极而言之，如果现在每个城市都开始大规模消灭城中村、城边村、老城区，我们的城市化进程就会立刻大大放慢；城里物价上涨，全国的失业人口大增，甚至还会出现社会的不安定。

这就是说，即使我们现在的许多城中村最终是要拆的，那也要慎重地拆，要随着中国工业化、城市化的发展进程逐步地拆。中国的发展还在初级阶段，城市化进程刚开始不久，不能一下子向发达国家几百年形成的城市标准看齐。新进城的、收入相对还较低的人群在相当长的一段时间会是中国城市居民的一个重要的组成部分，在有的新兴城镇甚至会是主要的成分。以人为本的城市化道路，首先就是要为这些人的需要着想，为他们提供生活和发展的条件。为少数富人提供优雅舒适的现代化城区条件不是什么难事，为大量的低收入居民提供必要的生存和发展条件，使他们逐步在城市中扎下根来走上富裕的道路，才是对政府工作的真正挑战。

（2008年8月28日《第一财经日报》）

# 为了不再出现第二个“杨佳”

邵建

就像波伏娃说女人不是天生的，而是生成的一样；杨佳也不是天生的，而是制造出来的。杨佳被判死刑，未出所料；但杨佳是如何成为杨佳的，为了不再出现第二个杨佳，就不得不逼视这个问题。

报载：“2007年6月30日至7月2日，长春三名干警指使四名在押人员向市民张庆嘴中灌盐，并实施殴打、掐睾丸等虐待行为，致其死亡。今年8月18日，涉案7人已被长春市双阳区检察院诉至法院。”看到这条消息，除了愤怒吃惊，更感到可怕。设若张某未死而残，其性格又如果偏执内向，他是否会走上后来杨佳的道路，至少这种可能性是无法排除的。

任何社会或个人都潜含地认同一种公平原则，叫“等利害交换”。这里不谈“利”只谈“害”。杨佳以一杀六，判他死刑，从社会公正角度，是谓“等害交换”。用中国古话就是“杀人偿命”。但，且慢，他何以杀人，而且挨个去杀，在他身上起作用的，也是这个“等害交换”。圣经旧约说：“若有别害……以眼还眼，以牙还牙”。问题就可怕在这个“别害”上，尽管我们不知道。我们可以知道的是，一个人的反常，往往是因为他受到了反常的对待。按下去的葫芦浮起来的瓢，按下去的力量有多大，浮起来的力量也就有多大。

但，即使如此，只要是法治社会，个人绝不能像杨佳那样以私刑的方式杀人。等害交换的任务，或者说以暴力报复的行为，应该交给国家，由法律去执行。只有在《水浒》那样无法无天的时代，不法之徒，替天行道，方才私刑大盛，法律该做的事竟由民间和个人来执行。这样的社会很可怕，不是杨佳，就是李逵（你看他劫法场时那板斧向看客排头砍去）。这是规律，个人私刑因为它的非理性往往过当，而且残忍。

血案未远，媒体又披露了吉林警方有关警员的虐待报道。这三名干警说来也没多大权力，怎么就把自己锻炼得没一点人性。掐睾丸是致命的，几乎可以肯定，这绝不是孤例。至于往嘴里灌盐，我除了知道《白毛女》中的杨白劳喝盐卤而死，那是为了表达阶级恨的虚构；现在居然看见了实例。这又是出于什么样的仇恨，否则何至于如此变态。多行不义必自毙，一定要把他们送上法庭公正审理。至少，这样也是为了避免死者家人有变成杨佳的可能。

说到公正审理，不能不谈及公开。建议审理这三个警察的法案开庭时，如果不能做到电视公开，也要公开邀请多种媒体。最近国家最高法院负责人表示，法院审判既要讲法治，也要讲政治。政治的含义很宽泛，民众广为关注的问题，就是政治问题。比如杨佳案成为近期社会关注的焦点，明显就带有政治性。因此，一些典型的权力侵害权利的案件，公开审理，透明审判，这本身就是最合适的讲政治。其次，公开审理，也是给当事人一个公平。哪怕是死刑，也要让他有一个公开说话的机会。不让死者以不公正的方式去死，这本身就是法治社会的要求。另外，我们的社会正面临艰难的法治转型，全社会都需要一些典型案件作示范，法律示范。不仅以案说法，同时这也是社会对法庭的一种监督——只有在光天化日下，才能看到它的审理是否公正。

（2008年9月2日《珠江晚报》）

# 日常的台湾

陈丹青

从纸媒与电视远看海峡对岸，一片混乱，闹翻天。我曾三次造访宝岛，只是末一回去台北，距今也有12个年头了。上周，因台湾文学期刊《印刻》举办的年度“文学营”课席，去了几天，看望台北的老朋友，兼带访故宫，逛诚品书店——没有阿扁与马哥，也没有蓝绿阵营和贪污案，我看见的只是台湾的日常，日常的台湾。

日常所见不免琐屑而平凡，我的行迹无非是机场，海关，宾馆，街市，搭计程车，看路上的人群，和朋友在酒吧夜谈。台北故宫大幅装修过了，最高建筑“一零一”的北端现在是诚品的“旗舰店”，楼层内的咖啡座与各种时尚店，已近东京的水准。十多年前位于敦化南路的诚品书店正待停业翻修，附近街心花园的吴稚晖铜像，当阿扁主政时，已被拆除了……短暂逗留，我无意核对十多年来的变化，对岛内的政治是非既缺概念，也没意见。我所搜集的密集印象，仅只是交遇过往的生人与熟人。什么印象呢？很简单，用大陆的说法，即“五讲四美”，引祖宗的古语，就是“温良恭俭让”。

台湾人情好，我早就领教的，但那时定居纽约，不以为珍贵，而今居住北京近八年，忽然置身台北，可就处处看得稀罕，然而难描述。譬如“文学营”主办方的迎送招待，全程没有差错延误，没有横生枝节，大陆做不到这般周详与准确；又譬如宾馆服务敬业到令你诧怪，每个服务生会一再提醒你有访客的留言，额外的请求俱可商量，交代的小事，绝对准时照办；去隔壁连锁店买个卤蛋，摸出一把硬币，掌柜的看我裤袋里零钱太重，不吱声，迅速数过，换给你整数纸币；在故宫买画册，台币不够，人民币能用吗？——台北尚未如香港那样通用人民币，营业员稍有迟疑，进去问过，欢天喜地回说可以，倒好像是她的麻烦，解决了，比我还要宽慰……礼貌、笑容、抱歉、连声谢谢，都不在话下，办各种琐事，没一次落空、尴尬、被拒绝。我本能预备遭遇粗暴的态度，冷漠的脸，僵硬荒谬的机制，穷凶极恶的生意经，还有，在零星小节上的不专业，不认真，权责不清，或心不在焉——那是我在北京随时随地的日常经验。走在这样的人丛中，我发现只有我自己时或粗心、急躁，在绿灯闪亮前跨越横道线，因为我已像久在此岸的人一样，惯于粗粝的生活，嫌种种礼数与自我克制，太麻烦。

连日会面的新朋旧友则另是一番温良与教养：非常地想要见见，但必定问清你的安排，不使勉强或为难；席间随口应许的事，我倒忘了，不在意，翌日却已悄然办妥，如变戏法一般；谈话间难免涉及人事作品的议论，抑扬有度，不夸张，不渲染，总留三分余地，说是世故，却世故得自然而斯文，一点不是勉强，显然从来如此。通常，台湾对此岸的客人大抵格外地客气，格外热忱，我的留心观察却并非人家怎样待我，而是人家怎样对待彼此，这一看，我随时随处目击的人情，实在并非假装——集体性的温良恭俭让，装不出来，也装不像，我所以觉得以上种种情状难以举证描述，并非指社会的精英，而是在街市随处遇见的人。

相比日本人的打起精神事事认真，台湾人的恭谨是有汉民族的温润松爽，不给你看得吃力；相比香港人的凡事规矩兢兢业业，台湾人的周到透着家常的欢然，并不板着脸。细想想，好像在吴、蜀、闽、粤，民间尚存稍许类似的遗风，偶或遭遇，会念及早先的南中国民风大致还好——北地的良民另是一种表现，而今日各大都市的民风民德，还用我来细说吗？

所谓“温良恭俭让”，现代的说法叫做“公德”，也近于如今大陆常说的所谓“底线”。倘若温良恭俭让被养成集体的习性，日常生活便不至于荒败。台湾的种种问题已被说得太多，不提政治状况，只说社会罪案，自我20世纪80年代便在纽约华人报章不断读到，最惊心的是90年代演艺家白冰冰女儿的被绑架被撕票大案。然而由媒体了解一地，与亲履亲历的经验，实在天差地别，不可混同。我短暂的旅行印象必定表面肤浅，但我所看重的正是这点浅表。假使社会的浮面与浅表都不好看，不看好，我们如何与人相处，度过每一天？我不关心台湾曾经戒严与解严，也不关心那里如今实行的是真民主还是假民主，以我的阅历和记忆，民主实现之日并非太平世界，一如革命成功之时，世道尤为难测。我在乎人群的德行，社会的日常，普遍是在底线之上还是底线之下。总之，在台湾，在这短短几天，我有所触动的并非阿扁的遗患或马哥的希望，而是以上微不足道的琐碎。

（2008年9月3日《南方周末》）

# 残疾人并不残疾

周国平

小时候，也许我也曾经像那些顽童一样，尾随一个盲人，一个瘸子，一个驼背，一个聋哑人，在他们的背后指指戳戳，嘲笑，起哄，甚至朝他们身上扔石子。如果我那样做过，现在我忏悔，请求他们的原谅。

即使我不曾那样做过，现在我仍要忏悔。因为在很长的时间里，我多么无知，竟然以为残疾人和我是完全不同的种类，在他们面前，我常常怀有一种愚蠢的优越感，一种居高临下的怜悯。

现在，我当然知道，无论是先天的残疾，还是后天的残疾，这厄运没有落到我的头上，只是侥幸罢了。遗传，胚胎期的小小意外，人生任何年龄都可能突发的病变，车祸，地震，不可预测的飞来横祸，种种造成了残疾的似乎偶然的灾难原是必然会发生的，无人能保证自己一定不被选中。

被选中诚然是不幸，但是，暂时——或者，直到生命终结，那其实也是暂时——未被选中，又有什么可优越的？那个病灶长在他的眼睛里，不是长在我的眼睛里，他失明了，我仍能看见。那场地震发生在他的城市，不是发生在我的城市，他失去了双腿，我仍四肢齐全……我要为此感到骄傲吗？我多么浅薄啊！

上帝掷骰子，我们都是芸芸众生，都同样地无助。阅历和思考使我懂得了谦卑，懂得了天下一切残疾人都是我的兄弟姐妹。在造化的恶作剧中，他们是我的替身，他们就是我，他们在替我受苦，他们受苦就是我受苦。

我继续问自己：现在我不瞎不聋，肢体完整，就证明我不是残疾了吗？

事实上，残疾与健全的界限是十分相对的。从出生那一天起，我们每一个人的身体就已经注定要走向衰老，会不断地受到损坏。由于环境的限制和生活方式的片面，我们的许多身体机能没有得到开发，其中有一些很可能已经萎缩。严格地说，世上没有绝对健全的人。有形的残缺仅是残疾的一种，在一定的意义上，人人皆患着无形的残疾，只是许多人对此已经适应和麻木了而已。

人的肉体是一架机器，如同别的机器一样，它会发生故障，会磨损、折旧并且终于报废。人的肉体是一团物质，如同别的物质一样，它由元素聚合而成，最后必定会因元素的分离而解体。人的肉体实在太脆弱了，它经受不住钢铁、石块、风暴、海啸的打击，火焰会把它烤焦，严寒会把它冻伤，看不见的小小的病菌和病毒也会致它于死地。

我不得不承认，如果人的生命仅是肉体，则生命本身就有着根本的缺陷，它注定会在岁月的风雨中逐渐地或突然地缺损，使它的主人成为明显或不明显的残疾人。那么，生命抵御和战胜残疾的希望究竟何在？

我的眼前出现了一系列高贵的残疾人形象。在西方，从盲诗人荷马，到双耳失聪的大音乐家贝多芬，双目失明的大作家赫尔博斯，全身瘫痪的大科学家霍金，当然，还有又瞎又聋又瘫的永恒的少女海伦·凯勒。在中国，从受了腐刑的司马迁，受了膑刑的孙膑，到瞎子阿炳，以及今天仍然坐着轮椅在文字之境中自由驰骋的史铁生。他们的肉体诚然缺损了，但他们的生命因此也缺损了吗？当然不，与许多肉体没有缺损的人相比，他们拥有的是多么完整而健康的生命。

由此可见，生命与肉体显然不是一回事，生命的质量肯定不能用肉体的状况来评判。肉体只是一个躯壳，是生命的载体，它的确是脆弱的，很容易破损。但是，寄寓在这个躯壳之中，又超越于这个躯壳，我们更有一个不易破损的内在生命，这个内在生命的通俗名称叫做精神或者灵魂。就其本性来说，灵魂是一个单纯的整体，而不像肉体那样由许多局部的器官组成。外部的机械力量能够让人的肢体断裂，但不能切割下哪怕一小块人的灵魂。自然界的病菌能够损坏人的器官，但没有任何路径可以侵蚀人的灵魂。总之，一切能够致残肉体的因素，都不能致残我们的内在生命。正因为此，一个人无论躯体怎样残缺，仍可使自己的内在生命保持完好无损。残疾甚至提供了一个机会，使人比较容易觉悟到外在生命的不可靠，从而更加关注内在生命，致力于灵魂的锻炼和精神的创造。

原来，上帝只在一个不太重要的领域里掷骰子，在现象世界播弄芸芸众生的命运。在本体世界，上帝是公平的，人人都被赋予了一个不可分割的灵魂，一个永远不会残缺的内在生命。同样，在现象世界，我们的肉体受千百种外部因素的支配，我们自己做不了主人。可是，在本体世界，我们是自己内在生命的主人，不管外在遭遇如何，都能够以尊严的方式活着。

上述思考为我确立了认识残奥会的一个角度，一种立场。

残疾人为何要举办体育运动会？为何要撑着拐杖赛跑，坐着轮椅打球？是为了证明他们残缺的躯体仍有力量和技能吗？是为了争到名次和荣誉吗？从现象看，是；从本质看，不是。

其实，与健康人的奥运会比，残奥会更加鲜明地表达了体育的精神意义。人们观看残奥会，不会像观看奥运会那样重视比赛的输赢。人们看重的是什么？残奥会究竟证明了什么？

我的回答是：证明了残疾人仍然拥有完整的内在生命，在生命本质的意义上，残疾人并不残疾。

残奥会证明了人的内在生命的伟大。

（2008年9月6日《新京报》）

# 国家秘密越多，不等于社会越安全

于霞

据报道，正在修改的《保密法》主要思路是着力缩小国家秘密范围，完善国家秘密的确定、变更和解除机制，实现对国家秘密的全面统一严格管理。为此，《保密法》修改的重点在两个方面：一是如何定密，二是要及时解除秘密。

我认为，《保密法》的这个修改思路和修改重点正切中了当前保密工作的要害。国家秘密范围的大小与我们如何定义秘密及其等级并能否及时解密密切相关。当前保密工作存在的问题是，不按照定密程序，而是根据领导者的意图随意定密，一旦某件事情被确定为国家秘密后，又"一定终身"。

所谓国家秘密，按照通常的理解，是指某个事情一旦被社会所知，可能会出现危害国家安全和社会稳定的情况，因而它需要在一定时期对社会和公众保密。任何一个国家，总是有某些秘密需要保守的，但这不是说，一个社会国家机密越多就越好，越安全。恰恰相反，国家机密太多不是好事。因为机密多了，乃至政府作出的每项决策都成为秘密，说明这个国家越不安全，社会积累的矛盾和问题太多。

目前我们之所以有很多不需要保密的信息被列为国家机密，既有历史和传统观念的影响，但更多的是出于一些官员和地方利益的需要。比如，我们在一些城市的拆迁中有时见到，对于不听话的所谓"钉子户"或维权人士，总很方便地用"非法持有国家机密"的罪名将其抓起来。在一些地方对突发事件的信息处理上，我们也看到：先是以机密为由百般遮掩，一旦走漏风声则恐吓打压，最后要么是石沉大海，永远压下去，要么是被迫承认而又避重就轻。

随着社会的进步和民众权利意识的觉醒，上述保密多、公开少的情况必须改变。否则，如果社会需要保密的事太多，或者立法机关为了管理的方便赋予政府过大的保密裁决权，将极可能造成以下后果：有关的政府部门和官员可以任意宣布他们不愿意披露的信息为秘密，同时也可以合法地追究任何胆敢泄露“国家秘密”的媒体和公民，从而社会和公民个人不可能有安全感和选择的自由。

知情权是公民行使言论、集会、结社、出版等自由和选举权、监督权等基本权利的基础。没有了知情权，公众不但无法监督政府及其官员，也无法保障自己的自由和安全，因为他不知道政府的哪项决策和措施哪天会伤害到自己。另一方面，政府信息不公开，真正会使得一些“别有用心之人”，利用老百姓不清楚政府文件内容的情况，歪曲事实，煽动民众的不满情绪乃至对政府的仇视，制造社会动乱。

5月1日实施的《政府信息公开条例》规定了涉及公民、法人等切身利益，以及需要社会公众广泛知晓或参与的四类信息必须主动公开；现在，《保密法》的修改将进一步缩小国家的秘密范围，让一部分国家秘密进入公共领域，这些都从一个侧面反映了政府日益走向开放的执政变化，是对人民的一种信任和尊重。笔者衷心希望，借由《保密法》的修改和《信息公开条例》的实施，从此民众在享受信息自由方面，消除一些不应有的干扰。

（2008年9月6日《学习时报》）

# 官商不分是干群冲突之源

童大焕

我国学界对和谐社会的首份研究报告《中国社会和谐稳定研究报告》日前出台，报告指出，来自社会群体之间的利益关系和社会经济发展过程中出现的各种社会问题是我国社会和谐稳定面临的两大主要挑战，其中干群关系冲突最大。

多年以来，我对中国社会的一个基本判断是：中国社会几千年来的基本矛盾都是官民矛盾。不管社会如何变化，这一对基本矛盾都没有改变。这个判断今天第一次通过国家智囊机构中国社会科学院以科学的调查结论得出，从一个侧面显示出主流社会正在以越来越诚实的态度直面社会矛盾，令人欣慰，因为这是建设和谐社会的前提。报告指出，只有16.3%的人认为“我国各个社会群体间没有冲突”；69.84%的人认为国家干部是近年来收益最多的群体；在“群体冲突”方面有28.26%的人认为干群之间最容易出现矛盾和冲突，是最容易出现冲突的社会关系。

“贪污腐败”、公款吃喝、公款旅游、公车私用、“侵吞国有／集体资产”、“以不正当手段赚钱”等等固然是官民对立的一个原因，但比起这些“消极腐败”来说，更容易激起官民直接对立与冲突的，是官商不分导致官员、权力机构对群众健康、生命和财产安全的直接侵害，这些侵害往往具有直接的进攻性。比如：我国社会目前普遍存在的政府部门乱收费、学校乱收费、征地拆迁补偿不合理，在矿产资源开发、移民安置等工作中，侵犯群众利益的事情屡有发生，在食品安全、药品安全、生产安全监管、环境保护等方面，不作为或乱作为的情况极其普遍，司法不公粗暴执法等等，都直接而迫切地加剧了普通群众的生存风险，从而使官民对立“箭在弦上”。无论是贵州瓮安群体性冲突事件、云南孟连群体性冲突事件，还是最近发生的山西襄汾溃坝事件、三鹿奶粉致大量婴儿肾结石事件，都可以明显看出有关监管部门和地方政府因过度亲商而纵容事故隐患并终致事故发生的痕迹。这一切正如云南省委副书记李纪恒对孟连事件的总结：一些基层干部把“为人民服务”的宗旨异化，变成了“为老板服务”。唯需要指出的是，“为老板服务”并不仅仅局限于“一些基层干部”。被枪毙的国家药监局前局长及其得力干将，得利乱作为，竟然敢让谋财害命的假药在市场上畅通无阻。

官商不分一般分两类情况。一是政府机构和官员一切以GDP为指挥棒，重商轻民，当民众与企业出现利益冲突或纠纷时，企业利益在政府和官员眼中高于民众利益。另一种情形是政府机构和官员自己就把自己当作商人。比如政府在拆迁、征地过程中成为一级土地的垄断者；在监管过程中成为部门利益的追求者，如国家质检总局在企业得干股、用行政手段强制执行电子监管码，医疗、教育主管部门管办不分追逐利润最大化；官员个人及其亲属“一人当官，全家经商”的与民争利；等等。

彻底改革政商关系，让政府回到公共利益的捍卫者、公共服务的提供者、社会公平正义的秩序维护者的中立立场上，无疑是政府也是社会从几千年官商不分的旧窠臼中脱胎换骨的一场革命，也是社会走向和谐稳定、快速发展的制度保证。

（2008年9月15日《珠江晚报》）

# 民俗习惯的司法适用须有保障机制

萧显

民俗习惯不必写入法律并不意味着立法机关可以无所作为，相反，当务之急，是需要通过立法为民俗习惯的司法适用提供法律保障。民俗习惯的一大特征，就在于其强烈的地方属性。

外嫁女能否参与本村权益分配？“口唤”休妻在婚姻法上是否有效？以巫蛊手段诅咒他人是否构成侵权？这些分别产生于广东、青海、湖南的问题曾困扰过许多法官，其核心问题是，本地社会默认并通行的民俗习惯，能否被直接运用于司法过程中？最近，江苏省姜堰市法院将民俗习惯适用于司法审判的尝试，受到江苏省高级人民法院的肯定。（9月14日《法制日报》）

将风俗习惯运用于司法审判，当然是好事。按照费孝通先生的说法，乡土社会的最大特点就是“礼治秩序”及其“差序格局”。如今，严格意义上的乡土社会虽在渐行渐远，但传统的礼治秩序或差序格局，正以各种民俗习惯的形式体现。在我国许多农村或民族地区，传统的影响根深蒂固，人们对民俗习惯的信奉，甚至大于对法律的遵从。在此前提下，如果机械运用法律，不注重民俗习惯，就会使判决说理无法服人，判决内容无法执行，最终损害的是司法权威性与司法公信力。但是，对姜堰市人民法院院长关于“使有些民俗习惯上升为法律，以便在全国范围内予以实施”的说法，笔者持保留态度。

民俗习惯的一大特征，就在于其强烈的地方属性。否则，就不会有“百里不同风，十里不同俗”的说法。法律则是一种适用于全国的规范，注重一体遵从，而非区别对待。把甲地认同的民俗习惯纳入立法，并适用于其他地域，显然不科学。

司法的魅力之一，就在于通过灵活解释，辨法析理，用有限法律解决无限问题，并不是把任何地方性问题都交付立法解决，相反，由于本地法官位于审判一线，方便掌握情况，由他们来归纳汇总各种民俗信息，形成各种指导意见更为合适。如姜堰法院就先后组织过三次大规模的民俗调查，形成了近十万字的文字材料，先后制定了返还彩礼、赡养、精神损害赔偿、分割家庭共有财产等六个适应善良风俗的指导意见，这无疑值得全国其他法院借鉴。此外，如果相关问题在全省境内都具普遍性，最好也由高级法院而非最高法院进行相关案例的总结与指导工作。

当然，民俗习惯不必写入法律并不意味着立法机关可以无所作为，相反，当务之急，是需要通过立法为民俗习惯的司法适用提供法律保障。广东省高级人民法院今年的一份调研报告显示，目前我国司法审判运用民俗习惯的几大特点，就在于诉讼外程序运用的多，诉讼内程序运用的少；调解运用的多，判决运用的少；判决书转化运用的多，直接引用的少。

究其原因，首先在于民事实体法没有赋予民俗习惯法律渊源的地位。立法允许司法适用民俗习惯的规定，仅有《物权法》第85条、第116条与《合同法》中部分内容，这无法满足法官在判决中辩法说理的需要。另一方面，我国的民事程序法也缺乏将民俗习惯引入法庭的程序性规定。比如，法官如何比较和采纳当事人之间存在争议的民俗习惯，民俗习惯应如何举证和质证，如何判断民俗习惯的合法性和合理性，立法和司法解释上都看不到相关内容。

如果解决不了上述问题，民俗习惯的司法运用将仍然处于不规范、不确定的状态。可见，与其把各地的民俗习惯纳入立法，还不如在认真调查研究的基础上，建立起在司法中灵活适用民俗习惯的保障机制。

（2008年9月15日《新京报》）

# 美国大选贵不贵

刘瑜

随着两党全国代表大会的落幕，美国总统大选进入了白热化阶段。每次到这个时候，总有一个声音冒出来：选举太贵了，花太多钱了，就是个有钱人的游戏而已。

美国总统选举的确贵。1996年总统大选花了4.8亿美元，2000年6.5亿，2004年则超过10亿美元，呈直线上升的趋势。今年大选，到7月底花费就已经超过10亿了，这个无底洞还在延伸之中。这样砸钱到底多不多呢？看你从哪个角度看了。一方面，若是把选举款换成“孩子们的书本”，那得换多少本啊。但10亿美元占2004年美国GDP的十万分之八，用来决定这个国家发展的方向，似乎又不算太多。

一个朋友跟我聊起过：“美国的民主最虚伪了，我们这有个有钱人，选举时给当地官员捐了很多钱，官员上台后处处给他好处……”我说：“这种情况可能有，但肯定是非法的，从法律上来说，美国的选举中一个人每次选举给一个候选人最多只能捐2000美元，这点钱要买通一个官员，还是有一定难度的。”

有钱人“购买”选举，政客当选后为有钱人服务，似乎是劣质民主的一个典型形象。这在美国历史上也曾屡见不鲜。1872年格兰特参选总统时，有个大款一口气捐了其竞选开支的四分之一。不过，随着1972年美国《联邦竞选法案》出台，有钱人一手交钱、一手交货地购买民主的“好日子”就一去不返了。从那时开始，不但捐款人必须公开姓名和数额，而且捐款数额有了明确规定：每个人每次选举给某个候选人捐款不能超过1000美元（2002年调整为2000，随通胀而浮动，2008年为2300美元）。政治行动委员会的集体捐款也有了限额。

当然选举的不平等影响不可能彻底消除：一方面，就算有2300美元的捐款限额，有钱人可能顶着2300美元捐，而且可以发动自己的七大姑八大姨，而穷人要么捐不起，要么只能捐个几十上百的；另一方面，虽然对捐款数目有了限制，但有钱人或组织往往通过做议题广告“曲线”影响选举，这就是所谓的“软钱”。虽然2002年《两党选举改革法案》旨在消除软钱的影响，但孙悟空七十二变，软钱正想方设法变成“更软的钱”。

那么何不干脆取消私人筹款、直接使用公款竞选呢？公款竞选透明，防止无度花钱，还能避免富人和穷人的不对称影响力，听来似乎是最佳选择。事实上，像澳大利亚、西班牙、墨西哥和很多苏东国家都主要依赖公款竞选。

美国不是没有公款竞选制度，只不过它是一个“自愿选项”，即，候选人可以选择使用公款，但前提是接受公款的总额限制（今年大选是8400万美元）；也可以选择自己“化缘”，坏处是没有底线保证，好处是不存在总额限制。今年，“本来支持公款竞选”的奥巴马决定放弃公款，而麦凯恩决定使用公款。两人选择不同并不奇怪：根据麦凯恩在本党初选中的筹款记录，他自己筹款也就筹到8400万美元左右——既然有免费午餐，何必去千辛万苦地求爷爷告奶奶呢？而奥巴马简直就是竞选筹款的“神奇小子”，筹款能力是麦凯恩的两倍——既然可以筹那么多钱，何必戴上8400万的紧箍呢？

说奥巴马筹款神奇，不仅在于他的筹钱总额，更在于他的筹款大多来自中小选民。拿2008年6月的筹款记录来说，其总额中有65%来自小于200美元的小额捐款，而麦凯恩只有33%。可以说，奥巴马的大多数支持者真的是省吃俭用来支持他。真的粉丝，敢于直面惨淡的钱包。正是从这个意义上来说，奥巴马的竞选代表了民主选举的真义：千千万万普普通通的人，在给民主竞选提供动力。

从一个大款操控候选人竞选资金的四分之一，到无数个200美元汇成候选人筹款的65%，这本身就说明了金钱在美国总统选举中意义的变迁。不错，钱在选举中发挥着举足轻重的作用，但它代表的不再是“资本家的垄断利益”，而是无数普通国民成为“民主股东”的愿望。也正是从这个意义上来说，也许竞选资金没有必要全盘公款化，因为筹款本来就是个动员过程，能带动普通民众去参与、去思考、去影响这场选举。当一个大学生将自己省下来的20元钱捐给一个候选人时，他表达的不仅仅是对这个候选人的支持，而且是一份实践公民责任的意识。花数十亿美元去挑选一个总统也许太贵，但用这些钱买来普通民众对民主制度的信心、对自己国家的责任，却又物有所值。

（2008年9月17日《南方周末》）

# 对不起孩子的中国人

笑蜀

中国人对下一代的爱，在世界上是数得着的。多少人一辈子含辛茹苦，做牛做马，就是为了把孩子供出来。有人说，这爱也不那么纯粹，养儿防老嘛，既然没有西方那样的福利体系，当然只好自己救自己，拼命在自己的下一代身上投资啦。这话不能说全错，但如果把这当作唯一因素来解释中国人对下一代的爱，则又过于绝对。至少对我个人不适用，我相信自己垂垂老矣之时，经济上大致是可以自立的，不至于过多依赖孩子。但纵然如此，孩子仍是我最大的牵挂，我对孩子的投入，仍可以说高于我对一切的投入，不仅竭尽全力，甚至往往超出自己的能力。

像我这样做长辈的，其实不在少数。护犊天性人皆有之，但为孩子赴汤蹈火前仆后继者不绝于途，中国这种悲壮的景观则是世界历史上不多见的。这固然很感人，不过意义却也很有限。可能是世界上最爱孩子的中国人，恰恰也可能是世界上最对不起孩子的一群人。

汶川大地震中，死亡最多的是孩子。最苦不能苦孩子曾经是多么响亮的口号，但就在这个口号最流行的年代，一栋栋豆腐渣校舍拔地而起，最终成了无数孩子的坟茔。

大头婴据说只是个案，但最近爆发的三鹿奶粉风波警告公众，问题远不是那么简单，广东省卫生厅一位官员已经披露，这可能是一起经典的高科技造假案——奶粉中添加了伪造蛋白质的三聚氰胺。三聚氰胺这个黑手，已经从牛羊饲料蔓延到婴儿奶粉领域。而且如此婴儿奶粉竟有“国家免检产品”的招牌为之保驾护航，岂非令人不寒而栗？

但这还不是问题的全部。瓮安事件中地方利益集团以公权力开道与民争利已是天下皆知，但人们忽略了另一个同样要害或者说更要害的细节，那就是瓮安下一代的沉沦。相当多数的孩子被应试教育所淘汰，黑社会往往是他们唯一的归宿，这才坐大了瓮安“玉山帮”。而这样的故事并非瓮安独有。

孩子们身体上和心灵上的社会免疫系统正在全面崩溃，这是我们不能不承认的一个基本事实。我们以个人的力量为自己的孩子打造安全岛，但社会免疫系统的崩溃使得社会性病毒神出鬼没，防不胜防，决非区区个人力量所能够抵御。这才有了上述那种极端矛盾的现象，纵然是对孩子最大的爱，最无私的爱，仍不能保障孩子最基本的安全，仍不能不让孩子成为灾难中头一批倒下的牺牲者。

就我个人而言，我对自己的指标其实很低，这辈子就这样了，无所谓了。最大的甚至可以说是唯一的心愿，就是孩子不要付出我们曾经付出的代价，那玻璃外的阳光世界，孩子能有机会零距离接触。现在却猛然发现，我们不仅无力拯救自己，我们甚至无力拯救自己的孩子。

话又说回来，这算得了什么新鲜事呢？几千年中国人不都是这么过来的吗？每一代中国人都在为孩子打拼，都相信自己的牺牲一定能换来下一代的得救。这信念简直像宗教一样地牢不可破。但他们的眼光很少超出自家的院子，隔壁家的孩子是怎样的前景和命运轮不到自己操心。因隔壁家的孩子受罪而报警，这在我们的文化中是不可以想象的。爱孩子因此只能是个别的原则，而不能上升为普遍的一般的原则。针对孩子的社会免疫系统就一直无从完善，而必然被戳出无数黑洞，随时吞噬孩子无辜的生命。

一个缺乏公共精神的民族，无论个体对孩子怎样呕心沥血可歌可泣，都无法从整体上保护所有孩子，都不能不对孩子永远负有良心上的无尽的愧疚，甚至是，罪责。

（2008年9月16日《珠江晚报》）

# 请像审查电影一样管理奶粉

刘仪伟

这几天一直忐忑不安，毕竟我是一名父亲，我的女儿只有两岁半，还在坚持每天摄入大量的配方奶粉。

国家检测结果终于出来了，女儿喝的那个品牌的奶粉没事。谢天谢地，没有辜负我们家一直以来对这个品牌的信任与支持。一块石头落地了，也就有了工夫与心情来撰写这篇小文。

始终想问：这是为什么？为什么会出现这样的事情？为什么如此众多的名牌产品居然置婴幼儿的生命与身体而不顾？为什么这些产品会通过国家有关部门的质量检查，并且还冠以“国家免检产品”的称号？我们是普通老百姓，我们不是鉴别奶粉的专家，我们可以信任的就是企业的良心，以及国家相关部门的监督。但突然间，本应该让我们信任的东西在我们眼前烟消云散，化为乌有。我想，如果相关部门能够像审查电影一样来管理奶粉质量的话，一定不会出现今天这种局面。

电影从来没有“免检”一说，无论是国际著名导演，还是名不见经传的年轻导演，在电影审查制度面前人人平等。大导演的作品，依旧需要删减修正，甚至无法上映的情况在身边时有发生，见怪不怪。

电影的审查是从剧本开始的，奶粉的检测是从奶源开始的吗？电影审查始终贯彻到电影生产的每一个环节，拍摄过程中私自改剧本也是不被允许。奶粉的生产过程中，我们的检测部门又有何作为呢？电影拍摄完成，还得经历严格的审查，有问题，修改，直到修改达到要求为止，从来没有姑息。奶粉呢，好不容易该检测成品了，偏偏还有一个“免检”制度，让那些不合格的奶粉流向市场。电影的召回制度同样严格。以《苹果》为例，发现问题马上第一时间全国取消公映，同时，出品公司被取消制片资格。可是，“三鹿”出了这么大的事，也没听说取消它生产婴儿奶粉的资格啊。

另外，电影这东西的影响力实在有限。2007年全年的票房不过45亿人民币，就算出现问题，影响面也大不了哪里去；而且那些问题，也不会让观众受伤，更不会令观众丧命，为什么电影的管理可以这么严格，而奶粉不可以呢？听说国家已经取消了食品的“免检产品”制度，那就请像审查电影一样严格检测严格把关，让大家放心吧。

（2008年9月22日《新闻晨报》）

# 没有普世价值，就没有普适牛奶

王志安

三鹿事件爆发后，国产品牌奶品几乎全部陷落。经历20年开拓发展起来的内地乳制品行业，一夜之间几乎面临生死存亡。有外媒指出，中国的食品危机其实远非仅止于牛奶行业，三鹿事件只是中国食品行业不小心被挤破的一个脓包而已——抗生素武装起来的大闸蟹，避孕药养大的黄鳝，还有毒韭菜、毒粉丝等等，每天还在端上我们的餐桌。

面对今天的危局，政府在进行风暴般的行业整治和行政官员的问责，但食品行业整体性危机，真的能够通过全面围剿三聚氰胺来挽救吗？稍有理智的人，可能都不会轻易地如此乐观。接下来的问题是：如何才能让奶农们挤奶的时候，不要因为利润往里面掺水和三聚氰胺？如何让我们的企业严格监督产品质量，生产出和外国同样品质的牛奶？如何才能让每一个普通公民，都能吃到健康可靠的食品？

前些天，司马南先生就“普世价值”的话题向《南方周末》连续诘问，但是，在三鹿事件发生后，却未见这个以反伪科学起家的司马南站出来发言。在笔者看来，单纯地讨论普世价值是否适应中国，可能永远也没有“正确”答案，但我们不妨将抽象的理论讨论具体化。我的观点是：今天中国普遍的食品行业危机，正源于全社会缺少对普世价值的认同，甚至基本的对生命和健康的尊重。

我们知道，市场经济的基础就是信任，也就是说，我们在市场上购买别人的商品，首先假定这个人不会因为趋利而坑害我们，否则，交易就无法完成。当一个行业的生产者和经营者普遍丧失了基本诚信，丧失了最起码的敬畏之心，丧失了对生命最起码的尊重，他们生产出来的食品自己都不敢食用，怎么能指望他们愿意为质量而付出，愿意为他人的健康而负责？

其次，没有有效监督的政府，不会自动成为一个为人民服务的政府，也更不可能成为消费者的利益维护者。食品行业的普遍危机，和质检部门、农业部门长期以来的失察失责有直接关系。食品行业的经营者都知道，某些政府职能部门，往往热衷收费，而提供公共服务时则草率敷衍。这一切的根源都在于，政府的权力不受约束，人民的权利没有得到彰显。试想，如果我们的政府在提供公共服务的时候不乱征收费用，在决策前首先在立法机关进行公开辩论，行政官员如果不能全心全意为人民服务就要受到民意机关的追究，无良企业在作恶之初我们的新闻媒体就能自由地报道，三鹿事件是否可以避免？

再者，一个健康的市场，还仰赖公民的合法权利受到充分保护和公民自治性组织的积极作为。公民权利受到充分保护，企业就不敢在质量上怀有侥幸心理，因为一旦败露，面临的可能就是巨额惩罚性赔偿甚至牢狱之灾。看看三鹿的作为，在知道产品危害消费者的情况下，他们仍然收买媒体封口，刻意隐瞒实情，拒不收回毒害产品，这样的企业，竟然还有人呼吁放它一条生路！如果在法制健全的国家，仅仅应付赔偿一项，三鹿早就申请破产保护了。另外，公民自治组织的发展，必将能够建立起民间第三方的食品检测体系。这样的好处是，一旦政府治理失效，还有民间制度发挥作用，整个市场不至于陷入万劫不复之境。但是，我们现今的社会，政府强大到足以支配一切，整个社会的安危亦系于政府的良心和效率，悬河累卵一旦溃决，民众的入口食品就变成了毒药，究其原因，还在于公民权利的弱势地位。

至此，有人可能会问：到底什么是普世价值？毫无疑问，对生命的尊重，对道德的敬畏，对诚信的恪守，对公民权利的保护，对政府权力的监督，我认为都是。有贤者道：拒绝普世价值，就没有同一个梦想。而我要说，没有普世价值，也就没有普适牛奶！没有同一梦想，世界会陷入仇恨和战争，而没有健康普适的牛奶，我们整个民族，都将患上结石。

（2008年9月24日《华商报》）

# 从我作证到我控诉的良知出发

晓宇

1291，这是一次列车的序号，从广州到遵义，却驶向2046一样的荒诞。人不再是目的，只是手段，当所有的旁观者都沉默时，每一个人也许都只是一场仍未结束的灾难的幸存者。

感谢天涯，让人们在一个网络时代有幸说出“我见证”三个字。10月4日，一个叫成准强的公民在天涯论坛发帖，以亲身经历说明1291次列车列车长捆绑致曹大和死亡的过程，他在网上公布了身份证号码与联系方式，愿意对真相负责。

9月24日晚，1291次列车从广州开出，车上乘客曹大和有狂躁喊叫之异动，有乘客提议将其绑起，列车长决定后付诸行动，以封箱胶布将曹大和上身及膝盖以下缚住，曹反复挣扎，列车长则不断加固，捆绑升级，最后已是“像裹粽子一样”。最后一次加固不到10分钟，“曹伸在凳子外面的脚不断地抽搐”，成准强向列车长报告，后者不以为然，当成准强回来割开胶布，“但是这个时候生命已经开始从曹的身上流逝”，迟来的抢救也回天无力。

在这一漫长的演变中，车厢中的大多数乘客保持了应有的并极其克制的沉默，除了最初捆绑的提议外，乘客们忍受了曹大和的一再苦苦哀求，同时极其克制地在他“杀猪般的叫声中”进入梦乡。成准强在第一次捆绑时跻身于看客的潮流，付出了适度的同情；在第二次加重捆绑时，成准强作出了微弱的抗议，付之流水；第三次加重捆绑时，成准强作出了强烈的抗议，当列车长仍轻描淡写地说：“出了事，我负责！”成准强指着他说：“好，你负责，那我一定会作证！”

成准强真的只能作证，一条生命，在人们眼睁睁的过程中，已经消失，无数的机会，敌不过静寂的沉默，一次大多数暴力默许下的剥夺，造成永远的剥夺，每一个人都在现场，每一个人都是旁观者，每一个人都是参与者。

我能想象这样一次旅程：拥挤得已经放不下任何一点麻烦，平静到放不下任何一丝同情。一个病人，他的狂躁，是他的罪孽，却是所有人痛苦的源泉；他的痛苦呼救，已不是人的痛苦，而是所有人不得不额外承担的麻烦。他已经不是一个应该受到我们保护的目的，而是可以被剥夺来保护我们的手段。很难明白，一个病人，在众目睽睽之下被捆绑至死，原因仅因为他是一个病人。一个人，在死去的过程中，尚且有不停的哀求与嚎叫，而大多数人却在围观别人死去的过程中，整齐地无声。

我们在见证什么？到底是谁无知无觉了？当一个生命的尊严可以像狗一样被捆绑时，所有围观的人被什么绑架？除了人格与尊严的整体沦丧之外，我们还能得到什么？到最后，又有谁可以代替我们的羞愧？诚如另一位见证者所述，只记得曹大和的眼睛"很亮"，"像是在乞讨什么，让人看了心生怜悯。就算是条狗这么看着你，心里也会咯噔一下，何况是个人"，"在这个事情中，我就像鲁迅小说里描写的看客，我非常鄙视我自己"。

罪与罚都具有内在性。当亲历此事的网友们不约而同地发帖披露此事，彼此相互印证，在说明真相的同时，也说明内心的真实。人们无法沉默地求得安宁，在向人类一望无际的苦难低头之时，无法不向自己的罪孽低头：不说一个更高文明层次的社会对病人的优待，我们甚至剥夺病人的空间来构建秩序的常态，并以为当然。

仅仅是"我见证"恐怕是不够的，因为罪人不仅仅是他人，罪人藏在现场每一个人的心里。我们应该找出空间让别人活下去，也应该找出空间，让自己免于恐惧与精神的枯竭。

我作证，我向那始终存在的良知与基于良知必须出发的行为控诉。

（2008年10月9日《潇湘晨报》）

# 为什么娄烦的真相还在被删除？

长平

作为媒体同行，我为《瞭望东方周刊》记者孙春龙感到骄傲。山西娄烦“8·1”垮塌事故之后，当地政府将此事故定性为自然灾害，瞒报遇难人数，阻止记者调查，孙春龙突破封锁，获悉真相，进行了报道，但报道被转载该文的网站删除；他在自己的博客上发表致山西代省长的举报信，但该信被屏蔽；这封信虽被屏蔽，但引起中央高层领导重视，国务院于是组织调查组，已证实事故发生后当地存在瞒报，并确认为重大责任事故。

但是我不敢有太多的高兴，因为我知道这只是一个特例，而且连这个特例都难以保全。10月10日《西安晚报》报道了孙春龙揭开瞒报真相的过程。我和一位朋友在检索这个报道的过程中赫然发现，包括网易、新浪等知名网站在内的至少五家网站对该文的转载都被删除。《南方都市报》在报道这个消息时的标题是“新闻被删博客也被删”，看来，其后续报道应该题为“新闻被删博客也被删新闻又被删……”

省略号后面还可以无限重复下去，做新闻的人都不会对此感到意外。瞒报和删稿，这两件事情，民众从来都深恶痛绝，但是一直没有改变。从十多年前我进入新闻行业开始，就看见很多优秀的同行前赴后继地为寻求真相而努力。曾经有一位同事，每次采访重大伤害事故，他都不相信当地政府提供的数字，而是亲自一个一个去数尸体，几乎每次都能发现瞒报情况。我们给了他一个黑色幽默式的绰号，叫“数尸体的记者”。我记得，每当听到这个称呼，他都摇摇头，露出令人心酸的苦笑。

记得去年国家安监总局还发起过一场整顿瞒报事故的行动，新华社发了不少文章，证实“近来全国接连发生多起瞒报重特大煤矿事故的事件，造成恶劣影响”，并将瞒报行为上升到破坏和谐社会的高度，呼吁从重从严惩处，放出“尤其是对事故责任人瞒报和逃匿行为要一追到底，哪怕是亡命天涯也要缉拿归案”这样的狠话。可是仅看今年这段时间的新闻，从三鹿奶粉事件、襄汾溃坝事件到娄烦垮塌事件，瞒报依旧，删稿依旧。

想要改变这种不堪的现状，每一次瞒报和删稿事件曝光以后，不仅要对被瞒报的事件本身进行彻底的调查和处理，还应对瞒报和删稿的行为予以追究。其实，记者的痛苦，很多时候并不在事实本身难以调查，而是调查之后不让报道，报道之后遭到删除。孙春龙说，遇难者家属疑惑地问，那么多记者都来过了，都看见了真相，为什么他们没有报道呢，你会报道吗？这种情景，我做记者的时候，也经常遇到。这些善良而脆弱的底层民众，他们由渴望到怀疑，甚至到绝望的眼神，对每一个记者的职业尊严都是致命的打击。

就“8·1”娄烦垮塌事件来说，不仅要查出到底多少人遇难——这显然不难，事故发生50天之后，调查组仅用一周时间，就从现场挖出了几十具尸体；即便不能找到全部尸体，也容易进行失踪人数统计——还应查明事故发生的具体原因，总结血的教训——这似乎也不难，调查组已经确认这不是地方政府说的自然灾难，而是一起人为责任事故。更重要的是，要查清瞒报行为是如何策划的，是怎样执行的。

从孙春龙和他的搭档所做的报道来看，地方政府为了瞒报所采取的恶劣行径，对当地民众的伤害，无异于在受难者家庭伤口上动刀。为了维持谎报的死亡数字，他们悍然停止了搜救行动，令无数家庭活不见人死不见尸。有家属提出不同意见，竟然被扣留、关押、鞭笞，对其中一个人就打断了三根警棍。他们动用了大量警力，却不是用于救援，而是用于阻止记者，进行贴身跟踪。还有，他们是如何实现让各个网站同时删除相关报道的？为什么温家宝总理批示了，国务院调查组调查了，删除行为还在肆无忌惮地继续？

事到如今，对于查清这起垮塌事故本身，我们还是可以期待的。但是，对于查清瞒报的全部经过，我并不敢奢望。但是我明白，这才是问题的关键。

孙春龙在博客中坦承，他的处事原则“也很圆滑”：“能改变的就改变，不能改变的就适应，不能适应的就宽容，不能宽容的就放弃。”这恐怕也是大多数记者的处事原则，否则你就没有办法继续干下去了。他令人佩服的地方是，“只有这一次，我没有放弃”；令人羡慕的地方也是，这一次的没有放弃就有了结果。我相信，他的行动给了同行希望。娄烦真相的报道还在被删除，但是再也删不干净；删稿行为还会继续，但是孙春龙这个名字不会被抹去；瞒报事件还会发生，但是博客也将越写越多。媒体人应该通过“不放弃”来改变自己被删除的命运。

孙春龙写的《致山西省代省长王君的一封举报信》，已经成为今年掷地有声的一篇名博。9月15日，他也委托他的搭档从石家庄用特快专递寄给了王君代省长。因此，顺便地，我还想知道，王君代省长是否收到了这封信，是如何处理的？我知道，那时他的前任孟学农刚刚因为同样涉及瞒报的襄汾溃坝事件而引咎辞职。

（2008年10月13日《东方早报》）

# 不必过分解读张铭清遇袭

杨鹏

海协会副会长张铭清，以厦门大学新闻传播学院院长身份赴台南参加两岸学术交流活动。21日在当地参访孔庙时，遭到民进党支持者的暴力攻击。10月22日，张铭清提前结束岛内行程返回北京。

在有关台湾政坛的新闻报道中，我们领教了会议现场拍桌子、扔鞋子，相互辱骂、扭打以至会议无以为继的“武侠”场面。因而，有人说台湾看起来乱糟糟的。现在，因为遇袭者是大陆人士张铭清，这对于习惯了清静政治的我们，便成了公共事件。从中我们也可以解读出N种结论：远来是客，这是什么待客之道？这哪里是台湾民主，这是赤裸裸的暴力！……

不过，台湾人正是在这种“乱糟糟”中成长起来的，张铭清遇袭，与台湾政治生态契合，似乎并不值得惊诧。其实，让我们愤怒的还在于袭击者的民进党支持者身份，这些年来，民进党俨然成为阻碍两岸关系走向正常化的政治地雷，而自陈水扁下台，这颗地雷就暂时失去了引爆两岸关系的可能，所以，我们于此谈论这一事件，必须得清楚区分出“极少数”。用张铭清先生的话说，这是极少数极端分子的非理性暴力行为，不代表全体台湾民众。因而，这一事件并不能影响两岸交流、沟通的大势，也唯有沟通才是解决两岸关系的出路。

反过来说，在一个民主的社会里，允许有不同观点的存在，据媒体报道，针对绿营的抗议行为，张铭清引用伏尔泰名言说：“我虽不同意你，但我誓死捍卫你说话的权利。”不过，在张铭清先生遇袭之后，“台独”以暴力的方式宣告了其最后的那点道德正当性也荡然无存，连起码的文明都不要了，以拳头代替沟通，这让关心两岸关系的所有人揪心。

现在的台湾岛内，民进党受扁案拖累，而马英九上台以来施政局面还未打开，加上受到国际经济形势下行的影响，恰在海协会会长陈云林赴台之前，又发生张铭清遇袭，更是给两岸关系带来一丝阴云。或许，这对于习惯了台湾政坛闹剧的我们，一点儿都不感到好笑。打人不是民主，当坏蛋举起拳头的时候，不过是给自己壮胆而已，内心的懦弱与不安其实早已暴露无遗。一言以蔽之，也许，张铭清并不是遇袭的最后一个大陆人，两岸关系并不会因为张铭清先生遇袭而紧绷，但修好两岸关系则任重道远。

（2008年10月23日《华商报》）

# 杀不杀狗，谁说了算

曹保印

近日，云南弥勒县出现一例狂犬病死亡病例后，该县政府下令将全县内的犬只和猫全部扑杀，有藏匿者将遭罚款。当地有人质疑一律扑杀的做法，当地有关官员回应称，人命重过狗命。据当地畜牧局统计，弥勒县共有各类犬只9万多只，截至9月3日，当地已免疫犬只84187只，累计扑杀犬只11505只。

10月25日，《新京报》在刊发上述报道时，还同时配发了两幅图片，内容分别是一条网住的狗正被扑杀、在填埋坑前扑杀者将狗扔进坑内。

笔者注意到，网中的那条大狼狗，蜷缩成一团，巨大的恐惧使它的面部扭曲，但是，它的眼神却呈现出一种令人难以直视的哀怨与委屈；与之形成鲜明对比的，是杀狗人的“咬牙切齿”，他手中那根正落向狗头的棍子上，是鲜红的斑斑血迹。在他的左前方，另一个杀狗人也高举起棍子，瞬间也将落下……

纯粹站在人的立场上，当地官员“人命重过狗命”的说法，可能是有一定的逻辑。毕竟，在由人类组成的“社会”里，人才是一切的核心，也才是一切的主宰者。这也恰恰是人类自许为“万物之灵”的“理论”基础。而这个“万物之灵”的自许封号，让人类无比骄傲，俨然是整个生命世界中说一不二的“王”。

然而，事实并非如此。即便真是纯粹站在人的立场上，一切从人的全部利益——物质利益与精神利益出发，也不能够说，人对除人之外的所有生命，都掌握着随意生杀予夺的无上威权，并且真的可以这样做，甚至因为一直这样做着，就自认为是对的、合理的、无可非议的、不容反省的。

为什么？因为，人是大自然之子，但大自然并不独属于人，在大自然这个巨大的生命体系中，所有的生命，无论是一个人，还是一只虫，都有着生命存在的价值与尊严。更重要的是，这一种生命和那一种生命之间，并不只是“敌”的关系，还有“友”的关系，而维护它们的平衡，关系到所有生命的存续。

所以，从这个意义上说，人不是说一不二的“王”，其他生命也不是行尸走肉的“奴”，如果不是为了生命存在的绝对必需，则人无权随意剥夺与凌辱其他生命，反之亦然。只有这样，众生之间的平衡，才有望达至，大自然也才能健康长寿——是的，大自然也是一种生命，不然，我们为什么要称之为“母亲”？

那么，回过头来，看弥勒县对狗和猫的态度。当地为何有人质疑一律扑杀？朴素的生命关怀是一种理由，谁忍看自己家的狗和猫，无端暴毙于棍棒之下？现实的利益相关是一种理由，“农村治安基本靠狗”，见不到狗，如何防盗？对科学的信任是一种理由，已注射免疫针的狗，为何还要扑杀？

因此，尽管当地政府出于“人命重过狗命”的考虑，对狗和猫下了“格杀勿论”令，但显然，它既没有经过公众的广泛讨论，也没有借鉴最新科学成果：近日，中国CDC（疾病预防控制中心）传染病预防控制所与美国CDC、贵州省CDC、美国佐治亚大学等单位联合研究证明，健康犬不传播狂犬病毒。

由于出现个别狂犬病死亡病例，就对辖区内所有狗和猫“格杀勿论”，这种非理性的做法并非弥勒县的首创，弥勒县也不是个案，而已经成为一种现象。面对这种现象，我们必须及时躬身自省：杀不杀狗，推而广之，杀不杀除人之外的其他生命，谁说了算？是非理性的眼前利益冲动，还是理性的终极价值关怀。

（2008年10月26日《新京报》）

# “北京交通部派下来的”怪叔叔

令狐补充

对时尚漫画缺乏了解的人，猛地听到“怪叔叔”这个称谓，多半一头雾水。深圳海事局58岁的党组书记、副局长林嘉祥，近日现身说法，亲自演示了一回。据报道，10月29日，林嘉祥在一深圳餐馆，掐住一位11岁女童的脖子，企图拖进洗手间猥亵，未能得逞。简单地说，林嘉祥和“怪叔叔”高度契合：在一般日本漫画里，怪叔叔是对中年娈童癖和色狼的通称。

为保护儿童，全世界都严厉禁止对儿童的性侵犯。娈童癖就是以儿童为对象获得性满足的一种性变态和性犯罪。这在许多国家都是重罪。林嘉祥利用女童的天真和纯良，引诱她带路前往洗手间，意欲施暴……女童幸运逃脱，但因惊吓过度，身心受到了极大的摧残。

事情到此，令人痛恨但尚未升级。且看报道：女童父母拦住林讲理。林嘉祥不以为耻，反而大言不惭：“你知道我是谁吗？我是北京交通部派下来的，级别和你们市长一样高。我掐了小孩的脖子又怎么样，你们这些人算个屁呀！敢跟我斗，看我怎么收拾你们。”

在我看来，林嘉祥在这一刻翻开了他人生崭新的一页，这厮绝非醉了，而是屎尿灌脑，满嘴喷粪。我以为，这个被网友不惜冒犯猪狗鸡鸭而称为“林禽兽”的东西不但犯了天条、乱了人伦、违法乱纪，还全面抹黑了首都、部委和特区以及深圳市民。他的言下之意大家该听得出来吧：官高权大，即可为所欲为——这算是说出了真相还是出卖国家机密，我还不能肯定。但“我是交通部派下来的”这句话，将成为性侵犯的同义语开始流行，这一点我很有把握。

一通混账话也就罢了，可以等待法律严惩林嘉祥的恶行。然而，事情到此尚未登峰造极。我发现，科技进步正让作恶的空间和时间变窄变少。起码，林嘉祥催生了“人肉搜索引擎”也可以伸张正义、造福社会的新例证。凭借视频、互联网，在警方尚未确证林的身份之前，众网友已齐心协力掀了他的老底。成效很大，比如，网上流传的一张林嘉祥穿着庄严的海事制服，佩戴工号为120002徽章，笑逐颜开接受“文明单位”奖牌的照片，就一直在我眼前挥之不去，这大可以成为网络恶搞的素材，或者伪君子的签名。

技术的好处还不止于此。民意的传递因为网络变得高效起来，促使事态进展良好。交通运输部海事局反应之快，决心之果断，处理手法之干净利落，也前所未有，值得称道。新闻发布会召开，承诺不捂盖子、迅速调查、严肃处理。另一副局长代表部门向受害者道歉，林嘉祥人未到，职已停。女童的遭遇让人伤悲，怎么解决还要拭目以待。所幸，只要惩恶扬善，怪叔叔虽不一定绝迹，但肯定会渐渐凋零，这就有了一个不错的开始……

（2008年11月1日《南方都市报》）

# 地方政府举债的前提

许斌

据悉，一份由财政部牵头起草的有关加强地方政府债务管理的方案，已多方征求过意见，并提交到国务院等待批复。财政部也已在预算司下新设立了地方政府性债务管理处。这意味着，学界多年关注的所谓“开前门、堵后门”，开放并加强地方政府发债管理的改革大思路，正在被官方采纳并逐渐浮出水面。（10月31日中国网）

只能说：前途是光明的，道路是曲折的；设想是正确的，现实是不完美的。“开前门”，并不意味着一定能“堵上后门”，搞不好就是“前后门”一起开，一起陷入无序状态。

无需过分关注有多少主要国家允许地方政府举债，真正需要关注的是允许政府政府举债的前提是什么。是什么呢？是民意或民意代表机关的终极决定权不旁落，以及附着终极决定权存在的对政府的监督、问责权不旁落。前者为全民公决，后者在中国体现为各级人民代表大会。以权力归属论，是“一切权力属于人民”；以利益交换原则论，政府非创造主体，名为政府举债、政府还债，实际是辖区内公众集体举债、集权还债。所谓地方政府举债，更准确的说法，应该是地方政府辖区内公众举债。

而现实生活中，民意或民意代表机关的终极决定权确实没有得到很好的保障，鲜见有报道说某级政府就某项公共事业组织了辖区内全民公决，而各级人民代表大会，甚至被赤裸裸地讽刺为“橡皮图章”。在此前提下贸然允许地方政府举债，相当于送给地方政府一棵摇钱树，会演变成政府只管举债、辖区内公众只管还债，会最大限度地刺激地方政府“今朝有酒今朝醉”，以大兴土木为荣，以政绩工程为荣，以“刨祖宗坟、吃子孙粮为荣”，政府挥金如土，辖区内公众不堪重负。

所以，允许地方政府举债的前提，就是要还归其本原，是保证其一定为政府辖区公众自愿举债，主流一点说是“加强社会主义民主政治建设”；方法论一点说、现实步骤一点说，恐怕是大力推进人民代表大会制度改革以落实“社会主义民主政治建设”，包括直选方式、组成人员的改革，包括如何保证各级人民代表大会为地方最高权力机关落在实处，能更好地实施对政府的监督、问责。既然人民代表大会制度为中国最基本的政治制度，“加强社会主义民主政治建设”就必然且只能体现为对人民代表大会制度的改革。在改革未见成效，更现实说是还没有实质性展开以前，匆匆允许在很大程度上游离于监督、问责体系之外的地方政府举债，无异于放虎出笼。依靠政府自律杜绝其弊是纸上空谈。

况且，纵然是“加强了社会主义民主政治建设”，将政府举债还原为辖区内公众自愿决定举债了，绝大多数地方，在未来相当长一段时间内，都已经在经济上、在偿还能力方面失去了举债资格，因为现有债务着实太沉重了，几乎已经能令相当部分政府实质性破产。

现有债务之沉重，不仅包括报道中统计的1万亿元以上的地方债务，自然也包括行政权力游离于监督体系之外必然导致的依据现有统计标准应该统计却因“潜规则”没能纳入统计的债务，最重要的，还包括因现有统计体系弊端，没能纳入统计标准却实质是最可怕的债务，为土地出让金及相关附加税费，更国际惯例一点说是物业税，为地方最主要税种。国际惯例是逐年征收、逐年使用，我国却实际是50、70年一起征收，就是说，在地方主要税种上，地方政府实际已经使用了未来50至70年间的税。这些年，城市化进程顺利之地的地方政府超乎寻常地富有，其富有的主要原因，就在于提前征收了更多的未来50至70年间的物业税，就是对未来50至70年间生活的公众负债！其具体数额无从统计，但必定是天文数字。

而大规模的城市化速度总有衰退时。据统计，我国城市化率已达到了44.9%，加上因为户籍原因长期生活、工作于城市却未被统计为城市居民的人数，实际的城市化率应该已相当高。虽然以户籍为统计标准，统计意义上的城市化率还会持续高速增长，但现实意义上的增长空间已经很小，地方政府即将要为此前的提前征收税款还债，即从某一个时间段开始，在未来50至70年间的地方主要税种将名存实亡，几乎难以想象地方政府将如何维持运转，现在一些超乎寻常富有的地方政府，届时可能会穷得买不起手纸。

不可罔顾现有土地出让金及附加税费实际是物业税的事实，以保护土地、调控房市等种种名义加收物业税。尽管开征物业税为大势所趋，但只能对未交纳土地出让金及相关税费或者出让期结束的物业开征，否则是收税外税，不正当、不合理之外，是无限增加了公众负担，将彻底剥夺城市活力，甚至会导致现有城市被抛弃、成为废墟的结果。

以现实论，地方政府目前最急迫的任务是还债而不是举债，是尽快还债以避免不久之将来可能大规模发生的、难以想象的财政收支危机。何况“社会主义民主政治建设”还没有得以“强化”，根本连举债的前提都不具备，一日不具备此前提，一日不能允许举债，不能给政府脱离民意、单方面举债加剧未来危机以任何机会。

务须说明的是，以人民代表大会制度改革为核心的“社会主义民主政治建设”的意义绝不仅限于允许地方政府举债与否，前者为大树的根，而后者，不过为树上无数枝条之一，根系发达乃大树巍峨、枝繁叶茂。

（2008年11月1日《新民晚报》）

# “蒙牛事件”凸显中国商业文明缺失

张立伟

由于将股权抵押给外资投行后股价大跌，蒙牛乳业（02319.HK）大约4.5%的股权可能落入摩根士丹利手中。于是牛根生泪水汪汪地恳求国内“兄弟们”救援，以免民族品牌归于“外寇”。据说，“江湖大佬”群起响应，演奏了一曲民族精英共御外敌的悲歌。这不是故事，而是正在行进中的真实表演，只不过这种江湖气息暴露了中国商业文明仍然处于小农经济时代的原始形态。

诸如宗庆后、牛根生等人以民族情感博取同情，进而以道德模糊信用，这是对商业信用文化赤裸裸的破坏。现在商业文明的基础是契约文化，每个人以及每个企业都必须为自己的信用负责。蒙牛乳业选择在国际金融中心之一的香港上市，意味着股权的国际化，极其分散的股权结构也明示任何时候都可能被外资收购。因此，牛根生的民族大义令人质疑。

经“救助总动员”，很多朋友在如此短的时间内驰援现金，问题在于，这些人大多数有上市公司创始人或管理人的背景，如此巨款是其个人财富还是上市公司出纳？应该指出的是，这些曾经的创始人现在只是上市公司的股东之一或管理人，公司不是其私人所有，其投资行为必须经过董事会同意。而商业规则中也绝没有不讲风险与收益的“情感投资”。

现代商业文明的基础是社会分工，各司其职，但中国企业管理存在着严重的角色混乱。自改革开放以来，中国涌现大批私营企业，出现国有企业与私营企业两种单一所有制形态，而国有企业实际所有者缺位，造成国有与私营两种企业所有者与管理者事实上的统一，这意味着企业治理上的专权。进入新世纪后，国有企业与私营企业分别走向同一方向，即进行股份化改造，建立现代企业治理结构。其中很多企业上市成为公众公司。此时企业的所有制发生根本变化，不管是否控股，权力已经归属董事会，而原来大权独揽的经理(厂长)或企业主，则成为公司的经理人(代理人)。

但是，悠久的企业专制文化令现代企业治理架构形同摆设，那些转换角色后的厂长或企业主，仍然延续原有的专断作风，形成事实上公私不分与凌驾于董事会之上的内部人控制。这显然是缺乏遵守职业操守的代理人文化，也是对契约的漠视。例如，深南电B没有经过正常决策程序，任由个别领导以绝对权威与美国高盛集团签订石油对赌协议，险酿大祸。

不仅是代理人文化的严重缺乏，企业家和企业家精神也越发罕见。中国企业家在艰苦的创业之后，往往失去进取与创新的企业家精神。随着中国在制造业产能过剩以及竞争激烈，一个新的现象是，很多企业家不再专注于专业或多元化扩张，而向风险投资或财务投资转移，赚取快钱，成为投资家(或金融资本家)。例如朱新礼欲卖掉汇源，表示专注投资，虽然间接地鼓励了创业，但是，这些企业家却更没有理由谈论所谓的民族企业。

当前的经济困局，集中暴露了中国部分企业家、经理人的契约精神与道德操守的恶劣，如浙江出现企业主逃逸潮，这是企业对员工与债权人权利的漠视，不以“破产”这种合法的市场退出机制，而是转移资产并一跑了之，将责任抛给政府和社会。如果说华尔街人过于贪婪酿成大祸，那么，危机下的中国经理人与企业家所表现出的是毫无商业文明的蔑视规则与道德信用的缺失。

（2008年11月7日《21世纪经济报道》）

# 教授家中坐，校长天上来

何兵

新一轮重点大学校长、书记人事变动，正在紧锣密鼓地进行。我所服务的大学前校长，已荣升为副部级大学的校长，而新任校长尚无音讯。全校数百名教授，正屏声静气地等待着主管部门的官员们揭开他们的宝葫芦。

在村民都可以选举村委会主任的年代，大学教授们对于校长的产生，不仅没有决定权，而且连有效的建议权都没有，不能不让人感到深深的悲哀。对于一个以权利与义务为主要研究内容的法科院校，这更构成对法治的反讽。这种“教授家中坐，校长天上来”的局面，并非个别现象，而是全国所有高校的命运。

近年来，我国的高等教育屡屡为社会指责，其原因何在？我认为，高校没有自主权和自治权是病根之一，必须从根本上改进。有关部门的这种做法，不仅与国务院的《全面推进依法行政实施纲要》相违背，而且与通过党内民主推进社会民主的政治改革思路相违背。

早在2000年，中组部就发布了《关于推行党政领导干部任前公示制的意见》。意见指出，任前公示制，就是将党委(党组)集体讨论研究确定拟提拔或调整的干部的有关情况，通过一定的方式，在一定范围和期限内进行公布，广泛听取群众的反映和意见，再正式实施对干部的任用。这种做法把扩大民主从干部推荐、考察环节延伸到任用决策阶段，把民主参与的范围由部分干部扩展到广大群众，体现了坚持党管干部原则与充分发扬民主、走群众路线的有机结合。

对于任前公示制的作用，《意见》进行了科学的归纳：任前公示制作为干部考察工作的延伸和补充，可以使党组织在更大范围内听取各方面的意见，更全面、更准确地了解干部，减少用人失察失误，提高选人用人质量。任前公示制将干部选拔任用工作置于广大群众的监督之下，强化对干部选拔任用工作的监督和对党政领导干部的监督，不仅有助于遏制选人用人上的不正之风和腐败现象，而且有利于形成正确的用人导向，增强干部的公仆观念和自律意识。

对于有秩序地推进社会民主，总有人杞人忧天，提出这样或那样的怀疑，其中一个耳熟能详的理由是，中国老百姓的素质低，不适合搞民主。假如这些属实，那么高校的教授们素质也低吗？也不适合搞民主吗？这次校长任命事件，我有一个真切的感受，这就是，教授的经济待遇比村民高，但教授的政治待遇比村民低。

对于民主政治，执政党也提出许多切合社会需要的政策，人民群众也提出许多合理的新需求。认真学习文件，我的感受是，党的政策是多么的好啊，但为什么离我们那么远呢？

（2008年11月13日《南方都市报》）

# 大学教育是怎样完蛋的

程美宝

近年我给大学新生演讲时，往往会以传播学宗师麦克卢汉（Marshall McLuhan，1911—1980）的生平为题发挥。熟悉传播学的人都知道，麦克卢汉奠定传播学的基础最有名的两句话是“媒体即信息”和“媒体是人的延伸”，但很少有人会详细介绍他的生平。为了准备演讲，我阅读了他的书信集，尝试理解他学过和读过些什么，缘何能“无中生有”地创立起一门新的学科。答案很简单——他从本科到博士阶段，念的都是英国文学，读的都是经典原著。我想告诉学生的是，目下人人趋之若鹜的传播学，其实源出一个古老的学科——文学。如果我们舍本逐末，很容易会陷于末流。我寄望学生能像麦克卢汉一样，多读经典原著，练就批判精神。

我这番寄望，是通过麦克卢汉几段话来表达的。1934年，他前往英国剑桥大学深造，曾致信父母说：一个人在北美取得一个大学学位，即意味着他的教育完蛋了。道理很简单，大学介绍知识的模式是把它简化，因此，一个年轻的心灵只要用上这种方式去认识事物，不用多久，就什么可能性都穷尽了。不管愿不愿意，他的“教育”从此就结束了。他对他学习过的每一种事物都会有一套清楚界定的概念，他也会莫名其妙地以为，在往后的日子里，如果他想重读Wordsworth的作品来善用他的余暇，最佳的方法是重读他本科生时代摘下的那些简明而“正确”（太正确）的笔记。

时至20世纪70年代，麦克卢汉的学术地位已难以动摇，但他对“专家”身份却深恶痛绝。他曾说：“只有极少数的人，在心智上能有足够的认真，去培养自己面对各种新处境的感官能力，所谓的‘专家’就不是这种人。这类专家是充满不安的，也恰恰因为如此，他才会专于一个方面，以取得一点点自信。”所以，他从未“专于”所谓的传播学上。事实上，自20世纪50年代在多伦多大学构思筹办“文化与技术中心”伊始，麦克卢汉就认为这个研究领域应该结合文科和理科的关怀与方法。

“文科（Arts）是用来提供观察的准绳和技巧，以及人类被记录下来的和已经达致的经验的。”文科，“既是出发的站点，也是归宿的所在”。

上述这最后一句话是什么意思呢？也许，麦克卢汉离世前数月的某一幕最能说明。1979年，他不幸中风，左脑严重受损，丧失了大部分的阅读、书写和说话能力，这对于一个以研究人类的传播行为为终生志业的学者来说，无疑是造物弄人。在他人生最后一个春天的某日，他遥望窗外的雨景，蓦地背诵起那么一句诗：“四月煞是最无情……”在同年的除夕夜，他与挚友共进晚餐后，就在睡梦中辞世了。他壮年时“离开”了传统的文科，创立起一门新的学问，晚年却“回归”到文学世界去。他有幸在求学期间读了文学原著，因此在他丧失了大部分的沟通能力后，残存在他的脑袋中的，不是应考笔记，不是传播学理论，而是一阕诗歌。

最近，我又给学生作了一次这样的演讲，演讲完毕，学生循例拍掌，我问他们有没有问题、意见或批评，全场默然，我只好收拾离开。此时有三个学生，拿着移动硬盘，要拷我的课件，我禁不住疾言厉色地拒绝了他们的要求说：我不是说过你们不要以为抄笔记、拷课件就是学习吗？走出课室的时候，另一个同学又拦住我，问如果要了解传播学该读些什么书，我说：刚才介绍过的好几种麦克卢汉的著作，都有中译本，你到图书馆借阅就是了。他的反应却是：这些都太难了，有没有简易一点的？

明显，我的教学是失败了。同学才进大学不久，就已经习惯紧握课件拥抱教材了，他们的大学教育一开始就完蛋了！但这该怪谁呢？从网上下载材料生产出一个又一个只罗列“重点”没提出论点和观点的powerpoint课件的大学老师，难道不需要负点责任吗？老师们，你们也许都有power，but what's your point？

久违了的罗大佑的歌声，忽然在我耳边响起：“因为我们改变的世界将是他们的未来……我们不要一个被科学游戏污染的天空，我们不要被你们发明变成电脑儿童……当未来的世界充满了陌生的旋律，你或许会想起现在这首古老的歌曲。”

（2008年11月5日《南方周末》）

# 罢工自由是时候写进宪法了

马想斌

11月10日，由于不满当地大量非法出租车辆干扰客运市场，甘肃省兰州市永登县发生了上百辆出租汽车集体罢运事件（11月11日新华网）。这是继重庆事件之后，与海南三亚出租车几乎同时发生的罢运事件。

虽然三起出租车罢运事件发生在不同地方，然而引发罢运原因大致相同：出租车承包金高、黑车多，这危害影响了的哥的权益。从这三个地方的罢运来管窥整个出租车行业，这是通病。换个词来说，是这个行业的潜规则。

重庆的哥罢运把出租车运营行业的潜规则曝光之后，三亚和永登的罢运则是升温。如果说重庆温和对话协商的方式处理罢运事件，给政府根治出租车行业潜规则一个启示，那么不仅仅是罢运的三亚和永登需要依次参照，妥善处理的哥罢运，全国其他城市也该如此，不说防止的哥罢运这样的社会事件发生，起码的哥的合法权益政府有责任去维护。

放却如何出租车罢运频发的追问和的哥维权不说，出租车罢运事件作为一个社会事件，无疑在一定程度上影响着社会集体利益。按照这个角度看罢运事件的话，就涉及一个法律问题。当然罢运的发生可以归咎于的哥合法权益的被侵犯。然而就的哥维权方式来看罢运事件的话，出租车作为一个行业，的哥的罢运当属于罢工行列的一种形式。

其实追究罢工的合法与否是一件蛮尴尬的事。《中华人民共和国宪法》里面规定公民有出版自由、言论自由，然而却没有规定“罢工自由”。究其原因或许源于我国是社会主义国家这一国体。罢工是资本主义国家无产阶级用来反抗资产阶级剥削而争取经济利益和政治权利的一种斗争方式。但我们国家既然以工人阶级作为领导，工人怎能自己罢自己的工？这逻辑不通啊！

然而存在着“劳资关系”就存在着“罢工自由”。罢工不以意识形态和主观意志存在而存在，它是伴随这经济关系而客观存在的。虽然现在宪法未有罢工自由的条文，然而罢工现象却屡见不鲜。三起出租车罢工绝非横空出世，

2004年银川也曾出现过出租车罢工现象。同样，今年东航“返航门”事件何尝不是飞行员的罢工表现呢？

其实1975年、1978年宪法都曾规定过“罢工自由”，但1982年宪法修订时取消了这一规定。既然宪法没有规定，我们是不是认为罢工是违法的呢？正如东航“返航门”事件中，有人评论说“东航事件已构成严重的刑事犯罪”。然而法律却是“法无禁止则为自由”。显然，虽然法律没有明文保护罢工自由的权利，但罢工也构不成违法。

虽然三起出租车罢工并未像东航“返航门”事件那样冠以“违法”的名义，但这不能成为把“罢工自由”遗忘在宪法之外的理由。罢工自由所蕴涵的权利，作为人权的一种被大多数国家写进宪法加以保护。同样，现实的经济关系决定罢工存在的合理性。罢工自由早已不是法律人士玩味的条文，而是作为社会事件频繁上演。

的哥以罢工的方式维护自己的权益。但谁能保证罢工能止步于出租车这一行业呢？频发的罢工事件给社会一个信号：罢工自由写进宪法是时候了！

（2008年11月12日《天府早报》）

# 降个税必要，全面降税负更重要

莫之许

据《新京报》报道，个税起征点上调一事已上报国务院。

许多人认为，税负过高是内需不振的根本原因，通过减税以刺激内需，在此思路下，个人所得税起征点的提高，也被认为是一个值得考虑的选项。对此，我的看法是，减税势在必行，但个税起征点的提高却不必冀望过高。

通过减税以刺激内需，其核心在于税负比例的下降。而依据目前个人所得税在宏观税负中的比重，调高个人所得税起征点对整体税负降低的贡献并不大，因此，这一措施对经济拉动的作用不宜过高估计。我国共有法定的22个税种，此外，各级政府尚拥有预算外收费、土地出让金、社保收费等收入。如果将上述政府收入一并计算，根据相关研究，我国的真实宏观税负已经达到30%以上，甚至摸高35%。而在这个盘子中，个人所得税占法定税收比例不过7%，占宏观税负的比例就更低。因此，即使个人所得税整体下降10%，降低宏观税负也不到1%，也就是说，尽管起征点上调值得欢迎，但这一措施对当下经济的推动作用不可能太大，而更多是象征性的。

如果说上述分析太过宏观，那么，当我们将目光转向个体的时候，依然会发现，个人所得税起征点的调整，其实是无关宏旨的。首先，调高个人所得税起征点对低收入阶层帮助并不大。在中国，个人所得税仅仅是国人日常所缴税收的一部分，由于我国实行含税价，因此，每购买一件商品，每享受一次服务，都要向政府交一次税。

最简单的例子就是，你去餐馆吃一次饭，最后的结账金额中有5.5%就是税收，分别是营业税和城建税；而假设你买一包8元钱的香烟，其中有4.7元作为消费税进入了国库；此外，如果你买一件100元的衣服，其中就包含14.53元的增值税和1.45元的城建税。因此，对低收入家庭来说，更应该做的是退税，他们通过消费所交纳的税款，应该予以返还，仅仅通过提高起征点而给予一点好处，是不够的。

个人所得税之高下，并非宏观税负是否高企的根本。毋庸讳言的是，在很长一段时间内，由于征管能力的低下和民间纳税意愿的低落，政府税收征管更多地采取了“宽打窄用”的措施：往往会制定一个较高的税率，以保证在比较低的实际征收率的情况下，也可以获得相应的税收。近些年来，随着现实的改善，中国税收的实际征收率大幅提高，由20世纪90年代的大约50%，增长到了如今的70%以上，这也正是最近几年税收爆炸性增长，以及宏观税负比例直线上升的根本原因。因此，降低宏观税负的方向更应该放在全面降低税率之上，尤其需要对当下税制的合理性进行全面检讨。

当然，这么说并非反对调高个人所得税起征点，在宏观税负如此之高的情况下，一切有利于降低宏观税负的措施，都值得欢迎。有意思的是，针对茅于轼先生8000元都不算高的言论，居然有不少人反对，其理由就是调高起征点对富人更有利，对于这种论调，我基本没有反驳的兴趣，因为，如果富人交纳的税都被挥霍了，或者至少不用于有利于穷人的用途，那么，富人交纳再多，都与穷人没有关系；而富人交纳的少，或许还可能为穷人多创造些就业机会，况且月收入8000元以下其实根本就不算什么富人。

再看看现在的提高起征点方案，也就是在2500—3000元区间，更大可能是2500元。看来所谓减税以刺激经济的思路，可能还没有进入到决策层的视野之中，舆论的冀望和鼓吹，更像是一场独角戏。

（2008年12月2日《新京报》）

# 群众“不明真相”是官员失职

黄裕

“一小撮别有用心的人”、“不明真相的群众”、“黑恶势力幕后指使策划”……近些时候，一些较大的群体性事件发生之初，总能看到地方政府这样匆忙定性的词语。贵州“瓮安事件”、云南“孟连事件”，以及最近的甘肃“陇南事件”，事发之初，都能看到这样的“定性怪圈”。

“不明真相的群众”，似乎将群众看成没有独立人格、自由思想的“愚民”和逆来顺受的“顺民”，他们的不满一定是因为受到了蒙蔽、迷惑、挑唆和煽动。与之相对的，官员及其决策者则明白真相，掌握真理，难以犯错。

这样的定性，与这个时代完全脱节。有网民调侃“不明真相”说，这“不仅侮辱了群众的人格，还侮辱了群众的智商”，他们揶揄总结说，群众总是“不明真相”的，闹事的总是“别有用心”的，黑恶势力总是能“煽动群众”的，死者家属总是“情绪稳定”的……

经过30年的改革开放，中国社会已进入“黄金发展时期”与“矛盾凸显时期”并存的阶段。体制转换、结构调整、社会变革，在广度上已涉及经济、政治、文化等所有领域，在深度上已触及人们具体的经济利益。利益调整凸显了新的矛盾，就业、分配、腐败等问题成为人们关注的焦点。社会矛盾一旦遇到“导火索”，就容易爆发为大规模群体性事件，呈现出突发性、对抗激烈、社会破坏力强、处置难度大等特点。

群体性事件频发有其深刻的社会背景。绝大多数群体性事件都是由于群众切身利益受到侵犯，利益诉求长期被漠视而引发。

分析近年来全国影响较大的群体事件，几乎都有一个共同的规律：起因很小—基层反应迟钝—升级为群体性事件—基层无法控制—震惊高层—迅速处置—事态平息。在冲突萌芽和聚集的初期，一些地方的基层党委政府对社会矛盾普遍表现出“体制性迟钝”——反应迟钝，判断失误，处理失当，导致“小事拖大，大事拖炸”，集中暴露出执政能力薄弱的软肋。

为了给这样的“体制性迟钝”寻找遁词，一些地方官员在应对群体性事件时，倾向于走极端，延续“寻找敌人”的专政思维，简单粗暴地“扣帽子，揪辫子，打棍子”。面对危机，他们首先想到的不是努力化解矛盾，而是上升到“政治高度”，对事件超前定性，把群众利益诉求“泛政治化”：要么认定“一小撮别有用心的人挑唆煽动”，要么认定为“有黑恶势力操纵”，然后把公安机关推上一线，采取高压手段解决问题。

这么做，实际是一些官员揣着明白装糊涂，想借此推托自身应该承担的失职渎职责任。因此，在某种意义上，胡乱定性的官员才是群体性事件中真正“别有用心的人”。

如果说，在新中国建国初期，由于外部存在境内外敌对势力的持续威胁，内部存在土匪、特务等一些遗留问题，专政思维还有其时代合理性的话，那么，在执政已经60年的今天，一些官员思想上、行为上依然存在的“专政”惯性，说明他们还没有理解中国共产党从革命党到执政党的时代转变，更没有理解好、执行好执政为民这一党的根本宗旨。

“瓮安事件”中，基层党委政府匆忙将事件定性为“有组织、有预谋”，是黑恶势力煽动群众围攻政府，并在当地媒体大规模刊播“瓮安群众愤怒谴责不法分子”等新闻，引起了更多群众的反感和猜疑。后来，还是贵州省委书记石宗源指出这起事件的“真相”：一些长期积累的社会矛盾没有得到应有的重视和妥善的解决，干群关系紧张、治安环境不好，一些地方、一些部门在思想意识、干部作风和工作方法上还存在很多问题，群众对我们的工作不满意。

在“寻找敌人”的同时，一些官员还习惯于封锁消息，控制舆论，制造出“不明真相的群众”。长期以来，在突发性公共事件发生后，保持沉默、回避媒体已经成为一些基层党委政府条件反射式的“自觉行为”，但在传播手段多样化、传播对象大众化的情况下，这种紧要关头的“失语”必然丧失引导舆论的主动权，看似避免承担责任的风险，实际却陷入被动，增加了平息事态的难度。

群众不明真相是官员的渎职。群众有权利了解真相，出现群众“不明真相”的情况，正是一些地方执政者的失职。因此，一些地方被“不明真相的群众”冲击、打砸，执政者首先要反躬自省。

“不明真相的群众”暴露的是一些官员对民意的漠视，以及对“权力必须接受监督”这一法治理念的强烈反感。在少数官员的脑袋里，他们根子上就漠视公民的基本权利，更何况“公民知情权”。《政府信息公开条例》早已颁布实施，但是公众最想知道、需要知道、应当知道的不少信息却无法公开。比如，最近，沈阳市民温洪祥要求公开政府办公费、招待费、差旅费等费用，就被官员答复为“极其敏感，难度很大”。

一方面是群众无法了解真相，另一方面，一些公布的“真相”往往是群众无法接受的“假象”。看着那些群体性事件新闻“通稿”，我常常想问这些起草发布者三个小问题：“如果死者是你的母亲，你情绪能不能稳定？”“为什么群众跟黑帮走而不是跟政府走？”“别有用心的人究竟是些什么人？”

在构建和谐社会的历史潮流下，为政者应当转变思维，变社会控制为社会博弈，最终走向社会契约。前段时间的重庆出租车罢运事件，以官民互动的谈判、协商方式圆满解决，不就充分证明了中国可以跳出所谓“专政”的“周期率”吗?

（2008年11月29日《瞭望新闻周刊》）

# 山寨精神不是平民精神

秋风

始于山寨手机，在中国十分合适的土壤中，山寨文化很快就滋长、蔓延，蔚然成为一种风气。有人甚至为山寨文化大唱赞歌，说山寨精神就是自由精神。这样的说法，也属于恶搞之论了。

古代政府不论多专制，也都是小政府，因而，即便是在所谓的盛世，也会有山寇，山寇聚集之处通常都是山寨。最有名的山寨就是梁山泊，而流民社会的种种组织，如武侠小说所写的帮派，跟山寨没有多大区别。

山寨在正规秩序之外，不受王法节制。但它也不是没有任何规范，所谓“盗亦有道”，山寨也有自己的道德规范和山寨纪律。只是它的道德，经常是貌似道德而实际上是反道德的，梁山好汉的义气就是为了朋友可以随便乱杀人。

这样的生存方式，确实十分类似于当今的山寨组织及其活动。山寨企业在正规的制度之外，形成复杂的交易合作网络。表面上看起来，那也是个市场，也有激烈的竞争，似乎也有信誉。但是，它的整个运作建立在违反基本的法律、商业规则之上。比如，肆意侵犯他人的知识产权，其作坊也不遵守任何劳工法律，对消费者也基本不承担产品责任。从这个意义上，它比之计划体制下的黑市，更加等而下之。

这种山寨精神，与自由无关。中国人经常把无法无天理解为自由。这一点倒是与法国人十分类似。法国人说，人生而自由，却无往而不在枷锁之中。只有摆脱了这枷锁，人才有自由。但是，真正懂得自由之技艺的英国人却说，法律之下才有自由。英国人所理解的自由，就是法律之下的自由。把这里的法律做一个扩展，可以说，规则之下才有自由，这包括法律规则、伦理规则、道德规则。这规则界定人与人之间的合理关系。每个人的自由正存在于这样合理的关系中，无法无天的人根本把自己置于法律之外，谈何自由？

还有人盛称山寨产品、山寨文化的平民精神。但事实上，这不是平民精神，而是流民精神，甚至是流氓精神。一字之差，这精神可就差了十万八千里。

平民确实是平凡的，可能不是很勇敢，也可能不是很有文化。但是，他的内心深处是向善的，他始终在追求文化。他希望自己变得高尚起来。但是，流民、流氓却有自己的逻辑。上世纪90年代初以来，王朔的作品就生动地刻画这种流氓逻辑。他否认这社会有什么高雅、文化、道德，相反，在他那里，愈堕落愈快乐。不讲道德的人是最有道德的，最没有文化的人是最有文化的。这种逻辑可能确实冲击了虚矫的主流文化、道德，使之显得可笑、滑稽，但它同时也否认了一切道德、文化。

正是这种精神一路发展成为恶搞文化、山寨文化。这种山寨文化确实体现了非主流精神，但它是没有任何建设性的非主流。它的盛行显示的是这个时代真正创造性的匮乏。人们的心灵变得十分肤浅而软弱，面对恶，只能以另一种恶回敬。因为，人们已经丧失了对于善的想象、向往。

所以，山寨产品是中国市场体系劣质化的一个标志，山寨文化不过是文化堕落的另一重表征而已。

（2008年12月19日《深圳商报》）

## >> 宏论

针对重大时事新闻背后的纵深与时局，放言畅谈当下中国的大转型、大趋势与大命题，以昔日《大公报》设立“星期论文”栏目关怀国事天下事之心为仰，议题不设先见以问解时代风向，观点不求党同而赏洞见精深。

# 给我们一个政治家

龙应台

1

台湾需要什么样的“总统”？

2006年6月27日，“国会”进行罢免“总统”的投票，我曾经为此写了《今天这一课：品格》，说，一个国家的元首，在我的理解，有4个核心的责任：

第一，不管国家处境多么艰困，他要有能耐使人民以自己的国家为荣，使国民有一种健康的自豪感。

第二，不管在野势力如何强悍，他要有能耐凝聚人民的认同感，对国家认同，对社会认同，尤其是对彼此认同。

第三，他要有能耐提得出国家的长远愿景。人民认同这个愿景，心甘情愿为这个愿景共同努力。

第四，他不必是圣人，但他必须有一定的道德高度，去对外代表全体人民，对内象征社会的价值共识。小学生在写“我的志愿”时，还可能以他为人生立志的效法对象。

今天是2008年3月20日，距离台湾“大选”还有两天。2300万人在思索：台湾，需要什么样的“总统”？

2

初到欧洲时，一个完全没人在意的街头小细节被我看在眼里。

过十字路口时，人们不耐烦地等候红灯转绿，总有一半的人，两边张望一下，脚步不停，一个箭步就抢着穿过了红灯街口。但是，如果在等候过街的一群人里，有一个父亲或母亲手里牵着一个幼儿，站在路口，我发现，那一整群急躁的人就忍着，忍着，忍到绿灯真的亮起，才开始快快走动。

那牵着手的父亲或母亲，可能在滚动的人群里低头跟孩子说话：“你看，红灯不能走，要等绿灯。”

我很惊讶：这是什么样的社会默契啊。不需要开口，一群不相干的人都知道，而且接受，而且切身实践一件事。

你怎么做，孩子就怎么学，所以，不要给孩子错的示范。

同样的默契，也有别的表达方式。开车经过美国的乡野，经过一片一片漫无边际的玉米田，突然出现一个小村。进村的第一个牌子，写的不是什么伟大的标语，而是这么一句话：我们村子有53个孩子，所以请慢慢地开。

这是村民和过客的默契：为了孩子的幸福，请以身作则。

2006年百万台湾人穿上红衫到凯达格兰大道去抗议时，我曾经在午夜时穿越广场。疲惫的人们彼此交谈，认识的与不认识的。穿越整个广场，最常听见的一句话，起起落落在广场的夜空里，就是：

你叫我们怎么教孩子？

2008年3月16日，身为“教育部”官员的庄国荣面对群众，用正常的父母禁止孩子说出口的秽语侮辱马英九过世的父亲。他当晚就被迫辞职，并且道歉。我可以想象，当时在现场的“绿营”父母们，错愕之余，心里想的，多半也是这么一句话：

你叫我们怎么教孩子？

有一种东西，是不管欧洲美洲，都紧紧抓着不放的；有一种东西，是不管“蓝营”“绿营”，都真正在乎的，那个东西，叫做核心价值。

核心价值，可以因阶级、因族群、因利益之所导、因意识形态之所在而有所分歧，但是，给孩子一个最好的未来，却是最大的公约数，它绝对超越政治，无关立场。

3

所以，台湾需要什么样的“总统”？一个清晰的衡量标准应该是，谁可以给我们6岁的孩子最好的环境长大，谁就是最好的“总统”。

6岁的孩子正要脱离父母的怀抱，进入小学，开始他社会化的过程。透过政府的运作，正要开始塑造他的人格、培养他的眼光、训练他的智能、决定他的未来。我们把孩子交给学校，也同时把他交给了所有的机构——“教育部”决定了他将如何学习、学习什么，“文化部”将影响他的品位，“国防部”决定了他离战争或和平有多近，经济政策会影响到他18岁时有多大能力去面对竞争，环境政策会影响他的健康，媒体政策会影响他的判断力和见解，“外交”政策会影响到他作为一个国民的自尊或自卑……

这些机构所制定的规矩、政策、法律，都可能形塑社会的风气。为政者不廉，社会就贪；为政者不公，社会就争；为政者乱法犯禁，社会就上下交征利；为政者挟私好斗，社会就党同伐异。

“总统”是什么？他就是我们将这所有机构托付的人，我们同时将自己6岁孩子的未来也托给了他。

当我们为6岁的台湾孩子着想时，我们的思索就不再局限于4年或8年这一个小方格里了。我们会深思：这4年或8年会直接造成怎样的12年和16年？16年后，6岁的孩子才刚刚大学毕业——他会变成一个什么素质的人？他会有什么样的教育准备去面对全世界？

以这样稍长的线来思索，我们可能就会发现眼前吵翻天的许多问题，譬如市场是内地还是台湾，譬如开放几个港口来三通、每年赚几个观光客，都显得“短”，而比赛谁更爱台湾，就更是等而下之了。

4

我认为6岁的孩子的未来，是最根本的政治标杆，因为他的未来，就是这个社会的未来。

如果我是那个牵着孩子的手要过红绿灯的人，面对十字路口，我会选这样的人做“总统”：

第一，他有基本的品格。

不，他不必是圣人，他只要在孩子面前不闯红灯就好。他只要做到所有的小学老师都会教孩子的基本道德就很足够。

小学老师说，你不可以偷窃。所以“总统”必须廉洁自持，一介不取。

小学老师说，你不可以对人粗鲁。所以“总统”不能口出恶言，他所挑选任用的人，也不能口出恶言。

小学老师说，“温良恭俭让”是传统美德，就是为人温润，心地善良，对人谦恭，勤俭度日，礼让弱者。所以“总统”懂得“温良恭俭让”的道理就行。他和他任用的人，都必须知道，权力与谦卑就是要成正比。

5

选择这样的“总统”，我不必担心6岁的孩子会以凌弱为神气，以粗暴为威风，以斗争为成就。

5

第二，他有无限大的包容力。

我不愿意再让6岁的孩子去目睹中正纪念堂的拆或草山行馆的毁，也不愿意再让孩子坐在历史课堂里听老师说，教科书又改了，她不知怎么教。我更不愿让孩子在拆和毁之后，又以同样的方法被迫去目睹原物的重建、牌匾的归位，或者看见教科书以同样的粗暴方式又改写回来。

我希望台湾6岁的孩子在真正的、不打折扣的自由风气中成长。我希望我们选出的"总统"会说，不论是荷兰城堡、大清炮台、抗清遗址、日本神社、蒋公行馆，拆除或立碑，让社会文明而深刻地辩论吧。不论地图是站着看还是躺着看，不论历史要从这头写还是那头写，让社会文明而深刻地辩论吧。我希望我们选出的"总统"会说，不要急着把我们的党、我们的团的立场用权力和命令交下，不要把我们自以为是的结论强迫灌给我们的孩子，让我们的孩子首先学会包容歧见，聆听异议，让台湾的孩子首先学会文明而深刻的思辨吧。

我希望将来的"总统"有那个胸襟说，真的没有"蓝"跟"绿"了，让我们为受伤的手涂上纾缓的药膏，让我们弥补隙缝，让我们从此谨守公平的原则，以无限的包容尊重彼此。把"爱台湾"的定义变成"爱台湾的民主自由"。

6

第三，他有宽阔的全球视野。

今天台湾的孩子，打开电视几乎看不见国际新闻，翻开报纸几乎读不到国际分析，坐在教室里，公民老师问他"你是中国人还是台湾人"。他的学校里，很少外国同学，他的生活圈里，没有人谈国际的事情。当他和父母坐下来吃晚餐，电视上，执政者，用激情的声音、激情的手势，吼着"爱台湾"；反对者，用激情的声音、激情的手势，吼着"我也爱台湾"。群众，则狂喊"台湾优先"。

我希望台湾6岁的孩子，能够在从容不迫、理性而开阔的气氛中长大。我希望我们选出的"总统"会说，台湾太小，自我封锁是致命的，让我们打开所有的窗吧。

我希望他会说，让我们停止对中国大陆妖魔化，把自己"小白兔化"，让我们把巨人似的大陆和小小的台湾都放到一个全球的地图上去，用全球的眼光、战略的思维、未来的角度，去思考全新的可能。新加坡在庞大的穆斯林环围中，是如何找到生存的技术的？卡达（卡塔尔），夹在强大的阿拉伯世界和强大的西方世界之中，是如何周旋平衡的？台湾，要怎样挣脱捆了60年之久的“两岸”思维，开始用全球的眼光去重新界定和大陆的关系以及自己的处境？

我希望选出的“总统”会要求他的“教育部长”说：台湾的孩子需要培养全球公民素养。我们要努力教会未来的公民三件事：一、让他深刻地认识国际历史和复杂的全球议题；二、锻炼他的公民能力，使他懂得如何思考、辩论，懂得如何进行组织、串联，学会和国际社会协商、合作以及订定游戏规则的所有技术和手段；三、培养台湾孩子的宽阔胸襟。他所关怀的人权、公平、正义等等价值，不仅只限于台湾，而可以扩及全球。非洲的战争难民、中国大陆的艾滋孤儿、柬埔寨的贫穷失学儿童，都可以是他关怀奉献的弱者。

我希望将来的“总统”会说，以台湾的经济力量和公民社会的“软力量”，未来的台湾对于全球人类小区是可以有更大的贡献的。所以，我们要培养胸襟开阔、眼光远大、有理想有能力的少年，为这样的贡献，有所准备。

有这样的“总统”，我才可以想象，台湾今天6岁的孩子，将来可能可以长成一个顶天立地的全球公民。

7

第四，他有悲悯心。

我不知道今天台湾6岁的孩子怎么看外籍新娘的孩子。坐在同一个教室里，他是否会瞧不起身旁的小伙伴，因为人家说，那小伙伴的妈是个越南人、印度尼西亚人？他的父亲和母亲是否会以极其轻蔑的口吻或粗暴的凌虐来对待家中那肤色较深的看护或佣人？

如果6岁的孩子看见的成人，都是这样以强凌弱的，而且以种族、经济地位和政治立场来作分野，我不知道要怎么教孩子“人权”这个概念。

我希望将来的“总统”，是个有悲悯心的人。有悲悯心的他，能够将心比心体会弱者的痛苦，因为体会弱者的痛苦，他会把保护弱者看作施政的重点，而弱者，可能包括外劳、外籍新娘、遭歧视的同性恋者、经济受剥削的原住民、身心障碍者……真正有悲悯心的“总统”，才可能是个人权“总统”。

整个社会是关切人权的，我们6岁的孩子，也才可能在将来长成一个把人权看作核心价值的公民。

8

台湾人总共才经历过几个“总统”？蒋氏父子、李登辉、陈水扁，算是三代。第一代是强人“总统”，第二代是从强人艰辛过渡到民主的“总统”，要“破”许多东西，也要“立”许多东西，但“破”与“立”之间，很多的犬牙交错。第三代，就是陈水扁，政权彻底转换后第一个民主实验。他，完全不及格，然而他个人的不及格并不等于台湾人的不及格。事实上，陈水扁的8年对台湾民主特别有贡献：他使我们清楚地知道我们不要什么样的“总统”，切肤的教训，无比分明。以后什么人当选，大概都不会再重蹈覆辙；台湾人，是更成熟了。

经过这三代，台湾人真的有理由希望：给我们一个政治家，不是政客。

政治家和政客一样，也要懂得民主的精算和权力的技术，但是我想政治家和政客之间有一个根本的不同：政客只看见眼前在广场上摇旗呐喊的成人，政治家的心中，却一定有一个6岁的孩子；孩子的未来，他真心在乎。

（2008年3月20日《南方都市报》）

# 民粹一咳嗽，大众就发烧

吴稼祥

## 红与绿

“两会”期间，给人们的听觉、视觉、味觉、触觉都留下了丰富多彩的印象。我印象最深的是视觉上的色彩对比：股市飘绿，媒体爆红。“绿”飘在股民们的眼里，“红”却爆在记者们的笔下，请看人民网记者董宇的报道：

“今年‘两会’，前国家领导人的后人有很多进入政协担任委员，他们被媒体亲切地称为‘红色后代’。”

在这个红花丛里，最红的一朵是毛泽东的孙子毛新宇，现任军事科学院战争理论和战略研究部正师职研究员；接下来依次是：周恩来侄女周秉建，财政部离退休干部、局级巡视员；刘伯承之子刘太行，空军指挥学院原副院长；朱德之孙朱和平，现任空军指挥学院副院长；陈毅之子陈昊苏，现任中国人民对外友好协会会长；李先念之女李小林，现任中国人民对外友好协会党组书记；万里之子万季飞，现任中国国际贸易促进委员会会长、党组书记……

整个3月上旬，他们的笑脸和低调言谈几乎铺红了各大网站的网页，以及许多主流平面媒体的版面，其中最有代表性、转载率也很高的，是新华社记者李宣良、王建民写的一篇报道：《毛泽东、朱德孙子毛新宇与朱和平“两会”握手》。在百度上搜索这个题目，你能得到30900个网页，它虽然只有短短的300字，但却很入眼：

“早就盼望见到你了！”

“真是太高兴了！”

3月8日上午，人民大会堂，两位身着军装的政协委员的手紧紧地握在一起。一位是毛新宇——毛泽东的孙子；一位是朱和平——朱德的孙子。他们由于忙于各自的工作，还没有机会见面。双双成为全国政协委员，给他们见面创造了契机。

“我一直关注着你，真为你取得的成绩感到高兴！”担任空军指挥学院副院长的朱和平大校说，“我们一定不要辜负人民的期望！”

38岁的毛新宇大校是军事科学院研究员，研究的领域就是毛泽东军事思想。他说：“我有一个愿望，今年重返井冈山。”

“我也早有这个想法。我们一起去。一起重温老一辈的革命精神，更好地做好本职工作，履行好政协委员的职责！”两只大手又握在一起。心情激动的毛新宇还当场赋诗一首：

“革命红旗飘井冈，历史会师军威壮。光荣传统须牢记，人民军队忠于党。”

与此形成对比的，是所谓“主流经济学家”们的销声匿迹。“厉股份”（厉以宁）已沉默多年，往年在“两会”上出语惊人的“吴市场”（吴敬琏）也突然没有了踪影。你打着灯笼，在“两会”期间的报道里也找不到他们脸上的风霜和口中的珠玑，更不用说胸前的勋章，但很容易发现的却是近两年来几乎把他们淹没的唾沫，咒骂者的唾沫。

不信请看新华网2007年11月13日转贴的《小康》杂志里的一篇文章：《从吴敬琏、张维迎到茅于轼，经济学家为何总挨骂》，文章说：“我们看到，从吴敬琏、周其仁、张维迎、樊纲，直到今天身体力行地为穷人办事却说要为富人说话的茅于轼……经济学家挨骂的名单上，在不断添加一串串新的内容。”

他们为什么挨骂？文章提供的解释是：

“市场化改革走到今日，贫富差距扩大、腐败、社会不公等越来越多的问题暴露出来。在此关键阶段，任何为弱势群体说话的主张，总会因其道德的无比正确性而得到民众喝彩。

“但这些经济学家似乎并不愿意这样做，他们尝试坚持以理性思考的面貌一再为富人的正当性辩护。也正因此，在‘民意’与‘市场化’的理想间艰难探索的经济学家，就承担了最多的压力和责难。”

结果就是，革命后代像春花那样走红，因为他们的亮相，能够抚慰怀念革命时代平等的“民意”；改革先驱和股市一样发绿，因为他们不仅造成了，而且还在维护扩大再生产不平等的市场。

“乌有之乡”网站最近还在热评马宾的一本新书《纪念毛泽东》。一篇题为“马老提出的两个重要问题”的署名文章2008年3月21日上传，截至25日上午，已被点击近3000次。文章所说的两个重要问题是什么？当然不是改革和开放，而是“在批判党内资产阶级的同时，主要阐述了两个重要的理论问题，一个就是强调以阶级斗争为纲，第二就是强调搞群众运动”。以我观察，在改革开放30周年之际，我们的舆论氛围似乎感染了某种病毒，出现了某种类似流感的症状。

### 民粹主义：病毒性精神流感

病毒的名字叫“社会不公”，“流感”的名字叫“民粹主义”。这是一种近代以来几乎在所有国家大规模流行过的病毒性精神流感。病毒的变异性和传染性强，流行面广，易于复发，而且不可能彻底治愈。只要世界上存在着风寒，就会有身体上的流感；只要世界上存在着不公，就会有精神上的流感——民粹主义。

差不多所有研究或阐述“民粹主义”的文献都同意，民粹主义是社会科学语汇中最没有精确定义的名词之一，它被用来指涉的政治现象既广且杂。学术界有关民粹的讨论甚多，但是把它当成一个独立学术概念来处理的却很少，主要原因是民粹主义呈现的样貌过于丰富，难以捉摸。

英国学者保罗·塔格特（Paul Taggart）在研究了世界范围内大量民粹主义案例和研究资料后得出结论：“民粹主义有一个基本的特性，即概念上的尴尬的不确定性。”

中国人民大学林红博士在其专著《民粹主义：概念、理论与实证》里承认：“即使已被研究、讨论了100多年，民粹主义至今仍是一个模糊的概念，除了一个大致认可的民粹主义名称之外，人们对它的理解或者缺乏清晰一致的理论框架，或者仅仅是一幅由俄国、美国、拉美等地的历史现象拼凑起来的非常破碎的画面。”

也就是说，民粹主义不是一个思想体系，不是一种价值表达，只是一种精神症状。它是社会不公发展到危机水平时，公开发作的社会不满甚至愤恨情绪，越处于社会底层的人，情绪越激烈。

英国著名政治哲学家以赛亚·伯林（Isaiah Berlin）把这种民粹主义情绪称为“灰姑娘情结”应该是贴切的：后妈的不公带来了她的不幸、痛苦和愤恨。在民粹主义者看来，所有高高在上的有权者、有产者和有智者都是“后妈”。对于这个或这些“后妈”，一个“灰姑娘”可能会忍受，千百个“灰姑娘”就可能发作。“灰姑娘情绪”一旦发作起来，就会变成“灰姑娘病毒”，爆发民粹主义病毒性精神流感，其典型症状有如下几种：

——发烧。这是民粹主义流感的典型症状，发烧容易发疯。从俄国到美国，从拉美到欧洲，发作中的民粹主义运动多多少少都带有某些疯狂性质，有的达到了宗教狂热。俄国民粹主义研究者乌拉姆（Ulam）将“到人民中去”比作一次朝圣，加拿大民粹主义者阿尔哈特把“社会信用”运动当作“十字军运动”来发动。至于民粹主义在美国演变为三K党，在俄罗斯演变为对沙皇的暗杀活动，在当代西班牙和意大利等地演变为焚烧华人商店，则已经是疯狂的恐怖活动了。

——恐高。民粹主义者的“恐高症”有自己的特征：他到不了高处，或者害怕在高处，不埋怨自己，却埋怨世界上为什么有比自己“高”的位置，以及所有在“高”处的东西。有些才情的民粹主义者可能会想到苏轼那几句词：“我欲乘风归去，又恐琼楼玉宇，高处不胜寒。”

在道德化的民粹分子看来，高的东西都不道德，道德只和自己在一起。道德有时像金砂，沉在底层；有时像空气，越高越稀薄。因此，民粹主义有三个表亲和一个孩子：大表哥是空想社会主义，因为它反对所有上层资本精英；二表哥是无政府主义，因为它反对所有上层权力精英；表弟是反智主义，因为它反对所有上层知识精英；当这三者在非宪政民主条件下，与一个赫尔岑式的父亲结婚，生下的孩子通常是暴君。

——自恋。学者杨鹏有一次到“乌有之乡”网站举办一个论坛演讲，听众是三四十个小青年。由于话不投机，他讲一句，底下有人反驳十句，演讲很难进行下去。杨鹏于是问：

“在座的结了婚的请举手！”

无人举手。

“那么——有女朋友的请举手！”

稀稀拉拉地举起了两三只手。

“原来如此，我今天的演讲到此结束，等你们找到女朋友时我再来讲。”

年轻人并非都是愤青，但一个没有结婚，甚至连女朋友也没有的青年人成为愤青的几率非常大，而愤青往往又容易成为民粹主义的后备军。这是因为：第一，缺乏责任感；第二，自恋。这正是所有民粹主义者所具有的基本特征。

政治运动中的民粹主义模式是：领袖+人民。领袖当然是个别自觉的民粹主义者。

“到人民中间去！”表面看是朝圣，实际上是把人民当作群氓，要自己去启蒙、发动，自己才是政治圣徒。

“在人民中间生根开花！”把自己当作种子，人民当作土地，土地不过是让自己开花的工具。

20世纪30年代的加拿大民粹主义者阿伯哈特自恋到这种程度，他在广播中宣称，“火星人”来探访加拿大艾伯塔省，受到了他的思想启迪。

自恋的民粹主义者与自恋的水仙花不一样，水仙花自恋是孤芳自赏，民粹主义者自恋是要做人民的领袖。这正是民粹主义者自己无法克服的“自恋悖论”：它不承认有任何高于人民的东西，除了他自己。他到人民中间去，绝不是要像一滴水那样，消失在人民的汪洋大海之中；而是要像车轴一样，成为人民辐辏的核心。当民粹主义的表弟——以反智主义者自许的薛涌自我标榜说，他的博客访问量达到1300万时，他自己知道，他就是那1300万网民的肚脐眼，因此他自称“民间意见领袖”。

——好斗。民粹主义的思维方式是极端的，心理特征是敌对的，因此，情绪化和非理性，是它的一般精神状态，表现在行为上，是好斗。由于国家制度和现代化程度的差异，不同国家的民粹主义在好斗性上也有差异，有的动手动脚动刀动枪，有的只动嘴。但同一个国家的同一个时期，在各政治思想派别中，民粹主义者无疑是最好斗者之一。在中国当下，感染了民粹主义病毒的网民，可以称得上是“网络红卫兵”，他们见到不同意见，就辱骂、恐吓，甚至骚扰，有的还登门围攻。

有网友在2月17日上传的一篇题为“从理论到理论——关于茅于轼同意高校涨价”的博客里写道：“我在新浪博客搜索茅于轼，跳出来的第一条是‘茅于轼是狗的BLOG’，第二条是‘日茅于轼的BLOG’，第三条才是他本人的BLOG。再看他博客上的跟帖，是铺天盖地的质疑和谩骂。”

民粹主义病毒性精神流感还有许多其他症状，比如多动，善变，梦呓，起哄，等等，因篇幅所限，不再饶舌。

### 中国“新民粹主义”联盟

有充分证据表明，中国当下的思想界和舆论界相当严重地感染了民粹主义的病毒性精神流感。这种流感的一个重要特征，就是经过变异和交叉感染，上世纪初在中国流行的俄国来源的旧民粹主义，已经与其他来源的民粹主义联盟结为一种“新民粹主义”。民粹主义的主要神通之一，就是像变色龙一样，善于随环境的变化而改变颜色。

根据胡伟希的研究，五四运动前后到20世纪30年代，中国曾经流行过三种形态的民粹主义：国粹派民粹主义、无政府民粹主义、“乡建派”民粹主义。此外，还有一种形态的民粹主义，那就是中国共产党党内的左派民粹主义。著名党史专家胡绳于1998年和1999年先后发表《社会主义和资本主义的关系：世纪之交的回顾和前瞻》以及《毛泽东的新民主主义论再评价》两篇文章，认为社会主义改造时期，毛泽东实际上放弃了新民主主义理论，重新捡起了曾经被他丢掉的民粹主义，想从人民公社直接进入共产主义。

这四种形态的民粹主义，我称之为中国的“旧民粹主义”，俄国民粹主义是它的父亲，美国民粹主义顶多是个还没有串过门的远方亲戚。四派旧民粹主义的共同之处，是把人类解放的希望首先寄托在农村和农民身上，这也是俄国民粹派的遗传基因。这个基因有三个核心元素：目标是社会主义，天然的社会主义者是本土农民，道路是绕过资本主义。不同的是，国粹派和乡建派是保守和怀旧的，无政府派和党内左派是激进与革命的。

有趣的是，革命时期的党内左派民粹主义一再失败；建设时期的党内左派民粹主义却一度成功，成功的标志就是“大跃进”、“共产风”和“文化大革命”。但是一种极端思潮的成功常常导致一个国家的失败，改革前的中国就是这样。改革开放，无疑是对党内旧的左派民粹主义的否定，但伴随着改革进程的深入，一个新的民粹主义联盟，正跃跃欲试，浮出水面。

——市场经济导向、退休制和一部分人先富起来，让适应了“大锅饭”、“平均主义”和领导职务终身制的人产生了对旧体制和其缔造者的怀旧情绪，这使得党内传统左派民粹主义仍然有市场。《中流》、《阵地》、《真理的追求》、《当代思潮》等，就是这个市场上的几个摊位。有的摊位因为所卖商品的质量问题被市场管理部门关闭，摊主们郁闷之余欣喜地发现了网络市场，于是“毛泽东旗帜”、“乌有之乡”、“左岸会馆”、“共产主义论坛”网站等应运而生。

——社会转型带来的都市化趋势和乡村解体，让某些人产生了对传统乡村的怀念，华中科技大学中国乡村治理研究中心+《三农中国》+贺雪峰等人……大概可以被看作是以新面貌复活了的梁漱溟乡村建设派民粹主义。

——中国迟来的工业化和现代化所带来的环境污染、生态破坏、社会犯罪和道德滑坡，与西方发达国家已经步入的“后现代化”所造成的强烈对比，让那些用心，而不是用脑子写作的文学家、评论家良心不安，“底层”和“现代性”问题成了他们关注的焦点，于是以《天涯》、《读书》（汪晖执梓期间）和《上海文学》为核心，形成了一个松散的反现代性民粹主义派别，核心成员包括汪晖、旷新年、韩毓海等。

——恢复高考，尊重知识，干部知识化，出现了高学历、高官位和高收入三位一体，受教育程度低的个人自感处于无力改变自己命运的地位，这种社会心理需求被远在美国的学者薛涌洞悉到了，国内媒体丰富的工作经验告诉他，在高官、高权和高智中，最安全的是反智，于是中国民粹主义的一个支部——反智型民粹主义就在美国挂牌开张了。

——国门洞开，由于中国的落后，让西方瞧不起，一部分人崇洋，一部分人仇洋；由于中国的崛起，受西方大国限制，一部分人自卑，一部分人自豪。这种对西方对祖国的爱恨交织情绪，孳生出了一个阵容相当可观的民粹主义派别——民族民粹主义，它广泛存在于文化、政治、军事和国际政治领域中。在文化上，有"传统文化"派，主张"文化民族主义"；在政治上，有主张"政治儒学"的，有主张"天下主义"的，有反对西方民主的；军事上有《超限战》和《大国策》的作者；国际政治上最著名的大概就是张文木了。

让人惊奇的是，这五派新民粹主义者比中国的其他思想流派要内聚得多，他们知道自己在一定程度上分享着一个统一立场："六反三仇三热爱"。具体地说，"六反"是反现代性、反改革、反西方、反市场、反自由、反智，"三仇"是仇富、仇资、仇官，"三热爱"是爱毛、爱苏（包括今天的俄国）、爱"文革"。我不是说，中国所有的新民粹主义者都同意这个立场中的每个主张，而是说，即使他们中的某些人对其中的某个主张不同意，也会同情。这个思潮联盟可以直观地在"乌有之乡"网站链接的"学者个人网站"上看到，我上面提到的大部分学者，在那里都可以找到。

有趣的是，中国历史上的旧民粹主义是新的，因为它的主要派别向前看；而中国当下的新民粹主义是旧的，因为它的眼睛向后看，怀旧，是他们共同分享的情绪。

**春药还是炸药：民粹主义的三种政治形态**

民粹主义作为被侮辱被损害的个别人对社会不公，以及对其他社会弊端的内心感受，只是隐藏在"灰姑娘"或"窦娥"心里的冤屈；而一旦作为群体意识被动员起来，发展为一种运动，就会变成一种政治工具，这种工具的用途就像菜刀的用途一样广泛，可以用来切菜，协助烹饪美味，也可以用来杀人，成为罪犯的帮凶。关于这层意思，没有比英国学者保罗·塔格特说得更透彻的了：

"民粹主义已成为进步的工具，但也是保守的工具；是民主主义的工具，也是独裁者的工具；是左派政党的工具，也是右翼势力的工具。"

他没有说明的是，决定民粹主义成为什么工具的，不仅是运用它的政治领袖的个人气质和魅力类型，还有不同的社会政治结构和危机水平。一般来讲，有三种政治形态的民粹主义：选举与修补的民粹主义、操纵与改良的民粹主义，以及革命与暴力的民粹主义。

显然，成熟的宪政民主条件下的民粹主义只能是选举与修补的民粹主义。

这种民粹主义在现有的代议制民主的框架下运作，影响的至多是政党兴替，领导人更迭，以及政策性修补，不会对现有的政治经济体制造成结构性变革。

美国19世纪晚期人民党的民粹主义，20世纪30年代末的休伊·朗，60年代的乔治·华莱士，以及90年代罗斯·佩罗的民粹主义，都被当作选举的一种策略在加以运用，它对平民利益和直接参与是一种促进，对美国所谓的“强势民主”是一种推动。20世纪30年代加拿大的“社会信用党”民粹主义也是这样。

从20世纪70—80年代开始，在西欧先后兴起左、右翼新民粹主义，它所能做的，也只是在政党政治和选举政治的拳击台上增加几个新的拳击手，以及几种新的拳击技法，或者给“克里斯马”式的领袖人物提供让其兴奋的春药而已。

依附性的市场经济和外表的民主政治下的拉丁美洲，其民粹主义则发展出另外一种形态，我称之为“操纵与改良的民粹主义”。这种形态的民粹主义，在政治类型上，是被“人民民主”的外衣包装起来的独裁统治；但在经济上，则是改良主义的，比如，追求民族经济独立，打破半封建的社会经济结构，促进社会公正目标，等等。一般认为，阿根廷的庇隆主义，是这种民粹主义的典型形态，它是经济上的劳工福利主义，政治上的独裁主义。

19世纪末20世纪初的中国和俄国，则既没有像样的市场经济，也谈不上外表的民主政治，老大帝国的臣民，突然发现自己的国家被西方列强欺负，自己被暴君、地主老财和资本家欺负，而且无处上诉，只有造反。想以最短的时间超越西方资本主义国家，提前进入人间天堂，就是那个时代中、俄两国民粹主义者的梦想。这种民粹主义，自然是革命与暴力的民粹主义。

这就是说，市场经济越不发达，民主政治越不完善的国家，民粹主义越可能不是春药，而是炸药，炸药一旦爆炸，不是炸出暴君，就是炸出暴乱。美国的民粹主义可能是感冒后的一个喷嚏，但对于依然处于政治经济二元结构的中国，民粹主义一旦爆发为运动，就不仅仅是洪灾、非典或者雪灾……

### 未雨绸缪：加快公平主导型改革

民粹主义作为一种群体性精神流感，虽然诱发它的因素很多，但受感染的主要病毒是“社会不公”，传播它的主要机制是“社会危机”。感冒虽然不好，但感染了病毒却不会发烧，更不好。从某种意义上说，民粹主义思潮是一种社会意识方面的预警信号，它表明，社会在政治权利和经济利益分配方面的不公已经接近危机水平，如果不能及时加以调整，逐步深化的危机可能变成深渊。

前25年的中国改革基本上是“效率主导型改革”，这是因为旧体制只要平等不要效率，以至于国民的温饱都成了问题。要前行，你总要迈一条腿，过去迈的是平等那条腿，死活不迈效率这条腿，结果是僵在那儿，像田埂边叉腿站立、守护着“社会主义苗”的稻草人，不吃东西，只喝北风。

改革从提高效率开始，用邓小平的话说：“让一部分人先富起来。”这当然没有错，社会财富像被打开闸门的泉水一样涌流出来：从1978年到2005年，中国的GDP总量增长了10.9倍，人均GDP增长了10.1倍。2006年，中国国民生产总值为26792亿美元，超过英国居世界第四位。

但是，一个正常发展的社会，不仅是一个高效的丰裕社会，也应该是一个和谐的公正社会。无论我们对公正下什么样的定义，某种意义上的平等必定是任何正义或公正定义中必须包含的核心内容。暂且不说“什么是公正”，但至少可以说“什么是不公正”：贫者愈贫，富者愈富肯定是不公正。

毋庸讳言，效率主导型的市场化改革，既没有保障社会财富的公平分配，也没有保障公民权利的公平分配。尤其是利用手中的权力侵吞国有资产的行为，引起社会舆论的极大反感，有人把这种状况称作“权贵资本主义”，虽然有点愤世嫉俗，但也在一定程度上描绘出情况的严重性。正是这种情况，成为培育中国当前各种民粹主义的肥沃土壤。

虽然中共十六大以来，决策层高度重视对弱势群体的救助，甚至免除了自古以来天经地义的农业税，但是，离深度解决这个问题还有距离。这是因为：

第一，权力支配下运行的市场仍然每天在生产出腐败和不公平。市场像只胃，你吃进去什么，它就消化什么。产权交易是市场行为，但一种性质的产权转变为另一种性质的产权就不是一个纯粹的市场行为了，更可能是市场行为之外的分配行为。被称为“国有资产”的东西，理论上说，国家的每个公民都享有对它的平等支配权，但事实上，对它的支配权却掌握在主管政府部门的主要负责人手里，他有权决定以怎样的价格转让给什么人。在这种情况下，它既可能以最合理的价格转让给最会利用资产的人，也可能以象征性的价格转让给那个使主管官员受益最多的人，这就是所谓“黑箱分配”。

第二，我国目前的政治体制也解决不了这个问题。公民要对国有产权享有平等的支配权，首先要对政府权力享有平等的支配权，因为公民是通过政府去支配国有资产的。

要解决这两个问题，必须加快“公平主导型改革”。所谓“公平主导型改革”，有两个方面的含义：首先，要对政治权利和经济利益进行公正分配；其次，权利平等优先于利益平等。

这不是指对利益分配不平等的政策进行矫正，而是指对权利分配不平等的体制进行矫正。权利公平分配是一个社会的首要正义，有了它，可能没有利益平等，但至少有一半的机会平等；没有它，则肯定没有利益平等，也没有机会平等。

权利平等是一项正义原则，也是一项政治体制安排原则。这个原则在制度上的最根本体现就是美国政治学家罗伯特·达尔所指出的："必须在实际上确保每一个成年公民都拥有投票权。"这实际上说的就是所谓"民主"。民主最简单的定义就是确保每个成年公民都有投票权。那么，如何"确保"？当然是通过以权力制衡为核心的宪政制度来确保。从理论上讲，权利平等与宪政民主互为条件；从操作上讲，有了宪政民主的体制安排才会有真正的权利平等。从这个意义上也可以说，没有民主就没有公平。因此，公平主导型的改革，也就是民主化改革。

民主化不仅能够在制度上促进社会公正，减少社会患民粹主义流感的可能性，即使患了，也顶多发几天高烧，打几个喷嚏，而不至于演变为革命与暴力。

（2008年4月2日《中国青年报》）

# 不畏浮云遮望眼

## ——写在北京奥运会倒计时100天

皇甫平

### 圣火灼痛两个民族两种文化

4月30日，北京奥运会倒计时100天。

从3月30日在希腊举行奥运火炬交接仪式以来，这一个月过得很不平静。火炬从伦敦、巴黎、旧金山，传到新德里、堪培拉、长野、首尔，既受到当地居民和海外华侨、留学生的热烈欢迎，同时也引起一些不满于中国政府处理西藏问题手法的人的夹道抗议。为保证火炬的顺利传递，各国警方不得不采取线路保密、临时改道、缩短路程、暂时熄灭火炬、逮捕抗议人士等措施。一路上，支持北京奥运会的海外华侨、留学生与支持西藏“独立”的人士频频发生冲突。象征和平、团结的奥运圣火，想不到竟如此灼痛了中国汉藏两个民族、中西方两种文化。

办奥运会，是中国人近百年的企盼。当它终于要在中国首都隆重举办的时候，忽然让我们遭遇如此尴尬。在我们两次饱蘸激情申奥时，曾经以为奥运会是在自家庭院里搭台唱戏，向全世界展示民族崛起、太平盛世的舞台；却没有考虑到，奥运会也像一架天文望远镜，把主办国种种不尽如人意的瑕疵聚焦和高倍放大。我们在潜意识中，期待全世界通过北京奥运会惊叹于中国现代化建设的成就，让全世界华人扬眉吐气。但我们未能清醒地意识到，世界各国人民、大众传媒、NGO（非政府组织），包括某些别有怀抱的政治势力也会借助奥运会，对我们国家的治理方式、处事习惯议论纷纷，并且期待我国在举办奥运会过程中民主、人权、法治会有明显变化。

中外两种不同趋向的期盼相互碰撞，期然不期然地借奥运圣火的传递，引爆了上述的尴尬局面。奥运会的机遇和挑战原本就是一枚硬币的正反面。

## 奥运代表中国融入世界的渴望

北京举办奥运会、上海举办世博会、中国加入WTO、对外开放、参加联合国维和部队等等，都反映了中国人民融入世界文明主流的真诚渴望，是中国政府对国际社会的郑重承诺。没必要、更不能因为外部的打压和内部的疑虑，而改变我们前进的方向。

在改革起步时，邓小平出访日本、美国，推动中国这个大国走出毛泽东时代的闭关锁国。在日本，邓小平在参观新干线和产量是中国长春一汽99倍的日产汽车公司时，感慨地说："我懂得了什么是现代化。"在美国休斯敦，邓小平观看套马比赛，从骑士手中接过牛仔帽，戴在头上。一个共产党国家的领袖欣然接受美国文化的标志物，那一刻被媒体定格，成为中国打开国门的象征。

在冷战结束、世界多极化的时代，尽管还存在冷战思维残余的干扰，中国人依然不失时机地推进对外开放的制度化。

中共第三代领导人江泽民在离开政坛前夕，应邀与美国小布什总统在得州克劳福德农场散步、荡舟，为中美之间建立战略合作伙伴关系奠定了基础。

在中国加入WTO的努力遭遇西方敌意和国内疑虑夹击的历史关口，朱镕基不畏骂名出访美国，而后在北京亲自出马与美国人谈判最后七个棘手问题。据中国首席谈判代表龙永图回忆，当美国人抛出前三个问题时，朱镕基都只有一个回答："我同意。"龙永图着急了，不断递来条子。没想到朱镕基一拍桌子说："龙永图，你不要再递条子了。"进入到第四个问题时，朱镕基说："后面四个问题你们让步吧，如果你们让步我们就签字。"美国人紧张地商量了五分钟后，同意了中方意见。中国加入WTO的最大障碍一举排除了。

分管外贸的前副总理吴仪，积极推动中国经济与世界经济一体化，处理中外贸易争端有理有节。在中美知识产权谈判中，美国人说"我们是在和小偷谈判"，吴仪立即反唇相讥："我是在和强盗谈判。请看你们博物馆里的展品，有多少是从中国抢来的。"美国贸易代表巴舍夫斯基女士赞扬吴仪是一位"极其坦率的国家利益的维护者"，美国财政部长保尔森在吴仪退休前夕称她为"中国人民的杰出代表"。吴仪则平淡地说："我是一个推销员，我推销的是我的祖国中国。"

中国没有自外于市场经济。从改革前公有制劳动者占社会劳动者总数的99.96%，到今天，非公经济，包括私有经济与港资、台资、外资，在中国已是三分天下有其二。中国也没有自外于高新技术，中国是世界上第二大互联网国家和第一大手机国家，网民2.21亿，手机用户5.39亿。在经济接轨、科技接轨的同时，中国在现代政治制度、社会管理、文化交流上也做出了巨大努力。中共公开宣示以依法治国、民主政治为目标，扩大公民政治参与、党内民主、反腐败、行政管理体制改革都在逐步前进。

从民众到政府，中国如此拥护和爱护北京奥运会，代表着一种在文化上站起来、与世界平等交流的热切期盼和诚挚努力。中国实行对外开放已经整整30年，中国人民在用实际行动结束黑格尔当年的一声叹息："中国是一切例外的例外，逻辑到了中国就行不通了。"对于中国人民来说，北京奥运会是一场伟大的际遇。借用20世纪80年代一部中国电视政论片的解说词：

太平洋那千古不息的蓝色波涛，一直在默默地召唤这个躺在大陆上的古老民族……

我们正在从混浊走向透明。

我们已经从封闭走向开放。

千年孤独之后的黄河，终于看到了蔚蓝色的大海。

### 西方文化霸权在中国民间引起反弹

令人遗憾的是，中国与世界文明对接的善意和诚恳，经常遭到深怀文化偏见的西方媒体、政府乃至相当一部分国民的误解。这些文化歧见、经济壁垒与政治傲慢、军事打击，很容易让中国年轻人联想起从鸦片战争开始积压在民族心头的百年屈辱。

就说此次在国际上引起轩然大波的西藏问题，它在历史上一度出现过的离心倾向，都与英帝国主义的挑拨离间有关。英军侵略过亚东、江孜，藏族军队保卫家园奋起反击。十三世达赖虽然有过投英反清、流亡印度的坎坷，但最后还是幡然醒悟，回到拉萨，重新归顺中央政府，坚定地拒绝了英国人炮制的"麦克马洪线"。在近现代中国的内忧外患中，藏族与汉族同胞一道浸泡在中华民族的苦难中，面对西方霸权，内心充满悲愤、屈辱和不平。藏民的英勇无畏，藏族领袖的深明大义，是中华民族凝聚力、战斗力的重要组成部分，让那些对中国的领土完整心怀不轨的政治势力却步三思。

在这一个月中，我们触目惊心地看到，对新中国成立59年的政治歧视，对中华民族自鸦片战争以来168年的文化轻视，对中国改革启动30年后和平崛起的排斥，依然存在。有的甚至呈现歇斯底里的症状。CNN主持人卡弗蒂称中国人为"暴徒和恶棍"、称中国出口商品为"垃圾"的言论，就是一例。

我对这些天来聚集在一些城市"家乐福"集会抗议的中国年轻人们表示理解，但对他们的抵制行为并不赞同。中国已经是WTO成员国，号召抵制外国商品和商家，不是一个聪明的举动。我们要警惕狭隘民族主义和民粹思想对年轻人的影响，政府也需要采取措施防止中国投资环境的滑坡。不过，我也要提请西方社会理解和尊重中国人民历史悲情的郁结，以及部分西方媒体在这次奥运火炬传递中对中国拙劣贬抑所引起的反弹。有作用力就必然有反作用力，这一点值得西方社会认真反思。

许多中国年轻人不能原谅西方一些媒体和NGO，因为它们对拉萨和其他藏族聚居区骚乱的事实真相，对汉藏之间丰富复杂的民族关系，做出了主观的剪裁和片面的解读。在拉萨“3·14”骚乱中，明明是汉人受到少数激进暴力藏人的打砸抢，他们却把藏人说成是大规模受害者；明明是中央政府抛金撒银支持西藏发展，引进内地人才，资助基础教育，普及现代科技，修建进藏铁路，种种努力虽有不尽完美之处，但统统被说成处心积虑毁灭西藏固有文化，这不是缺少起码的公平与公正吗？难道西方人希望我们的藏族永远生活在交通落后、信息闭塞、以狩猎和采集为生的社会，以一个民族的时光停滞为代价，才能满足西方人对雪山圣域的唯美欣赏？

许多中国年轻人不能原谅西方一些媒体和NGO，因为它们对中国人民和中国政府迎接奥运会的热情，也极尽讥讽。在奥运会的组织细节上，我们极尽地主之谊，虽然对国际惯例运用起来还有点生疏、笨拙，经常好心办傻事，但毕竟代表着中国人民与世界文明主动对接的尝试，其中包括与西方文化的对话。但我们的诚意与种种努力，却像奥运火炬传递一样遭遇一些西方人士的围追堵截，这不宽容，更属不智。

**我们也要警惕对外的不宽容**

在抗议西方文化霸权、抵御可能存在的政治图谋之时，我们也要反躬自问。奥运会与WTO一样，既帮助中国分享人类普世文明的红利，同时也体现国际社会对中国的要求，而非中国一己之意志。世界上没有免费搭载的国际体系便车。奥林匹克精神强调对文化差异的容忍和超越，大家以世界公民的胸怀，去认识和理解不同文化背景、不同价值观，学会在多元的环境下和谐相处。中西方之间的文化隔阂之墙，需要从中西方两面来拆。我们自身的做事方式，与国际社会的交往方式、表达方式，有什么需要改进的地方？

中国也曾有过对外的不宽容。1972年，应周恩来总理邀请，意大利导演安东尼奥尼来华拍摄纪录片《中国》。安东尼奥尼回避了“文革”中甚嚣尘上的政治说教，把镜头对准普通中国人的日常生活和精神状态，遭到严厉指责。《人民日报》奉命发表评论员文章《恶毒的用心，卑劣的手法》，给《中国》扣上“反华影片”的大帽子。直到江青垮台后，才在外交部一个文件中承认此事“强加于人，给外国人以不良影响”。中国文化部长访意时，特地登门向安东尼奥尼道歉。

对于率先睁眼看世界的自己人，中国近代史上也曾发生过令人痛心的误解和排斥。中国第一个外交官郭嵩焘，在担任驻英法公使期间，被满朝士大夫参劾为“汉奸贰臣”，著作《使西纪程》书版被毁，郭托病辞职后，回到家乡，家门口被乡绅糊上诋毁谩骂的大字报。

今天，我们在向西方坚定而强有力地表达中国的国家利益、民族尊严时，也需要保持和养成一种多元包容的文化心态。我们需要理性地表达自身立场，并慎重对待与己不同的声音。残疾人火炬手金晶在巴黎用身体保护圣火时，我们可以高声赞美她；当她反对抵制“家乐福”时，我们更不能反目成仇。我们有充分的正当性，向一部分西方媒体的失实报道和恶意评论提出严正抗议，但西方媒体对中国现实的“有色眼镜”、“刻板印象”还会长期存在，需要我们长期地沟通，包括做出解释、提出反批评，并坦然接受另一种文化的审视。在西方信奉资讯公开和言论自由的文化环境中，恶意和敌意的报道只是其中的一种声音，我们可以表达不满，但不能指望其彻底消失。

在多元的舆论环境中，新闻报道对各方意见的反映大体上还是均衡的。我们需要的，只是设法增加中国立场的感染力。新闻报道是一个动态的过程，由于资讯封闭和文化隔阂导致的报道失实，会在事态的持续发展、后续报道中得到补充和纠正。一个奥运会在即的国家，不宜因为某些失实和恶意报道，导致民众对外国主流媒体的大规模敌视。因为主流媒体的背后，可能是所在国相当一部分民意。民意与民意的分歧，只能靠对话来解决。

加剧中西方文化隔阂的一个重要因素，是中西方之间的资讯落差。我们要继续提高中国内部的资讯透明度，更要高度尊重中国人民的知情权。遇到突发事件、群体性事件，涉及民族关系、宗教问题，都要及时报道，坦诚透明，新闻公开，天不会塌下来。我们不能指望通过国内那一套行之有效的媒体管制达到期待的对外宣传效果，必须学会在多元化的声音中进行媒体公关，包括突发事件的危机公关。在拉萨“3·14”骚乱时唯一留在现场的英国《经济学人》杂志驻北京记者詹姆斯·迈尔斯发回的报道，恰恰证明了西藏自治区政府新闻发布的真实性——警方在骚乱现场相当克制。这说明外国记者并非都有政治偏见，更不都是敌对分子。

中国需要社会稳定，公权力需要适当的权威来维持社会秩序，但公权力完全可以而且必须放到阳光下运行。透明和开放是度过危机最好的方式。我很赞同国务院新闻办副主任蔡名照在拉萨骚乱后对路透社的表态：中国政府不会因外界的指责而动怒，也不会封锁运动员撰写的有负面评价内容的博客，希望奥运会成为全世界记者用不同的视角看中国的一个契机。

我们应当看得更清楚，成功举办奥运会除经济实力、体育实力外，很重要的是要有政治、文化、社会、人民素质等软实力。以为仅靠经济起飞、体育金牌就顾盼自雄、技压天下，那只是自我陶醉、自损形象。

## 处理民族宗教关系需要高度人文素养

西藏、新疆和台湾问题，涉及中国的核心利益，即国家主权、领土完整。这是一个大前提。在这个大前提下，还有很多具体问题，包括民族问题、宗教问题、社会问题、历史问题，需要具体问题具体分析。

渴望和平发展的中国人民，与少数“藏独”暴力分子当然是水火不相容的。这是民族大义、大是大非。但汉藏两个民族之间长期以来尚未完全消融的隔阂、误解、恩怨，并不都是大是大非问题。因此，需要耐心地沟通，寻求坦诚的共识。汉族作为政治、经济上长期占有领先地位的民族，尤其需要勇于承认其缺点和不足，特别是勇于反思历史上曾经给藏族带来的伤害。“大跃进”后三年大饥荒中，藏族同胞与汉族同胞一样饥肠辘辘，以前作为牛、马、驴饲料的油渣、麦糠也曾成为藏人哄抢的食物。在“文化大革命”的癫狂中，藏区聚居区寺庙曾受冲击，经文被烧毁，僧尼被迫还俗，一些地方藏民穷到连碗也买不起的地步。十世班禅愤然呈上七万言书给毛泽东，在那个黑白颠倒的年代却被囚于秦城监狱。

我们有充分的理由宣示，改革开放以来，胡耀邦对藏族同胞倾注了满腔真情，中央政府倾囊而出支持西藏建设。西藏财政每10元钱中就有9元来自中央财政的转移支付。2007年西藏人均GDP超过12000元，高于内地不少省市。西藏在全国较早实现了城乡免费义务教育、城镇居民医疗保险全覆盖，包括农牧民也能享受到每人每年100元的医疗补助，虽然这标准还相当低。中央政府不惜巨资，维修布达拉宫、罗布林卡与萨迦寺，组织了西藏九大佛教工程，还组织校勘出版藏文《大藏经》，抢救整理藏族英雄史诗《格萨尔王传》。这些都是汉藏两族同胞有目共睹的，不容任何人抹杀。

当然，我们也要认识到，对西藏输入富裕还不等于输入幸福。藏族是一个具有丰富精神生活的民族，对西藏的支持援助要“唯物”也要“唯心”。要充分关注藏民和藏传佛教的精神需求，一丝不苟地尊重藏族独有的文化风俗习惯，无微不至地爱护西藏的生态环境和人文环境，制止对草地的超载放牧，对森林资源的乱砍滥伐，对珍稀动物的滥捕滥杀。

对于达赖喇嘛，我们要坚定地重申反对“藏独”、反对暴力的政治原则立场，同时也要善于做精神文化层面的沟通和批评。达赖擅长把包含政治利益的诉求，包装成对某种精神文化纯洁性的捍卫。简单地贴上政治标签，甚至进行人格谩骂，斥为“披着袈裟的豺狼、人面兽心的恶魔”，并不能在政治上搞臭和打倒对方，反而在精神文化层面上给国际社会留下个回避交流对话的生硬粗鲁形象。

我们也要正视和承认在西藏经济发展过程中不可避免存在的某些社会问题，比如基层干群关系如何更融洽，内地经商户与本地藏人如何共同致富。我们需要更加灵活的社会管理体制和民族自治机制，避免社会问题政治化。睿智的领导者总是擅长把政治问题、意识形态问题分解、演化为一个个具体的社会问题，因势利导，各个击破，而不是相反，动辄把不同利益群体提出的不同的利益诉求扣上“别有用心”“政治阴谋”的大帽子，让这些诉求向政治化的问题聚拢和引爆。因此，处理西藏问题的有关部门领导一定要从传统政治的思维定势中解脱出来，以更实事求是的态度处理西藏独特的社会矛盾和民族宗教的问题。

汉藏两族有着共同推崇的历史人物，如孔子、关羽、包拯。在古代，汉藏之间和亲、修好、吊祭、会盟、封赠连绵不绝。拉萨大昭寺前的唐蕃会盟碑，汉藏以舅甥相称。唐代文成公主远嫁吐蕃国王松赞干布，解放初期解放军进驻拉萨，都从内地带来了先进的科学技术和文化成果。藏传佛教也在内地广泛播撒。北京的雍和宫、颐和园、白塔寺，青海的塔尔寺，内蒙古呼和浩特的昭庙，山西的五台山，杭州的灵隐寺，都渗透着藏族风格的建筑、雕塑和壁画。西藏土地改革极大地提高了农牧民的社会地位，汉藏关系的社会基本面没有根本变化，对汉藏民族和谐要有充分的信心。

我赞同凤凰卫视时事评论员的见解：中央政府管理少数民族和宗教事务的官员需要具备高度的民族学、人类学素养，能走进藏人的内心世界，对藏族文化熟悉到痴迷的程度。乾隆皇帝为了接待六世班禅，以帝王之尊恶补藏语。我建议，政府的自身定位不妨站得更高一些，既要做社会秩序的维护者，还可以更多地扮演调和鼎鼐的社会仲裁人角色，做中国大家庭内汉藏两个伟大民族之间隔阂、误会、冲突的仲裁人，同时也不妨做藏族内部精神领袖达赖与激进暴力分子（如“藏青会”）之间的仲裁人。在此，我想起康熙皇帝的一段箴言：“帝王治天下，自由有本原，不专恃险阻。守边之道，惟在修德安民。民心悦则邦本得，而边境自固，所谓众志成城是也。”这是对历史治藏经验的深刻总结！

## 以平常心面对世界

西藏地处黄河流域、两河流域、印度河流域三大古文明之间，雅鲁藏布江是欧亚板块与印度板块碰撞形成的裂缝。世界屋脊青藏高原，海拔比泰山高出三倍的雅鲁藏布江，不应成为不同文明之间的阻隔。

中国驻英国大使傅莹在《星期日电讯报》发表的文章说得好："中国融入世界不是凭着一颗诚心就可以的，挡在中国与世界之间的这堵墙太厚重了。""我担心中国人民与西方人士相互之间的观感，将迅速走向对立。"火炬传递只是奥运会的前奏曲，下一个焦点将转到北京。奥运会期间，各国运动员、裁判员、游客、NGO和政府首脑来到北京，必然带来一些不同的价值观和社会评判视角。北京奥组委一再发出呼吁，不要把奥运会政治化，希望北京奥运能够避开西藏、人权等问题的困扰。但我们也无法要求所有来北京的外国人都只为体育而来，更无法要求他们与我们一样观察评判问题。我们将如何对待与自己的立场不一致的声音？这对我们融入全球化是一个考验。

显然，政府要尽快从全能政府的角色中摆脱出来，面对国际社会，不能要求所有发言主体都从同一个视角、同一个立场发言。中央政府关注国家统一、社会秩序；北京市政府关注北京的安全、交通、反恐；北京奥组委关注奥运的正常进行、不受干扰。

与此同时，不妨鼓励市场化媒体、NGO、网络"意见领袖"和广大网民都成为发言主体，鼓励他们对西藏问题和北京奥运会发表独立的报道和评论，可以发出与政府立场不完全一致的声音。近年来，在厦门PX事件中，在南方雪灾中，网络公民记者自发到现场踏访拍摄，发回第一手报道，弥补了正式媒体报道不足的缺憾。这次拉萨骚乱，如果允许和鼓励拉萨居民、受害者、旅游者在互联网上讲述自己的见闻和感受，对于让全世界了解骚乱真相和中国人的心声，肯定是利大于弊。至于西藏经济和人权的改善，民族政策的进步，西藏现代化过程中对文化特性的影响，汉藏之间的误解、敌意及其化解，由非官方机构和人士来评论效果肯定更好。资讯透明度和舆论多元化，是四两拨千斤、消解敌意的一个好办法。

记得中西方关系同样很不平静的1999年，从5月我驻南斯拉夫使馆被炸，到12月签署WTO中美双边协议，用了半年多的时间扭转危局。从西方火炬接力风波，到北京奥运开幕还剩下100天时间，时间更为紧迫！令人欣慰的是，中外有识之士已在各自努力，为即将到来的盛会冲淡乖戾、营造和谐。

从圣火风波的漩涡巴黎，法国参议院议长克里斯蒂安·蓬斯莱4月21日飞抵上海，飞机一落地就去探望了在巴黎遭遇示威者袭击的残疾人火炬手金晶。议长给这个上海姑娘捎来一封法国总统萨科奇的慰问信，信中对金晶在巴黎受到"不能容忍的袭击""表示不安"，声明此事"不能反映法国人民对中国人民的感情"，"中国人民对此感到受伤是可以理解的"。在向来感情冲动的法国，政治家开始冷静下来，考虑如何缓和来自中国的愤怒情绪。

中国国家副主席习近平近日会见美国全国广播公司（NBC）奥运部主席迪克·埃伯索尔一行。在中国媒体和民众严词抨击CNN，质疑西方主流媒体对拉萨骚乱报道严重失实和敌视中国时，国家副主席出面对NBC的奥运报道表示"感谢"，并希望各媒体集团"共同努力"，使奥运会转播工作圆满进行。这是一个不同寻常的表态。我们必须主动找到与国际媒体交流的办法，鼓励客观公正的报道，降低相互妖魔化的敌意。

中国政府通过新华社发布消息，近日准备与达赖的私人代表进行接触磋商。社会运动理论中的经典说法是，争取温和派，把激进派晾在一边。美国对法塔赫和哈马斯就是这样的策略，值得我们借鉴。我们可以敦促达赖喇嘛发挥自己的影响力，约束藏族激进分子的暴力行为，多做对包括西藏在内的中国和平发展有益的事情。

实际上，中国政府长期以来为营造与奥运会相适宜的开放环境，做出了巨大努力。尊重奥林匹克惯例，中国政府从2007年1月1日起，放宽外国记者在华采访限制，到外地采访不再需要专门申请，"只需征得被采访单位和个人的同意。"一些过去登录不便的网站，从维基词典、美国之音到花花公子，现在都可以点击浏览了。在涉奥场所，可以销售境外报纸、期刊。中国文化部还向全世界遍撒"文化请柬"，邀请80多个国家的260多台优秀剧（节）目和近160项艺术展览，在奥运会开幕前来北京献艺。

中国正在和平崛起。中国已经出口家用电器、皮鞋、纺织品，中国还要争取"出口"思想、价值观，"出口"生活方式、处事态度和从容淡定的大国风范。奥运精神是人类普世文明价值的一部分，与多元表达的人权意识本质上是一致的。北京奥运会开幕前后可能出现的某些杂音，本身也是奥运文化氛围的一部分。不宜表现出奥运在手、神圣不可侵犯的心态，动辄指责别人违背奥运精神。要避免轻率地指责人家"反奥运"。

奥运需要主办城市、主办国的政府与国民表现出成熟的文明心态，依照理性、法制的原则，对待反对意见，营造开放和谐的舆论环境，做国际社会中值得尊敬的一员。借用海峡彼岸的一句口号："从感恩出发，从谦卑做起。"以这种态度化解社会不和谐因素，包括贫富之间、城乡之间、民族之间的差距、隔阂、误解和历史的恩怨。我们在举办奥运会的过程中，肯定存在这样和那样的缺陷和不足，但是，正如温家宝总理今年在全国"两会"记者招待会上恳切陈词："中国人想把奥运会办好这颗心是真诚的。我相信13亿人民微笑着面对世界，全世界人民也会微笑着对待中国。"

科学昌明、经济全球化的2008年，不会有中世纪的十字军东征，更不会有清朝末年的义和团和八国联军之乱。北京奥运把一颗真心放在全中国人民和全世界人民的手心，希望我们这个星球传布理解、尊重和博爱的传奇，因为北京奥运的口号是："同一个世界，同一个梦想！"

（2008年4月30日财经网）

# 1968，反思法国“五月革命”

熊培云

1968年5月，一场波澜壮阔的社会运动吞噬法国。它不仅在极短时间内席卷了法国的各所大学，而且迅速扩大到工人阶级，引发了全国性大罢工，并最终导致国会改选、总理下台。而这一切，事先似乎毫无征兆。政治观察家们认为不可能在西方国家出现的“古典意义上的革命”，在不可能的情况下爆发了，而且这一次又是在巴黎。

一群在战后成长起来的年轻人，起来反抗一个欣欣向荣的社会。这是人们关于“五月革命”的粗略印象。至于这场“革命”有何意义，那个5月到底发生了什么，40年来，即使是当年亲历其中的“六八分子”，也是众说纷纭、莫衷一是。针对这场“革命”的批评与记忆，都在一定程度上出现了断裂。

## 一场丰衣足食的反叛

上世纪60年代中期的法国，正处于战后重建的“光辉三十年（Les trente glorieuses，1945—1975）”的中途。20世纪50年代欧洲经济共同体削减关税，扩大市场，法国成为世界第四大出口国，进入了空前的繁荣。货币坚挺，经济年增长率保持在5%上下。国家结束了殖民战争，并且扭转了工业化和城市化落后的局面，农村人口向城市外流已接近完成。

然而，在“经济繁荣、政治安定”的表象之下，法国同样面临着一场“物质上升，信仰下降”的危机，仿佛社会在懵懵懂懂的富裕中丢失了理想。与此同时，马尔罗、加缪、萨特、福柯等人的思想，戈达尔的电影叙事等等焕发张力，一切有关人的意义的询问也为这场社会运动打下了“造反”的底色。简而言之，1945年戛然而止的灾难与现在的丰衣足食形成了一个鲜明对比，当有关人类命运的伟大叙事渐渐让位于日常生活的柴米油盐时，这一代法国人对目前的庸碌生活表现出了一种非同寻常的不安。关于这一点，在“五月革命”即将发生前的一个月，戴高乐甚至也在不同场合这样吐露心声：“如今再没有什么事要对付了，也再没有什么英雄业绩可创造了，我反倒觉得没劲。”

不可否认，法兰西有着举世无双的创造力。在很多方面，如科学发明，人道主义、自由、平等人权观念，法国当之无愧是人类的进步之源。不过，尽管法国历史上发生了许多革命，但是“不自由，毋宁死”并不足以概括法国人的特性。在我看来，更准确的概括当是“不创造，毋宁死”。正因为如此，法国在任何时候都会表现出一种特立独行的行事风格，安于锦衣玉食、随大流显然不是法国人的性格。乌托邦在这片六角形的土地上永远不会褪去油彩，当有关生命与生活的意义探寻开始发酵时，一个响亮的口号立即开始流行——“要么现在死，要么永远不死。”

历史将这一任务交给了大学生。这是一群出生于1944年到1950年之间，从未经历过饥饿与贫困，未体验过“战斗到一无所有”的人。然而，充沛的精力、不可一世的理想主义，以及不断穿梭于家庭、社会与学校等种种束缚之中的他们，却有着超乎寻常的敏锐。

处于一片安定繁荣之中的60年代，来自各阶层的孩子越来越被中学会考和上大学所吸引，加上战后法国人口快速增长，大学生人数从1958年的20万增加到1968年的50万。然而，大学教育却对生源膨胀装聋作哑，不思改革，以至于在学生眼里，大学变成了一种“只谈存在，不谈意义”的社会结构，一个“无用知识的自动发送机”和“毕业文凭制造厂”，这种填鸭式教育使他们患上了“知识不育症”。

如此危情，早在1964年哲学家保罗•里克尔就在《精神》杂志上发出警告：“如果国家不采取适当办法解决大学的发展问题，将会招来酿成全国性灾难的学校大爆炸。”而事实上学生们的确正在做这方面的准备——不能说眼下这个世界十足糟糕，有时它甚至是美好的，但是，为了一个更好的世界，一个有面包更有玫瑰的世界，法国需要一场运动。

### 社会运动与街头戏剧

1968年5月，学潮从南泰尔蔓延到索邦，愤怒的学生占领巴黎大学，导致警察干预，继而形成一种“反抗—镇压—反抗”式的循环升级。应该承认，对于这一事件，起初政府表现得有些过于自信，以至于人们讥讽它在风暴来临时更像是一个“聋哑政权”。它墨守成规，支支吾吾，既想平息事态又不想向“街头压力”让步，甚至异想天开通过抓捕几个捣乱分子实现对学生的分而治之。直到5月中旬，运动演变为一场全国性的危机，总罢工扩大到所有部门，到5月24日，法国已经陷入了瘫痪状态。戴高乐的讲话变成了国民的耳旁风，这下轮到反抗者装聋作哑了，一切理性的声音都被淹没在运动的节庆声中。

鹿桥在《未央歌》里将西南联大时的同学友爱描述为“像诗篇又像论文的日子”，几十年后的法国这场街头运动显然有了“诗歌驱逐论文”的意味。的确，似乎没有比这更美好的时刻。年轻人沉浸在“同仇敌忾”织起的团结、友爱中，在幻象之网里一起冲锋陷阵。面对牛气冲天的街头运动，许多起先彷徨的人也加入其中。就像那些经不起同伴热情忽悠的中国人，会在沪指6000多点时慨而且慷地杀进股市。1968年5月，许多法国年轻人相信，如果不去大街上走走，不去拉丁区的巷道里撬起几块铺路石，人生可能会因此黯淡无光——法国人不怕错过赚钱的机会，怕的是错过一个改天换地的时代。

“同学们，向前跑吧，旧世界就会被抛在脑后。”至于跑到哪去呢，人们并不清楚。四通八达的大街，被街垒分割成一个个舞台，也像是一架架巨大的跑步机。显然，在这里真正上演的更像是一场场革命的戏剧，它让每个人有机会相信自己会走上时代风口浪尖。如果说过去是平庸的一群，现在每个人都可以堪称“伟大”、“顶天立地”。雅克•本尼特在《红与黑的春天》里这样描摹：“从今以后，我们有节日可过，有创造奇迹的时间，有自由讲话的权利……人从新石器时代过渡到雅典式的民主，奴隶少了，但多了成千上万的广场！驱走了黑夜，战胜了权力，生活将会改变，将可以活得自由、平等、博爱、幸福了……”而且，相较于法国大革命时期罗伯斯庇尔“你不想自由，强迫你自由”相比，“五月风暴”似乎甚至有些清高与孤芳自赏：“如果一个人不想通过奋斗取得一样东西，那么你给他东西也没有任何意义。”“不要来解放我，我负责自己解放自己。”法国著名思想家雷蒙•阿隆在《费加罗报》上提出了自己的批评：“大学生和工人们将又一次对这些日子的罢工、节庆、游行、无休止的讨论和暴动留下美好的回忆，仿佛日常生活的烦恼、技术和官僚主义所造成的窒息感需要时不时地突然宣泄一下；似乎法国人只有在革命（或者假革命）的心理剧中才能使孤独感得到解脱。”

当然，事实也并非全然这么糟糕。不管怎样，这只是一群共和国的孩子。他们有热情，有责任心，希望通过自己的努力创造一个能协调法律和自由、劳动和平等的美好社会，一个真正享受博爱和无等级制度的美好社会，一个无僵化体制，既无监狱，也无精神病人的美好社会。

### “六八底线”

在法国过往的历史中，革命总是会让人想起那些滚动在巴黎街头的湿漉漉的人头。然而，今天人们知道，革命者的勇敢在于赴死而不在于杀戮，因剑得到的，必将因剑而失去。

尽管人们习惯于将发生于这一年的这场社会运动称为“五月风暴”或者“五月革命”，然而，今日法国，人们更倾向于用“Mai 68”（1968年5月）这一中性的时间刻度来标刻这段历史。的确，和以往的“风暴”或者“革命”相比，它已经脱胎换骨。其中一个最重要的表现，即是从政府到社会，无论是参与运动、反对运动者还是维护秩序者，都保持着一种心照不宣的默契。拒绝暴力和流血是“五月革命”的共同底线。在此意义上，我们可以说，如果法兰西要继承其“革命”传统，那么1968年5月可被视为法国革命的新起点。或者说，“六八底线”才是1968年5月运动留给世界的最珍贵的遗产。换一个角度说，这种表面激烈，实际平和的社会运动，也是一种“告别革命”的方式。

学生方面，作为学生运动领袖之一的科恩•本迪特对暴力并无偏爱，人们在他身上看到的是对雅典式民主的追求。对于零星出现的暴力事件，本迪特认为：“搞暴力并不是运动负责人决定的，而是大学生自发地选择了抵抗……我们没有任何责任。”“尽管一切有些过分，但毕竟还是恪守在民主的范畴内。”

“足够的行动，足够的词语。”这是“五月风暴”中的一道风景。“拥有你的爱，但不要放下枪杆子”，“最美的雕塑是铺路石的砂岩石，最具批判力的石块就是打在警察脸上的石块”，“铺路石下是海滩”等等，一切更像是一种浪漫抒情，一种随心所欲的创作。当一切云开日出、风平浪静，不难发现，那些标语口号中尽管充斥了对暴力的怂恿，但更多只是一种美学意义上的暴力宣泄。对于许多人来说，口号被发明出来，有关暴力的审美便已经完成。我曾说，没有嘴上起议，将有街上起义。发生在法国的这场运动，显然不是暴力革命或者带有暴力性质的街头起义，而是一场不折不扣的“街上起议”。

尽管政府一度严重错估形势，甚至认为法国已经走到了“内战的边缘”，尽管学生夸大其词，将警察描绘成挥舞棍棒的德国党卫军，但从整体上看，事情并没有那么糟糕。一方面，学生们没有异想天开地去攻打政府；另一方面，政府同样心知肚明的是：巴黎大学被占领以及割据四方的街垒只是一种反抗的象征，而不是一种军事手段。有数据表明，5—6月间，巴黎有2000多人受伤，其中200人受重伤，此外，还有5人死亡，但并不是警察开枪所致。革共青联的领袖感到奇怪的是，那些被创作者们画上“ＳＳ”（党卫军）标记的警察并不狰狞，他们乐于同学生们讨论，愿意理解。当然，背后的英雄是警察总署署长莫里斯•格里莫，一位有教养的人道主义者。从运动开始到结束，他尽其所能地避免流血悲剧的发生。所以，人们不仅看到他经常在拉丁区和示威者讨论，而且在警察开始变得粗暴、即将失控时，格里莫还亲自致函给每一位警察："打击一个倒地的示威者就是打击自己、打击警察的职业形象。"

如让•戈夫在《1968年5月，无奈的遗产》中所说："60年代末的历史形势是不同寻常的。昔日的血腥暴动，二次大战的恐怖，阿尔及利亚战争时期的镇压、残忍和屠杀都还停留在人们的脑海里，但国家毕竟进入了新时代。它结束了殖民战争；阶级斗争虽然尚未消失，但已不再是'你死我活'的殊死斗争。"

事实上，在这场运动中，法国社会一直保持着自己的理性。当有人不仅撬走铺路石，而且连根拔起拉丁区本来就为数不多的树木，并开始焚毁居民的汽车时，市民终于忍无可忍。风暴正在酝酿灾害，很快，媒体对学生的同情声浪明显减弱。《世界报》社长伯夫梅里批评说，"学生们虽然得到了慷慨的声援，但也会因盲目而自毁。不管正确与否，有哪届政府会容忍巴黎的街道布满街垒？"《图片报》则开始动员："我们没有权利让警察和他们的水枪独自承担这种大事。" 很快，"反对者的反对者"也开始走上街头，要求"把索邦打扫干净"、"法国要工作"、"共产主义行不通"。这些不甘心永远生活在"混乱诗歌"回声中的巴黎人，开始对法国的无政府状态说不。

### "索尔仁尼琴效应"

观点平衡世界，真相消退激烈。"五月风暴"退潮后的"后戏"，同样是我们回忆或者梳理这场社会运动不可或缺的一部分。

和世界许多地方一样，"五月风暴"发生时，巴黎沉浸在格瓦拉式的革命情调里。对于刚刚发生在遥远中国的"文化大革命"，巴黎极左派们更能感受到一种心气相通的朦胧之美。

尽管和中国实为"政治大革命"的"文化大革命"相比，"五月风暴"更具有文化革新的内涵，但是二者之间有所呼应是显而易见的。至少，中国的"文化大革命"吸引了许多法国知识分子和年轻学生——对他们来说，"文革"像是一场否定现政权并反对个人主义和资产阶级世界观的斗争，是"在实践中超越斯大林主义"，是避免苏联发生的情况重演的唯一办法。遗憾的是，由于历史的局限，这些人对这场运动的"工具性"及其他"黑暗面"一无所知。当然，这种一无所知，还包括这一代法国人对世界其他地方的乌托邦试验的错误理解。

20世纪70年代中后期，极左派的革命理想在法国正式退潮，有赖于一个真实的世界的呈现。这一时期，苏联作家亚历山大•索尔仁尼琴的著作《古拉格群岛》法文版面世，种种有关斯大林独裁统治的真实细节震惊了整个巴黎；两年后的1976年，中国结束了巴黎左派们怀揣春兔的“文化大革命”；1978年，红色高棉惨绝人寰的种族大屠杀也渐渐为世人所知。这一切，足以让活跃于当年的“六八分子”从希望陷入失望，并且“走到绝望的尽头”。

“索尔仁尼琴效应”说到底就是“真相的效应”，历史以其特有的残忍让那些原本诚心诚意想着推动社会进步的人背负起一种“逻辑上的负罪感”。就像早在十年前的1958年，曾在信仰上改弦更张的埃加•莫兰在《自我检讨》一书中所感慨，对“昔日信心的源泉”，今朝已经“形同陌路”。呼应中国的“文革”，巴黎的极左派曾经相信“红宝书”可以解决“人类遇到的所有问题”，然而，事实告诉他们，天堂不可能通过这种方式堂而皇之地被搬到地上来。克劳迪和布鲁瓦耶勒在《幸福的石头》一书里的诘问是意味深长的：那些极端的“六八分子”虽然没有时间，没有力量，没有愿望用鲜血去彰显活力，这很好！但共犯暴行的条约，我们不是一样签了吗？

## 要面包，更要玫瑰

岁月无情，当年意气风发的年轻人如今已经步入生命的暮年。反思这场运动，主流态度不外乎两种：一部分人持否定态度，有人甚至将这场运动简化为一场“打砸抢”、一场“意识形态病”的急性发作；另一部分人则得了怀乡病，1968年的5月，只是他们人生中一个远逝的梦想。至于在这一运动中受到冲击的官方，尽管他们当中许多精英都是“‘六八’下的蛋”，但没有人会给当年那群“越革命越想做爱，越做爱越想革命”的才子佳人颁发奖章。

毫无疑问的是，1968年5月改变了法国。如上所述，这与其说是一次“失败的革命”，不如说是一次“成功的改良”。度过70年代的广泛的自责与失落后，当历史进入80年代，“五月革命”的成果才依稀显现。过去僵硬的社会关系消逝了，象征性的等级制度不明显了，取而代之的是工资的迅速提高而带来的收入等级。“五月革命”以其特有的反抗方式改变了当代法国的历史风尚。用一个法国学者的话来说，“五月”以后的法国的生活变得性感。

从此以后，“对话”与“商讨”成了法国政治中的一个常态。法定的程序、绝对的命令、神圣的指示不再那么高高在上。“五月风暴”以其特有的方式客观上完成了社会力量对政治力量的一种抗衡或者分权，表明这场文化革命所具有的政治内涵。

几百年前，托克维尔曾经指出，法国大革命的一个根源在于法国农民受到的束缚大幅度减少，生活水准显著提高，而随着手铐的去除，剩下的脚镣往往会变得百倍的不能容忍。这说明，革命或者群体性混乱并非都是在一个国家政治、经济走向崩溃时才会发生。发生在1968年的“五月风暴”，同样具有这一内涵。不同的是，这次“革命”已经不像往常，而是褪去了尖牙利爪。

进一步说，每个时代都有自己的疑难，革命并非只是发生在贫穷、落后或有冲突的地区，解决了“温饱问题”不等于解决了“革命问题”。法国“五月风暴”便是在一片莺歌燕舞的社会转型中发生的，而且，这场“革命”也是人类历史上第一次不是为面包，而是为玫瑰发起的。1968年的法国，正处于法国由古老的农业社会向工业社会强力转型的混合时期，20世纪80—90年代即将流行的新潮思想，20世纪20—30年代的家长制社会并存。这种新旧混合同样表现在那些要求革新的年轻人身上——他们喊着20世纪之初的革命词语，引领法国走向一个新的时代。

可以肯定的是，无论是1968年“不创新，毋宁死”的改革诉求，还是今日法国遭遇的“谁改革，谁下台”的政治困境，其背后的逻辑都是法国的社会力量对政治运行有着深刻的影响。或许可以说，从1968年开始的“五月革命”并没有真正结束，政治力量与社会力量的对话或者对垒从来没有停歇。正是对话的存在，避免了社会与国家之间的冲突与动荡。

世界永不完美，冲突还在继续。回顾发生在40年前那场近乎风花雪月的“革命”，不难发现，对于任何国家来说，当危机来临时，最重要的是社会力量与政治力量必须恪守自己的边界，一起守住底线，一起守望未来。

（2008年5月13日《南风窗》）

# 设立国民权益基金，提供经济转型新动力

陈志武

温家宝总理在年初答记者问时就坦承，今年恐怕是中国经济最困难的一年。如今2008年过去大半，中国正经历着比年初预想更为严重的困局：通货膨胀居高不下，民生疾苦该如何纾解？民营企业融资难出路何在？哪里才是珠三角产业升级的方向？中国这个世界工厂又该何去何从？著名经济学家陈志武接受《南方都市报》专访，对此一一解答。

## 汇率政策：通货膨胀的症结

**南方都市报**：温家宝总理年初答记者问时就坦承，今年恐怕是中国经济最困难的一年。事实上，中国当下正经历着转型阵痛：一方面国外需求开始转弱，另一方面国内需求长期不振，制造业面临明显的产能过剩局面，CPI指数居高不下；从政策层面看，无论是提高利率、存款准备金率还是提高汇率，对治理通货膨胀都没有根本作用。您认为这一现象的症结在哪里？

**陈志武**：最关键的症结就是人民币升值的速度与幅度几乎是百分之百可预测的，而且是渐进式的——过去三年人民币累计升值21%左右，平均每年7%。这就为热钱进入中国套利提供了最好的机会。尽管现在央行和其他机构想尽一切办法来堵截热钱进入中国，但堵是堵不住的。只要这种汇率形成机制还存在，热钱涌入的激励就仍然会存在，人民币利率的上调也会因此受到很大的约束。据我了解，央行和国务院相关部门都很担心，如果人民币利率上升太快，会给热钱以更大的吸引力，也会让国内企业承受更大的压力。目前人民币利率比通货膨胀率还低3%左右，银行的真实利率还是负3%。所有这些问题，汇率政策是一个症结。

**南方都市报**：但目前普遍有一种担心：如果人民币不维持一个较低的汇率，出口产能过剩问题马上就会表现出来。

**陈志武**：这个时候很关键的一点就是，决策层实际面对的是一个折中选择的问题，因为过去几年不让人民币的升值一步到位，带来的后果是让整个社会

都付出代价。相反，如果让人民币升值加快，甚至一步到位的话，可能会让一些出口企业，尤其是一些利润较低的出口企业付出代价，甚至可能要关门。我们现在面临一个两难选择，到底是要让少数出口企业付出代价，还是让13亿老百姓付出代价，把整个经济拖下水更好？

我们看到，现在的通货膨胀是所有的物价都上涨，这说明是一个货币问题，如果要根除，必须从根源着手，就是让人民币升值加快，汇率应由人民币在国际市场的价格决定。如果做到这一点，热钱进入中国的动力就没有了，没有了热钱，流动性过剩的压力就会下降。所以从某种意义上，让一部分出口企业作出牺牲，从而让流动性过剩的情况得到缓解，这样人民币利率上调的空间就大了。

**南方都市报**：可是，利率上升太多，会不会对中国经济增长带来很大压力？

**陈志武**：这个担心要这样看：目前为了保证负3%的真实利率，国务院和银行体系不得不通过行政手段，总体上抑制贷款总额，于是银行必须选择贷款对象，结果当然是贷给国有企业。这就必然带来一个副作用，就是正在给中国社会创造更多就业机会和经济增长的民营企业得不到贷款，这会对经济增长产生更大的抑制。从资源配置效率上，如果通过调高利率，降低行政干预程度，把有限资源配置更多地往民营经济转移，反而可以降低民营经济的资金成本。

最近中央领导到沿海省份做这方面的调研。我们可以想象一下，如果在广东、福建、浙江，能有更多民间金融机构或公司有机会合法地存在和发展，至少这些民间金融机构可以为当地的民营企业提供比目前月息5%—8%的高利贷便宜得多的资金。任何监管部门，如果仅仅想省事，最容易的办法是一刀切，不允许你做这种经营——把民间金融的空间压缩到零，当然就不会出问题了。但这对民间经济是要命的，逼得他们只能选择在法律灰色地带，通过地下钱庄的高利贷才能借到钱。

## 放开民间金融：助力珠三角产业升级

**南方都市报**：珠三角正经历一场前所未有的转移之痛：许多工厂面临关闭潮，数量更为庞大的中小企业正在计划前往内地甚至越南等东南亚国家，这对珠三角的制造业会带来什么影响？作为全国改革开放的前沿阵地和外向型经济的大本营之一，广东应该如何应对？

**陈志武**：在全球化浪潮下，越南、印度等国家都加入全球贸易，利用自己的比较优势作进一步发展，这必然给广东、浙江等外向型经济带来挑战。

不过有挑战并不是坏事，有挑战才能逼迫广东企业在产业链上向增加值更高、利润更高的环节转移。就我的理解，为使经济不因正在发生的制造业转移而产生更负面的影响，广东应该在金融方面解放思想，可以广东作为试点，把民间金融全面放开。我觉得，广东实际上有更多本来可以上市的公司还没有上市，而且在企业规模的整合上还应该有更多的进展。如果广东能更多引进国外的PE（私人股权基金），再鼓励本地的PE发展，然后由这些PE牵头，来支持本地一些有能力的企业整合同行，从而通过这样的扩张来实现成本上的节省。为什么跨国公司可以付更高的工资，有更高的竞争优势？一个最重要的原因是他们的销售市场面很广，还有就是他们企业的规模很大，在各地有工厂和销售渠道，令他们整体上的运作成本更低。通过PE的这些整合，完全可以让广东企业的国际竞争力上升到一个新的高度。

**南方都市报：**但是，本报最近到东莞调研发现，虽然当地的企业存在经营困难的情况，但并没有多少融资、并购的做法，甚至缺乏这种意识。

**陈志武：**你放心好了，一旦引入私人股权基金（PE），企业自然就会产生这种意识。在让企业进行规模扩张，建立自己的赢利模式方面，我认为创投基金和私人股权基金都可以发挥更大的整合作用，最后会提升广东经济在产业链上的竞争优势。我知道目前有这样一种看法，认为现在广东企业的高科技成分太低，为了改变广东的经济结构，实现产业升级，必须在高科技上做很大投入。我觉得这是不正确的，美国推动经济增长和带动就业的企业，不见得就是高科技企业，比如位列世界500强首位的沃尔玛就是做零售业的。在这种没多少高科技内涵的传统行业，沃尔玛通过规模化整合，可以在全球带来这么多的GDP和就业，再看麦当劳、可口可乐、星巴克，都是通过规模整合，在商业模式上下工夫，从而实现自己在全球的竞争力。我觉得，广东应该在商业模式上做更多的提升，而这又跟引进更多的PE关系很大。前两年讨论凯雷收购徐工的问题上，很多人主张把国外的PE排斥在外，不让它们收购中国的企业，这是很短视的做法，有了这些PE，可以对改善公司的经营，特别是在商业模式上，有很好的作用。广东必须意识到，高科技不是产业升级的唯一道路。

**南方都市报：**不久前著名经济学家吴敬琏来广州调研，他当时提出珠三角转型有一个得天独厚的优势，就是旁边有香港。那么，我们应以什么样的政治智慧，让香港在珠三角产业升级中起到一个关键性的作用？

**陈志武：**我非常赞成吴敬琏先生的建议和思路，就是要利用香港的制度优势，特别是法治和监管方面的优势，让广东和香港在经济上和法治上形成一个新的整体。当年邓小平先生选择深圳作为特区，就包括在制度创新上拥有一定的宽松政策，今天中国走到这一步，显然可以在更大的范围内进行更大胆的试验，让广东与香港融合，以香港的金融、法治体系作为基础，让广东可以享受香港的制度优势给香港经济尤其是金融行业带来的好处，以这种新特区的模式，为未来全中国进一步的体制改革进行很好的示范。这对解决我们刚才讲到的民间金融发展困局将起重要作用，也许通过把广东和香港整合在一起，就可以为广东金融行业的进一步发展带来新的动力。

### 国民权益基金：把消费动能分到每个家庭

**南方都市报**：除了刚才说到的融资问题外，中国这个世界工厂还面临国外需求减退的威胁，尤其是美国次贷危机之后，这个问题更加严重。实际上，我们早就有扩大内需才是治本之道的提法，为何多年来内需一直无法提振，症结何在？

**陈志武**：内需不足，这里面最大的障碍，就是国有经济的分量太重，国家对要素和资源控制得太绝对，比例太高。改革开放已经30年了，今天我们回头看，不论是产业结构还是经济增长模式，以及能源资源消耗，最后的症结点都与国家掌握太多的资源关系密切。我做过一个测算，今天中国75%的资产掌握在国家手里（包括国有企业、土地和矿产资源），而不是掌握在民间，由此付出的代价是，中国的经济增长永远是投资驱动型的，而不是消费驱动型的。我们一直说要增加第三产业，提高消费驱动型经济的比重，但却很难做到，这并不是偶然的。国家掌握这么多固定资产配置权，就迫使中国的经济增长只能由出口来带动，从而让出口驱动型的经济模式继续得以强化。这些都是一环扣一环套在一起的。

当年的英国和现在的美国，都是利用国内需求作为经济增长的发动机。当然，发展出能拉动经济的强劲内需，需要不断改善现有的法治秩序和监管架构，再比如说各种金融产品、信贷产品，都必须经过很多年发展以后，才能产生旺盛的国内需求。所以，依靠启动内需增长，对制度的要求非常高，对资本市场的要求也很高。相比之下，利用出口，利用其他国家市场的需求来启动本国经济增长，就方便和快捷得多。所谓的东亚模式，从日本到后来东亚四小龙，以及最近30年的中国，都是延续出口拉动的增长模式。但是，这种出口导向型经济的弊端是，由于经济增长来得太容易，大家就没有改善国内制度的动力，从而不能为本国的经济增长提供一个根本性的制度架构以及一个发达的金融市场。这就是所谓后发劣势。

**南方都市报**：在外向型经济走到尽头的当下，中国面临的经济结构转型应该怎么进行呢？应该从哪里启动？

**陈志武：**最理想的办法，是把国资委掌握的国有财产以及国土资源部掌握的土地资源都改成国民权益基金，然后按全国人口分成13亿份，13亿公民每人一份，以这种方式把国有资产分到全民手中，真正兑现全民所有制这样一个理想。这样就把消费的动能分到每个家庭。打个比方，假设把今年8.8万亿元的资产性增值分到13亿人身上，每个公民今年的收入就会多6769元，三口之家的收入就多了20307元。这些资产性收入掌握在私人家庭手里之后，必然会转换成对消费品、服务的需求，这不仅能减少中国经济对出口的依存度，而且可以给服务业带来大的需求，并为中国经济的转型提供动力和契机。

我觉得这是目前最公平、腐败空间最少的做法。因为这种人均一份的做法是可以做得最透明的，大家都可以去问，我拿到多少股份，谁多得少得，都是可以互相比较。从逻辑上来说，除了这种人均一份的安排之外，无论通过什么其他的方式，谈判也好，个案处理也好，MBO也好，都是要从一个大量资源掌握在政府官员手里，而对权力又没有可靠监督制约的起点进行改革，而这种改革又是要把他们手中的权力削弱，因此依托这样的权力结构进行的改革，这里面腐败的空间太大。

**南方都市报：**这是因为公有制产权不明晰吗？

**陈志武：**产权不明晰只是根源之一。这里面有两个层面的问题，第一层面，像中国这么大的国家，这么多的人口和资产，要完全解决这么多人作为股东、国家相当于大公司管理层的这种委托代理的关系，操作非常复杂，成本也非常之高。即使委托代理关系设计得很好，公司治理的成本和道德风险的空间是被最大化了。根据过去的经验我们可以看到，全民所有在实际效果上，就是资产被少数拥有权力的人控制的，为他们提供特殊的消费和挥霍的机会。所以说，在过去这些年，所谓私有化的过程，就是让少数权贵得到好处。实际上，只要这种权力结构的体制不变，历来都是权贵得到好处，只是在不同的阶段，不同的权贵得到不同的好处而已。

**南方都市报：**这些好处，一些是货币化的，一些是非货币化的。

**陈志武：**对。而且，原来只是当官的人享受这些好处，而现在通过MBO也好，其他的民营化也好，是让企业的管理层得到好处。从老百姓的角度来说，这都和他们没有关系。本来当年设立公有制、全民所有制的初衷，是为全社会的公民提供同样多的回馈和回报，但从我搜集到的数据来看，中国的国有经济获得了这么大的利润，股票市值增加了这么多，但老百姓从中获得的收益却很少。我做过计算，无论从相对比例还是绝对数字来看，美国政府的财政预算里，给美国公民在社会保障、医疗教育和失业保障上分了大约5000—6000美元，相当于美国人去年人均可支配收入的20%左右；而在中国这个数字是400多元，相当于中国人均可支配收入的3%左右。

**南方都市报**：建立国民权益基金后，这个基金仍然是一个管理庞大财富的机构，请问如何建立起国民权益基金和国有资产之间的现代企业管理制度？

**陈志武**：现在不是有证监会吗，不是有一亿多个基金账户吗？既然现在的中国基金管理行业、托管银行能管理好一亿多个基金账户，那么基金账户从一亿多上升到13亿，从复杂程度上来说是差不多，难度是同一个数量级的。从操作上来说，国有资产通过国民权益基金分下去后，老百姓可以自由买卖，这种操作难度也是不大的。而国资委本身可以成立董事会和监事会，这些董事会和管理层对13亿基金所有人的责任，就是一般意义上公司治理的委托代理关系，证监会出台的各种规则，包括公司治理架构、信息披露机制、财务机制、基金交易规则等等，都可以用得上。这就是我认为在操作层面上，今天的中国和当年的苏东国家有根本的差别。当年的俄罗斯以及东欧国家都没有运作股票市场的经验，而今天的中国已经有这么多年的股票证券市场的实际操作经验，从这个意义上来说，这种私有化的方式，不会带来当年苏联东欧的不良后果。

**南方都市报**：某些人一直对私有化存在某种忧虑，比如担心私有化后，国家的战略安全如何保障。

**陈志武**：我认为在国家安全方面不会有任何问题。我想反问一句，让政府拥有中石油，与让中国民众、开放式基金拥有中石油，会有这么大差别吗？都是在中国人手里嘛！即使有外国人从中国人手中购买了一定比例的中石油股份，也不会有太大的问题，因为说到底，外国股东的所有行为都受到中国法律的约束，受到中国监管部门的监管。这些企业资产是在中国，经营是在中国，并且受到中国法律的约束、中国监管机构的监管，我不知道国家安全会受到什么威胁。

### 收回征税权：人大应承担起自己的使命

**南方都市报**：现在还有一个问题，成立国民权益基金后，13亿股权人通过什么机构来行使他们对国有资产的所有权呢？人大是不是可以在这个过程中发挥出自己的作用？

**陈志武**：当然可以，也当然应该。说个小故事：我有一个朋友，几个月前他做了某地的人大常委会主任，他仔细研究了中国宪法，结果发现，原来所有的政治架构已经在宪法里了，我们的人民代表大会制度是这么完整！其实，只要把宪法实施好，政治体制改革的万里长征不就走了八千里了吗？从这个意义上来说，最容易做的一步，也是最应该做的一步，就是让全国人大更好地行使立法权和监督权。如果做到这一步，国有资产的产权主体就找到了。

**南方都市报：**有不少专家认为，应对目前的困局，政府应该通过减税的方法来实现与民生息的目标。但在中国说到减税，有这样一个特殊情况，即税收是政府的账面收入，而政府的隐性收入是通过各种费和卖地来完成的，而且从政府的角度来看，政府赤字巨大，支出存在某种刚性，只有增税的动力，哪来减税的动力？

**陈志武：**从人类的历史经验来看，只有通过立法机构（议会或者人民代表大会）对行政部门的财政预算进行根本的、透明的、广泛的监督，并进行公开讨论和公开听证，使得民众能真正地监督那些收税的人、征税的人和用税的人，才是目前能看到的唯一有效的方法。目前我们首先要做的，就是要把行政部门随意征税、增加税种的权力收回到人大。

你刚才的问题蛮有意思，在中国目前的架构里面，靠什么力量来和政府谈判，来约束强势的政府权力？如果和英美等国家做一个比较，你会发现，他们和我们有一个很不一样的地方，就是他们从来没有搞过这么大规模的国有经济。如果我们研究英国的历史，有这样一个有意思的现象，早在15世纪，英国的议会很注意这样一点，就是不能让国王拥有很大的财产。结果在17世纪以前，英国王室为了支持他们巨大的消费，就不断地卖地，卖到最后几乎无地可卖，国王没办法，必须向议会要钱，这样权力制约就有了基础，议会也因此把征税权掌握在自己手里。但是在当下中国，国家掌握的资源这么多，反而是大家都要向国家要钱，而不是国家要求老百姓交税，这就对改革形成了一定的阻力。

**南方都市报：**改革走到今天，已经30年了，你认为改革继续往下走，最大的障碍是什么呢？而突破这种障碍的动力又在哪里？

**陈志武：**我看目前最大的改革障碍，是大量的国有资产被少数人控制用来谋取私人利益。另外就是在财政预算过程，征税权必须受到监督和制约，必须把征税权从各个行政部门的手中收回人大的体系中来。说到当下改革的动力，我认为应该通过媒体以及互联网将民众的声音发出来，要让大家都看到，如果财政预算继续内部操作，如果征税权继续不受控制，最终受损的将是每个人的钱包！这些没有别的办法促成，只能来自民众权益意识的觉醒。（采访：南方都市报记者 林涛 何雪峰）

（2008年7月27日《南方都市报》）

# 《劳动合同法》的负面效应是如何产生的

孙立平

在进入利益博弈时代之后，如何形成良性而有效的利益博弈机制，是我们这个社会面对的一个严肃课题。近段时间围绕《劳动合同法》所产生的种种争议，为我们认识这个问题提供了一个很好的案例。

市场经济体制的建立，使劳资关系成为我们社会中一种普遍而重要的社会关系。在改革之前的再分配时代，整个社会的资源都集中在国家的手中，然后再按照某些原则在社会成员中进行分配；几乎所有的企业和经营性资产都是属于国有或集体所有，员工与企业的关系实质都是个人与国家的关系。在那样的情况下，自然不存在劳方与资方的关系。而我们许多处理企业和员工之间关系的准则，都是依据这种情况确定的。比如，在《宪法》中有关员工罢工权利条款的取消，理由就是企业都是国家的，因此罢工不是罢企业的工，而是罢国家的工（多少具有讽刺意味的是，在我国1975年和1978年两部《宪法》中倒还都有关于公民有罢工权的规定，反倒是改革开始时的1982年《宪法》取消了公民罢工权的规定，同时将原来的罢工权看作是“文革”式的大民主加以否定）。

但随着市场化取向改革的进行，市场开始取代行政权力成为配置资源的基本机制，企业产权的日益多元化，以及劳动力等要素的日益市场化，劳资关系便开始成为我国社会中的一种基本关系。有资料显示，在2006年，广义民营经济中的就业人数达到37409万人，占第二、第三产业就业人数比重为85.3%。同时，在国有及国有控股企业中，随着企业制度改革的进行，企业与员工的关系也越来越具有资方和劳方的性质。在这种情况下，如何协调好劳资关系，处理好劳资矛盾，就成为我们必须面对和解决的一个重要问题。

需要正视的是，当劳资关系在市场经济的制度框架下确立之后，资强劳弱的格局也就逐步形成了。这当然首先是在于资本相对劳动本身就是一种强势的力量。也就是说，在没有其他因素介入的情况下，资本所具有的经济政治和社会资源、其在供大于求的劳动市场上所拥有的主动权等决定了其本身就是强势的。而在我国的具体情况下，一些地方政府对于资本的过分呵护和偏袒，社会对于资本的过分崇尚和偏爱，也更进一步强化了资本的强势。而在另一方面，劳方却开始处于明显的弱势状态。尤其是大量剩余劳动力的存在，使劳动者在市场中几乎是处于一种无法自我保护的状态，其结果是显而易见的。在经济迅速发展的背景下，创造出来的大量财富的分配日益失衡：劳动者的工资被压到十分低廉的程度，在国民收入分配中劳动所得占的比重越来越小；劳动者的福利和社会保障处于很低的水平，在有的地方或企业，甚至这些福利和保障完全付诸阙如；一段时间里，拖欠农民工工资的情况愈演愈烈，截至2003年，全国共拖欠农民工工资高达1000亿元；近些年来，由于劳工权益受侵犯而导致的群体性事件不断增加。事实表明，失衡的劳工关系，不仅严重损害了社会的公平正义，也使企业的发展、产业结构的提升甚至整个国民经济的正常运行陷入困局。

《劳动合同法》就是在这样的背景下出台的。《劳动合同法》的立法目标，无疑是保护劳动者的权益，而这部法律的迅速出台，无疑与劳资关系失衡的日益严重有着密切关系。有人曾经指出，山西黑砖窑事件被披露，是导致《劳动合同法》迅速出台的直接因素之一。

但自《劳动合同法》全文公布以后，一些企业主和学者的质疑之声就一直不断。可以说，这部法律是近年来引起争议最多的立法之一。一部分人认为，《劳动合同法》大大增加了用工成本，是导致近段时间企业关闭、撤资的主要原因，其对中国的经济发展构成明显的消极影响。有学者预言，这部《劳动合同法》脱离目前中国的实际，最终将沦为一部“观赏法”，在实践中将得不到执行。而在实践中，企业或其他用人单位应对“新劳动法”的招数层出不穷。据有关报道，一些企业用薪资待议、工龄归零、劳务派遣取代劳动合同等方式规避《劳动合同法》的相关规定。其中最为引人注目的就是深圳华为“自愿”辞职、重签劳动合同风波。在今年全国“两会”上，政协委员、香港玖龙纸业董事长张茵提出取消无期限合同等条款的提案，曾引起外界广泛关注。这项提案实际上也代表了相当一部分企业主或资方的声音。

对于企业界或资方的质疑、异议或暗中抵制，也可以有很不相同的理解。《劳动合同法》维护的是劳方的利益，这是毋庸置疑的。因此，可以将资方的这些质疑和异议简单看作是他们为维护自己的利益所作的必然努力。但如果我们考虑到该法出台后所产生的某些实际效果，就可以看到，上面的结论也许过于简单化。据公开报道，《劳动合同法》起草人之一的中国劳动法研究会副会长董保华近日也表示，《劳动合同法》在保护劳动者合法权益的同时，也保护了少数缺乏竞争力的雇员，牺牲了大多数劳动者的就业机会，使劳动关系凝固化——企业用工易进难出、多进少出，或者只进不出。更为严重的是，《劳动合同法》的实施提高了劳动力成本，对劳动密集型企业产生巨大冲击，同时损害了企业和雇员双方的利益。因此，对于上述质疑，我们也许不能简单将其归结为资方由于利益关系形成的狭隘之见，而是应当对其所产生的负面效应加以正视。但需要说明的一点是，这里所说的正视，并不意味着要认同和容忍此前对劳工权益的侵害，并不意味着要放弃对劳工权益的保护，也不意味着像某些人所暗示的那样，应当继续以牺牲劳工权益的方式来度过目前的经济困难，就像过去几十年中以牺牲劳工权益来换取经济的快速增长一样。

这里关键的问题，是需要明确《劳动合同法》的负面效应究竟是如何产生的。

在讨论这个问题之前，分辨一下对《劳动合同法》的不同异议是必要的。对该法的批评和异议有很多，其所持的理由也完全不同。经济学家张五常在一篇文章中称："《劳动合同法》是全面地干预市场的一种重要合约，牵一发而动全身，整个市场会受到严重的损害。"张的看法具有一定代表性，即认为《劳动合同法》是对市场的不合理的干预。经济学家郎咸平在杭州演讲时则对《劳动合同法》从另一个角度进行了批评，他认为新劳动法仓促出台造成了企业和工人双输的局面。他说："《劳动合同法》本身的政治意义、经济意义是非常重大的，我个人是非常支持的。但是，首先，拟定好后竟然没有通过大面积的论证。第二，竟然没有通过试点。"这种看法与张五常的批评有明显不同，即肯定劳动法本身，但认为出台的方式有问题。还有人认为，《劳动合同法》是社会进步的一个趋向，是没有问题的，不过从实际情况来看，尤其是目前的情况下，这部法律有可能对中国的制造业造成很大的负面影响，并且造成大量失业。结论是，这服药下得过猛。还有人认为，《劳动合同法》的精神和具体条款都是好的，代表了社会发展的未来趋势，但出台有点过早，或者说是有点超前。但在我看来，《劳动合同法》的问题也许并不在于上述方面，或者甚至可以说，并不在法律的本身。

我认为，讨论《劳动合同法》必须坚持的一个前提，那就是应当实事求是地承认近些年来劳资关系失衡的事实，应当正视以有力度的方式保护劳工权益的必要性。正如笔者本人多次指出的，这不仅仅在道义上是必要的，甚至也是经济进一步发展的前提。问题是，对劳工权益的保护要通过什么样的方式和机制来进行？如何能通过这些方式和机制来实现劳资利益的相对均衡，从而获得共赢的效果？从世界上许多国家的情况来看，立法都仅仅是保护劳工权益的一种方式，而且是一种作用有限的方式。除了这种方式之外，更重要的是，要有劳方和资方进行协商、谈判和博弈的方式与机制。而立法的作用在很大程度上是通过法律的形式保护这些方式与机制。从这个角度来看，问题的症结就很明确了：我国是在劳资双方协商和博弈机制缺失并由此造成劳资关系严重失衡的情况下出台这部《劳动合同法》的；在《劳动合同法》本身，注重的也不是劳资双方协商与博弈机制的建立，而是力图制订劳资关系的具体标准，力图将本来应该在劳资协商和谈判中解决的具体问题用法律条文的形式来加以解决。这样就将法律无法承担的任务强加给了法律本身。

需要看到，要协调劳资关系，立法的机制和谈判协商的机制完全是两种不同的机制，其本身的特点、能够解决的问题以及不能解决的问题，都是不同的。法律的特点是其权威性，要维护的是底线和其他解决方式的机制。如果将劳资关系中的许多具体问题，特别是不同地区、不同企业会有很大差异的问题，都试图用法律的形式加以确定，必然会造成法律的僵硬和无法实行。相反，对于解决劳资争议来说，协商和谈判的方式则会具有更强的灵活性。近年来浙江温岭市在这方面进行了有益的探索。温岭市的具体做法是，加强工资集体协商制度，把工资集体协商从企业层面上移到上级工会或者区域性行业性工会，这样工会就可以与行业或者区域企业组织的代表就工资等涉及职工切身利益的问题进行平等协商，能够很好地解决中小企业工会工资集体协商能力弱、工资集体协商机制建立难的问题。更重要的是，这样的解决方式能够考虑到一个特定地区或行业甚至一个具体企业的实际情况，从而能够保障劳资利益的均衡。比如当年新河镇羊毛衫行业的工资协商就是一个典型的例子。在谈判中，工人代表提出的横机工的工价是每件10.5元。资方提出的答复是“根据行业情况，这一工种的工价每件9.35元是合理的”。经过三轮谈判之后，在行业工会协调下，双方达成了折中方案，都接受了每件10元的工价标准。这个标准大体平衡了劳资双方的利益。从这里我们可以看出，如果没有劳资双方的谈判与博弈，仅仅依靠某些固定的法律标准，是很难形成这种灵活性以及建立在这种灵活性基础上的劳资利益的均衡的。

因此，在协调市场经济条件下劳资双方利益关系的时候，我们必须走出这样一个误区：用一种统一的法律方式来解决劳资双方的问题，从而力图避开劳资之间的协商、谈判和博弈。事实上，要协调劳资关系，立法的机制和谈判协商的机制都是必需的，甚至都是必不可少的。

（2008年9月14日《经济观察报》）

# 我有一个梦

## ——奥巴马当选美国总统的意义

杨恒钧

### 22个月：从不相信会有黑人总统到希望奥巴马当选

让我把时间推回到22个月前，当时我正在高速公路上开车，收音机里播放一个小时的（美国）国家广播电台的《面面俱到》节目（NPR“everything considered”）。这是我比较喜欢的电台节目。当天的话题是：美国人准备接受一位女性总统吗？美国人准备接受一位黑人总统吗？一个小时后，收音机里几位专家得出的结论是：女性总统还马马虎虎，但黑人总统，可能还言之过早。

他们的结论和我的不谋而合。所以，当奥巴马和希拉里竞选时，我认为他会败下阵来。而当他成为民主党候选人后，我又和共和党想到一起去了：民主党这次输定了。后来奥巴马和麦凯恩一路拼下来，我都很少去关心，说实话，由于对美国政治的了解，我并不关心奥巴马还是麦凯恩当选，这一点我已经反复说过。

也许奥巴马和麦凯恩在经济政策上会有所同，然而，那是住在美国的人应该关心的，和我无关。而至于在一些我们中国人更关心的领域，例如国际关系、外交等方面，两个人谁上台其实都差不多。难道你真以为奥巴马上台就会立即把美军从伊拉克撤出来？难道你认为麦凯恩上台就会更关心中国？

一位美国朋友还告诉我，在美国普通选民看来，两人最大的不同在于减税等经济政策上，可是实际上，美国专家和政府高层有些人都清楚，两人现在的所谓减税计划都是不切实际的，只是画饼充饥，用来忽悠选民投自己一票。任何一个候选人上去后，他们都会在第一年里迅速改变自己的那些“承诺”。

再说，以我的观察，美国媒体和专家对谁当选的分析早就入木三分，远非中国的一些媒体上的学者和时评家“隔岸观火”所能及。所以，我就不班门弄斧了。然而，在离选举还有72小时、48小时、24小时的关头，我却忽然紧张起来，我终于认识到，我其实是很介意谁当选的。

是的，我很紧张这次选举的结果，以至在选举倒数48小时时，我想写一篇文章呼吁我的美国朋友们都去投票——把票投给奥巴马！

**奥巴马改变不了世界，但世界会因为他的当选而改变！**

奥巴马是谁？我知道多少？其实，我一点也不了解他。22个月以来，我几乎每天都从电视或者车上的收音机里听到他的名字，电脑上不停地跳出他的名字，但我甚至没有去阅读他的简历。在我眼里，他谁都不是（nobody），他能够脱颖而出，把一个代表国家的老兵打下去，完全是天时地利。麦凯恩形象死板，打出的竞选招牌竟然是“County First”（国家第一），他正好碰上布什总统用“国家”把美国人折腾了七八年，碰上“国家”深陷伊拉克，碰上“国家”陷入经济危机从而影响了民众生活，碰上70%以上的美国人认为“国家”正在错误的道路上踽踽独行……还是奥巴马新鲜，以前没有任何政绩，没有固定的形象，想怎么装扮就怎么装扮。于是他打出的是：Change， We need（我们需要改变），We Can（我们能够做到）。

奥巴马到底能够做到什么？他能改变什么？我想不但台下那帮年轻人糊里糊涂，恐怕奥巴马也搞不清楚吧。愣头青奥巴马在选举只有48小时时走到哪里都是那么几句激动人心的话：这次选举不是关于我，而是关于你们的。我们一起，先改变XX州，然后我们就可以改变国家！改变世界！！

奥巴马真能改变美国？真能改变世界吗？我真的不想再多说了，只想说，如果麦凯恩改变不了世界，奥巴马照样改变不了。奥巴马上去后，以他的执政经验，他将会大量使用前期民主党政府（例如克林顿政府）的老臣，还会在华盛顿“旋转门”里挑选一些新面孔。在目前国际环境下和内政外交之下（尤其是经济危机），奥巴马上台后，能够改变华盛顿和美国几个州的经济情况，已经算是不错了——更不用说改变世界。

这一点我很清楚，所以，我不会把希望寄托在美国总统身上，包括对待中国问题上，我也同样不会把希望寄托在某一位美国总统身上，因为美国从上到下，在对待中国问题上，基本上已经有了共识，左右摇摆不会太大。

可是，为什么在美国选举日近的时刻，我突然紧张起来，突然担心奥巴马选不上，甚至想以一个非美国公民的身份去为他拉票，“干涉美国内政”呢？

让我再把镜头转到过去的一个星期，这一个星期里，我有很多时间是在电视机前看大选节目的。我想，即便不在美国生活的人，也能够从众多的频道上看到我所看到的那些内容。你看到和听到了什么？经济政策、减税、水管工Joe、伊拉克政策、反恐、国家安全、国际关系、贸易、两位候选人的家庭、工作背景，以及他们的每一句讲话，他们的幽默搞笑，他们的孩子、妻子或者丈夫的衣着打扮等等。

CNN，BBC，FOX News，CBS……我有时一小时内换十几个台，内容也都大同小异。不过，美国媒体实在厉害，他们可以把奥巴马和麦凯恩的一切——从个人打扮到施政细节两相对比，事无巨细地一一展现给观众——可是，你觉得少了点什么没有？

如果你在美国或者其他西方国家看这些新闻电视和深度分析，你定会像我一样发现少了最重要的一样东西，那一样东西是如此的明显，可以说一目了然吧，可是，所有的新闻媒体，所有的节目，所有的评论员和专家却都视而不见，或者说，回避了。知道我在说什么吗？

我在说两位总统候选人的皮肤——我在说“种族”。

虽然所有的电视台都故意回避了这个问题（因为政治正确），然而，几乎所有的美国媒体都承认2008年美国总统大选将是历史性的（historic）！

虽然美国人最关心的依然是经济，想着伊拉克和反恐，可是他们心里明镜似的，美国如果出现第一个黑人总统的话，不但对于美国具有历史意义，而且世界也将悄然不同。

### 种族歧视：我们心照不宣的秘密

有人可能会质疑我，奥巴马当选总统怎么就改变世界了？我们怎么看不出来？你不是说他什么也不能改变吗？是的，你不一定看得出来，因为这个改变是从人的内心开始的，而世界的改变往往是由人类内心的改变引发。

作为一名在海外生活了十几年的中国人，如果你问我，对这个世界最期盼的是什么，我会顺口答道“没有战争和种族歧视”。而且，相比较战争而言，种族歧视给人类造成的伤害反而更大，也是引起很多历史上最邪恶战争的根源。

40年前，奥巴马的先辈马丁·路德·金博士冒着生命危险做了“我有一个梦”的演讲，那篇演讲成为历史上最伟大的演讲之一，可是，那只不过是一个想要自己的孩子能够和邻居（白人）孩子一起上学、玩耍和就业的人类最低等的梦想而已。

然而，如果不是马丁·路德·金那个最低要求的梦想，40年后的今天，我和我的孩子，又会生活在怎样的环境里呢？还有大概两千多万散布在世界各地的华人华侨（这个数字还会急速增加），又会生活在什么样的境况下？

马丁·路德·金是最伟大的，他的伟大除了他本人的远见卓识和勇气，还因为他生活在一个最伟大的国家里。

然而，种族歧视真正消除了吗？或者说彻底消除了？我想不但我的回答支支吾吾，很多人都不敢说他们的答案是正确的。作为一名整天在世界各地跑来跑去的大地旅人，我对此的认识也许比其他朋友人更多一些。

这个世界最深的忧虑是什么？文明的冲突、贫富差距、独裁和民主、意识形态、南北关系、东西关系……我不否认这些都存在，然而，在我的观念里，我始终认为种族，才是最大的问题。历史上最残酷的战争和屠杀几乎都是因为种族引起的，例如二战时候德国屠杀犹太人和日本侵略者杀害中国人，都和种族歧视和种族仇恨分不开。种族也是贫富差距、意识形态和文明冲突的重要根源。

现在，在美国和澳大利亚这些发达国家里，种族歧视不但从法律上完全消除，而且甚至有些政策更倾向于照顾弱势的种族（例如美国印第安人和澳大利亚土著），并且白人们再也不会对着你说：黄种人、黑人、棕色人……可是，在内心深处，那种种族的壁垒和歧视，是否还存在？也许，那是一个秘密，一个公开的秘密，一个大家都心照不宣的秘密。

正因为有这种秘密存在，所以我和那些白人专家在22个月前对出现一位黑人总统抱着怀疑的态度。这态度在奥巴马这匹“黑马”出来后变得犹豫不决。我不能肯定，美国人真的准备好选择一位黑人总统？

难道美国人要再一次展示自己的伟大，就像当初他们确立了世界上最早的民主制度一样，他们又要创造历史，选举一位黑人总统来展示这个民主制度的优越性？炫耀这种民主制度甚至可以消除种族隔膜？美国人要用一位黑人总统给种族歧视画上一个句号，也消除我们所有人心中心照不宣的种族歧视的魔障？他们能够像终结独裁的历史一样消除人类心灵深处最深的痛吗？

人类面临的最需要解决的两个问题：种族和政治制度——美国将要在2008年大选中毕其功于一役？

### 白人、黑人和我的“种族歧视”

美国、澳大利亚等国家的种族歧视无疑是白人造成的，然而，发展到今天，种族歧视却存在于每一个种族之中。相比较而言，我发现问题最严重的部分反而不是在白人之间。作为白人一直控制的立法和国家机器，基本上已经完成了从宪法和法律上彻底消除歧视的历史变革。至于一些白人心底残存的歧视，却不一定能够在现实中造成既成事实和伤害。反而是另外一种残存在心底的东西，造成了彻底消除种族歧视。那就是我要说的，残留在被歧视者心底的阴影，更大地阻碍着社会的和谐和进步。

美国黑人一直是受教育最低和收入最低的族群，这些有历史原因，也有现实的原因。如果说在美国黑人受到歧视的话，那么相比较白人而言，中国人可能是更歧视黑人的。和白人眼中渐渐淡化的颜色（黑色）相比（只是淡化，远远没有消除，过去12小时的民调让人感到惊恐：美国一些州特别是弗吉尼亚等，超2/3的白人把票投给麦凯恩），你看看这次出现在美国投票站的黑人排队长龙，发现他们几乎95%以上都是投票给自己的“同类”——黑人奥巴马，你会长叹，这些美国黑人眼中才更有颜色和种族。

和黑人族群正相反，中国人重视教育、勤劳。从这个意义上说，黑人目前的处境不能全归罪于历史因素（种族歧视）。虽然很多黑人靠勤奋和教育在美国取得了很高的成就，例如鲍威尔将军，但在很多人包括他们自己的眼中，他们仍然是白人政府的点缀。直到2008年突然出现了奥巴马，以短短22个月的旋风般的速度，登上美国总统宝座。

这一切对于美国黑人、华人和整个世界的族群的冲击，又岂是什么经济和政治政策可以比拟的？我们没有必要过于关心美国的政治，但却不能忽视人类的进步。

然而，这种进步却可能在紧要关头逆转，这也就是我心中的魔障，种族歧视的魔障。到选举前的最后一个星期，这感觉竟然如此强烈。22个月，奥巴马一直一路领先。如果说，从一开始他就输给麦凯恩，最后也没有选上总统的话，美国会无所谓，世界也能够承受得起。可是，如果他一路领先，只到最后投票的时候，才突然落选的话，那么他就不是败在经济、政治和社会政策，而是败在一些人心中深处的种族歧视的魔障，那么整个美国甚至世界又会如何面对？

美国确实发生过这样的事，被称呼为“布莱德利效应”(Bradley effect)。1982年，洛杉矶黑人市长布莱德利作为民主党候选人竞选加州州长，投票前民调显示他大幅领先，投票结果却是他以微弱劣势输给白人竞选对手。这种现象就是心照不宣的种族歧视在作怪，很多白人选民在民调时宣称支持黑人，但在投票时（匿名投票）却把票投给了和自己肤色相同的“同类”。

也许，选一个州长发生这种情况，大家也就一笑置之，最多社会学家研究几年。可是如果在2008年总统大选中发生这种情况的话，我的担心是，美国渐渐愈合的种族歧视的伤口会被大大地撕裂，从而波及到世界的种族和谐。而两千多万旅居世界各地的华人华侨自然也不能独善其身。

这就是为什么我深深惊恐美国大选的结果会出现逆转的原因。美国可以承受一个根本没有出现黑人总统候选人的结果，也可以承受黑人候选人民调一直落后于白人而最终没有选上的结果，但却无法承受民调一路领先最后却因为一些人心中的魔障而落选这个结果！

### 奥巴马当选的意义——我有一个梦！

奥巴马的当选本身改变了这个世界，因为这个世界上最强大的国家，也是这个世界上曾经有过最惨痛的种族歧视的国家，出现了一位黑人总统。马丁·路德·金博士40年前“我有一个梦”的理想已经实现了，如果还有人认为没有实现的话，那是因为他自己内心的阴影如此厚重，挡住了他的眼睛。

奥巴马当选首先是给美国少数族裔特别是黑人族群带来新的希望。长期以来，黑人问题一直是美国的老大难，甚至贯穿在美国的很多问题之中。其中除了有历史因素作怪（当然主要是白人的问题）以外，也有很多黑人自身的问题，其中就包括内心挥之不去的“屈辱”和“自卑”感，一直严重地阻碍他们自身的发展。这一点生活在美国的华人华侨有很深的感触。

奥巴马当选美国总统对于生活在美国甚至全世界的华人华侨也是一个振奋人心的消息。要知道，很多黑人的祖先都是奴隶和偷渡客的后代，而中国人现在虽然背井离乡，却很少是被当奴隶卖出去的。和中国人注重经济利益有所不同，这些“奴隶”的后代更加注重自己的权益和政治利益。中国人常常挂在嘴边的话就是，这个国家是人家的，我们是旅居在此，这里永远不会是我们的。这种思想一直钳制着华人华侨在当地向政治领域进军，反过来又常常损害了华人华侨的长远利益。奥巴马的当选——登上美国最高权力宝座——给所有居住在民主国家的华人华侨带来新的启示和巨大的希望。

法律还是那个法律，宪法也还是那个宪法，然而，我们心中的魔障应该消除了。如果我们被自己心中的魔障羁绊，怨天尤人，那能够怪谁呢？当我们再一次想老调重弹对美国等国家的种族歧视做一番评头论足的时候，也许我们应该先检视我们的内心，想一想，我们首先在内心消除了对自己的歧视没有？我们为了自己和人家的权利奋力发声了没有？我们努力了没有？我们心中是否曾经有那么一个梦并一直追求这个梦想？

——奥巴马当选美国总统的意义就在这里了，这比所谓美国未来四年的经济如何，是否还继续泥足深陷伊拉克意义要大得多。在美国竞选24小时倒数的时候，我很紧张，我眼中看不到经济和伊拉克战争，我看到的是一场心灵之间的南北战争。我忍不住给我的一位有投票权的美国朋友打电话。我在电话里说，你应该把票投给奥巴马，不是因为他的税收政策，不是因为他要从伊拉克撤军，不是因为他承诺要对华人怎么好……你投给他的那一票，是投给一种理念和信念，投给一种希望和理想！美国已经有几十个清一色的白人男性总统了，但没有一个总统被选上后，可以像奥巴马被选上时那样，全世界都可以自豪地说，世界已经被改变，新的历史被创造了！

行文至此也应该打住了，可是，有人问，你的题目里说“我有一个梦”那到底是什么梦呢？其实是什么梦并不重要，重要的是我们都有一个梦，那才是最重要的。

也许你的梦是进城的农民工的孩子能够和城市孩子一起进同一所学校读书和玩耍；也许他的梦是不要背井离乡飘洋过海就能够投票选择自己的“总统”；或者你的梦是中国不但国家强大，而且人民也富裕，走到世界各地都不再受到歧视；也许，我的梦是中国每一个少数民族都认为自己也是国家的主人；又或者，海峡两岸都梦想大陆和台湾的中国人能够和睦相处，永不战争……当然，还有很多梦，例如当我们看到美国黑人奴隶的后代当选总统的时候，我们忍不住梦想，山西黑窑洞的小奴隶们都能够在母亲的身边喝上没有夺走他们小生命的牛奶；我们还梦想，11岁的小女孩在遭到惊吓后，不再被有权有钱有级别的主人威胁；我们也许都做过或者继续在做那样一个梦，在梦中，我们不是二等公民，我们活得有尊严……

你看，有什么梦并不重要，重要的是，你、我、他都有一个梦。奥巴马能够一路走到今天，都是沿着40年前马丁·路德·金博士的那个梦在前行，没有那个梦，他什么地方也去不了，更不用说进白宫了。

相信我，也相信你自己，当我们都有了一个梦，当我们都有相同的梦想的时候，总有一天，会梦想成真！

（2008年11月5日网易博客）